만남이 준 선물

만남이 준 선물

2024년 5월 31일 제 1판 인쇄 발행

지 은 이 | 이규석
펴 낸 이 | 박종래
펴 낸 곳 | 도서출판 명성서림

등록번호 | 301-2014-013
주　　소 | 04625 서울시 중구 필동로 6(2층·3층)
대표전화 | 02)2277-2800
팩　　스 | 02)2277-8945
이 메 일 | ms8944@chol.com

값 20,000원
ISBN 979-11-93543-84-9

이규석 에세이

만남이 준 선물

도서출판 명성서림

머리말

책의 홍수 속에 전자책도 증가세가 크다. sns에는 좋은 글이 많이 떠다닌다. 인쇄된 문학 서적 역시 넘쳐난다. 이런 상황에서 내가 쓴 글을 책으로 낸다는 것은 용기가 필요하다. 물론 나름 그럴 이유는 있다.

나는 초등학교 5학년 때부터 일기를 썼다. 단 한 줄 써도 매일 쓰라는 선생님 말씀 따라 그렇게 했고 이는 습관이 되어 성인이 되어서도 그랬다. 그런데 직장 생활을 하니 업무일지를 비롯한 수첩 등 자료가 나오면서 일기 쓰기는 약식 문서처럼 되어 간단하게 적거나 아예 글을 쓰지 않는 날도 생겼다. 퇴임 후부터는 페이스북과 블로그에 글을 올렸는데 며칠 쉬기도 하는 등 일기 형태로 쓴 글이 주당 1~2회 정도밖에 되지 않는 경우가 다반사였다. 물론 수첩에는 매일 간단한 메모가 있었다.

일기장이 남아 있고 여기에 체험을 바탕으로 몇 권의 책을 내야겠다는 욕심이 생긴 것은 정년 후를 생각하던 시기였다. 어느 때는 어떤 형식으로 쓸 것인가를 생각하기도 했다. 그러나 2008년 서울특별시 교육감 선출 직선제가 도입되고 여기에 예비후보를 등록하면서 난리 아닌 난리를 겪었다. 그리고 2024년 초까지 직장 근무 이상의 사회생활에 휩쓸렸다. 이런 생활로 대작을 쓰기로 한 마음뿐 시작하지를 못했다.

퇴임 후도 전처럼 중고등학교 검정 교과용도서 공동 집필의 대표 저자로 10권, 전문서적 1권, 수필집 2권을 내는 등 틈나는 대로 당시의 분위기 맞춰 지내다가 정작 내가 생각하는 글쓰기를 못 한 채 망 팔의 나이가 되었다. 그리고 세월이 지나면서 이슬비에 옷 젖듯이 나도 모르게 웰빙족이 되어 있었다.

처자식 건강하게 잘 지내고 나 역시 욕심을 버리면 지금 여기가 천국인데 수필 쓰고, 각종 봉사 모임에서 봉사하며 여생을 건강하게 살고 싶은 욕망이 자란 것이다. 내가 건강하게 운명해야 나도 추하지 않고 자손과 주위 사람들에게 신세도 지지 않게 되는 것이다. 여기에 생각이 이르니 일기장을 중심으로 큰 작품을 쓰겠다는 마음을 버리게 되었다.

그래도 약 20년을 생각하던 마음을 버리기가 아까웠는데 지난 1년간 페북에 올렸던 내용이 1권의 책으로 나온다는 것을 알게 되었다. 대작은 포기했더라도 지난해인 2023년 1년 것만이라도 내가 직접 편집하여 67년간의 일기를 대표하는 책으로 삼고 싶었다. 사진 일기인 셈이나 나의 꿈을 접는 아쉬움이 이로써 많이 상쇄되리라 생각했다. 1년간의 내용이 너무 많아 동의받지 않은 사진 위주로 삭제했고 내용은 오탈자 교정 외에는 가필하지 않고 그냥 두었다. 이 책에 실린 사진은 어딘가 공개된 것이지만 그러나 양해를 구하지 못한 것도 있어서 여기서 양해를 구한다.

1년간 페북에 오른 글을 보면서 평소 나의 생각인 "만남이 변화를 부른다"는 생각이 떠올랐다. 사람은 언제나 자연, 사물, 사람, 상황을 만난다. 정신없이 살 때는 몰랐는데 마음을 비우니 보이는 것 중에 만남은 결국 인생에서 가장 값진 선물이라는 생각이 들었다. 1년의 생활은 혼자가 아니라 만남으로 이루어졌다. 그래서 책명은 "만남이 준 선물"로 정했다. 이제 100세 시대에 죽는 날까지 수필 쓰고 봉사하면서 웰빙을 이어가고 웰다잉에 이르기를 소망한다.

이 책을 기꺼이 출판해 준 박종래 대표님께 감사하며 명성출판사의 무궁한 발전을 기원한다.

2024년 5월

교산 *이규석* 적음

A 건강

B 배움

C 가화만사성

A

건 강

1

새해 첫째 바람은 모두 건강하기

1. 새해 해맞이 가서 소원 빌기(2023.1.1)

올해는 1월 1일 새벽과 아침 기온이 모두 0도이니 정말 포근한 날씨다. 아내와 함께 미사를 끝내고 새해 첫날 떠오르는 해를 보기 위해 달맞이 봉으로 갔다. 한때는 새해 떠오르는 해를 보러 강릉, 속초, 태백산맥, 매봉산 등 1박 2일로 꽤 다녔다. 최근에는 이런 명소를 젊은이들에게 양보하고 집 근처 산에 갔었다. 3~4년 전부터는 아예 달맞이 봉으로 가는데 우리 집에서 도보로 15분 정도 거리에 있다. 달맞이 봉에는 서울시가 지정한 유명 포토존 중 하나가 있다.

서울에서 해 뜨는 시간이 07시 47분이라 했고 달맞이 봉에서 볼 때는 07시 50분경 떴다. 기온이 높아 하층부가 짙은 회색이라 걱정했는데 사진을 찍어서 보니 생각보다 좋게 나와 오히려 기분이 좋았다. 나가자[나라, 가정, 자신]를 위해 그리고 내가 아는 모든 사람의 건강과 성공을 위해 빌면서 사진을 찍었다.

2. 신년 인사회 참석(2023.1.12)

그간 당구 모임 신년 킥업식, 작은딸 논문 작성을 위한 인터뷰 녹화 출연, 월남전과 평화 운동 영상 아카이빙 출연 등등의 일이 있었다. 그리고 오늘(1.12) 오후 2시에는 성동구청 신년 인사회에 성동문인협회 임원 중 9명이 참석하였다. 솔직히 구청 예산 지원을 받아 출판비로 쓰는 입장이 작용했음을 인정한다. 언론을 탈 정도로 잘하는 3선 구청장이 있음은 자랑이기도 하다.

지역행정기관의 신년 인사회는 시장, 해당 지역 국회의원, 시의원, 구의원의 짧은 영상 메시지로 대체한 아이디어가 좋았다. 구청장 한 사람만 실물 인사를 했다. 이어서 아마추어대회 최우수상 수상자의 듣기 좋은 노래, 태권도 시범단의 박진감과 넘치는 기술로 직접 실연한 시범을 잘 보았다. 참석했던 9명의 임원이 커피숍에서 즐거운 차담을 나누었다.

오후 5시부터는 교육과정 교과서 연구회 임원 신년 인사회가 있었다. 코로나로 3년 만에 만나니 24명이나 되는 많은 임원께서 참석했다. 10여 년 근무하다 1994년 정책 변경으로 쫓기어나온 나를 비롯한 편수관이 구시대 편수관으로는 사실상 끝물이라 할 수도 있지만, 그 후 모든 정부가 편수관 제도는 없앴으나 교육과정 교과서 정책을 없앨 수 없어서 일시적으로 전임 편수관 일부와 편수관이 아닌 행정관료를 두었으나 전통은 끈질기게 이어져 내려오고 있다. 전임 편수관님들의 편수에 대한 애착과 애정, 후임 행정관료들의 전임 편수관의 아름다운 인정으로 화합과 전통이 이어진다고 보아야 한다.

이 연구회는 우리나라에서 교육과정 교과서를 연구하는 유일한 사설

단체이다. 회원 모두 교육부 해당 부서에서 편수관 또는 행정 지원 근무를 한 경력 소유자로 국립 및 사립대 교수, 총학장, 교육감, 부교육감, 교장, 실장, 국장, 과장을 지낸 사람들로만 구성된 역시 유일한 연구 모임이다. 전원이 돌아가면서 한 말씀 하는 관례, 3월 총회 대비 임원 선출 확정, 연중행사 개요 확정 등 중요 사항은 일사천리로 매듭지었다. 비록 조직의 힘은 없지만, 현역 시절은 물론 그 후에도 한국인의 다음 세대들에게 국민정신과 삶과 배움의 기초 기본을 넣기 위해 혼신을 다 바쳤다. 그리고 유·초·중등의 교육과정과 교과서를 정하고 편찬했다는 자부심만은 가슴에 굳게 새겨있는 사람들의 연구 모임으로 늘 자랑스럽다.

3. 서울대학교 총동창회 신년 인사회 참석(2023.1.13)

전 현직 국무총리급이라야 내빈 소개에 오를 정도의 저명인사가 가장 많이 참석하는 행사가 서울대학교총동창회 신년 인사회이다. 물론 국가 행사인 광복절 행사 등을 제외하면 그렇고, 전국과학기술인 신년 인사회에 대통령이 참석하는 해에 저명인사가 많이 참석한다.

동창회 전 11시 30분~12시까지 짧은 시간이지만 식전 행사 성격의 신년 음악회가 있었고, 식사 시간에 많은 분의 건배사에 이어 서울대 음

대 동문의 독창과 합창도 있었다. 축사는 한덕수 총리와 모교 오세정 총
장 두 분만 했다.

한덕수 총리는 국내외로 어려운 경제 위기는 본질을 잘 알고 있고 본
인이 오늘 참석한 금진호 당시 과장을 모시고 1986년 위기 돌파를 하여
경제를 안정시킨 경험이 있어서 이를 토대로 위기관리 안을 대통령께 보
고했음을 자신 있게 말했다. 오히려 위기는 2030년대부터 닥칠 우리나
라의 성장 동력 감소, 저출산 위기, 국내외에 닥칠 기후변화 등 이를 어
떻게 대처하냐에 있다고 했다.

오늘은 코로나 이전에 참석 인사 1천 명 규모에서 5백 명 초청으로 축
소한 행사였는데 테이블 당 10명인 좌석에 사대 동문이 역대 신년 인사
회 중 가장 많이 나오셔서 무려 4개 이상의 테이블을 채웠다. 이주호 장
관, 조완규 전 장관을 비롯한 비사대 인사들께도 인사드리고 덕담을 들
었다. 이곳 행사가 길어져서 오후 2시경 끝나는 통에 2시부터 국회 헌정
기념관[현 국회박물관]에서 후배 회장 주관으로 개최되는 시상식에 참
석하지 못해 미안하게 되었다. 봄비 내리듯 하루 종일 겨울비가 내리고

있다. 지금 밤 9시에도 내리고 있는데 겨울과 봄 가뭄 방지에 큰 도움이 된다. 이번 비로 전남 지역 가뭄이 해소되었으면 좋겠다.

4. 경주이씨 중앙화수회 신년 인사회 및 회장 취임식(2023.2.2)

코로나로 인해 3년 만에 신년 인사회가 있었다. 우여곡절 끝에 신임 회장 취임식도 겸하였다. 축사에서 국회의원이었던 이종찬 전 회장이 이병철이 구입하고 이건희가 환란 때인 1997년 화수회 건물을 완성했다는 것부터 왜 종친회가 아니고 화수회인가 등 최근의 역사를 설명했다.

기왕에 나는 내가 아는 경주이씨에 대해 말하고자 한다. 아버지는 내가 8살일 때 일찍 돌아가시고 세 분의 큰아버지와 한 분의 작은 아버지로부터 경주이씨와 족보에 대해 많이도 들었다. 그러나 무릎 꿇고 앉아 다리도 아프고 재미도 없지만 무슨 말인지 도통 귀에 들어오지 않았다. 이제 나 혼자 경주이씨에 대해 공부도 하고 가승과 전 2권으로 된 경주이씨 해설집을 책장에 두고 비교적 자주 열어 읽어 보는 입장이니 나도 나이가 든 모양이다. 다만 내 자식들은 묻지도 않지만 나도 경주이씨에 대해 말한 적이 없고 앞으로도 그럴 것이다. 조상에 대해 자긍심을 갖는 것이 좋기는 해도 자랑할 거리는 요즘 세상에 결코 아니기도 하다. 자랑은커녕 조상과 심지어는 자식들 이야기도 남들에게는 금기어가 된 세상이다.

경주이씨 조상은 B.C 117년 경주 북악 표암이란 바위에 하늘에서 내려와 목욕을 하고 마을을 이루게 된다. 표암 바위는 당연히(?) 지금 그대로 있고, 목욕했다는 구유같은 바위도 그대로 있다. 이름은 '알평'. B.C 67년 화백회의를 처음 열어 B.C 57년 이 회의에서 박혁거세를 왕으로 삼고 신라를 건국했다. 신라 3대 유리왕이 이씨 성을 하사했고, 29대 무열왕이 '은열왕'으로 추존하여 후에 김유신 사후 왕호를 하사한 것과 더불어 왕족이 아닌 두 사람이 신라 1000년간 왕호를 받았다. 이알평 탄생지인 표암지와 이곳에 지어 있는 사당 등 많은 건물은 2022.6월 경북 기념물에서 국가 사적지로 지정되었다(아래 첫 번째 사진).

중간에 35세 손의 족보가 없어졌으나 표암 8종족의 하나인 합천이씨 족보와 알평 후손이 조씨 댁으로 출가하여 조씨 족보에 모두 기록되어 있는데 아직 고증을 더 해야한다고 한다. 결국 고려 중엽 이알평의 36세 손인 '거명'부터 경주이씨 족보에 상세히 나온다. 한 짐도 넘는 족보는 종손 가에 있고 우리 집 종손인 장손 집에는 최근 것인 파보가 여러 권 있다. 우리 집에는 가승이라는 초미니 족보가 있는데 '거명'부터 한 세대씩만 기록되어 있고 고조부부터 모든 가문의 남자 이름과 부인의 이름 그

16

리고 벼슬한 내용과 묘지 주소가 있다. 나는 '거명' 중시조로부터 36세 손으로 '규'자 항렬이다.

오늘 신년 인사회는 삼한갑족이요 명문거족이며 현재 남한 내 인구로도 김해 김씨, 밀양 박씨, 전주 이씨, 경주 김씨에 이어 약 150만 명으로 5위인 번성한 성씨에 걸맞게 시조 경모가 합창(합창대원이 전보다 많이 줄었음), 강당에 모인 500여 명이 기립하여 만세 3창으로 대미를 장식했다.

5. 입춘 그리고 오곡밥 먹는 첫날(2023.2.4)

24절기 중 하나인 입춘이다. 입춘대길, 건양대경이란 문자를 많이 받았다. 올해 모든 사람이 대길하기를 빈다. 오늘은 음력 1월 14일로 각종 행사가 시작되는 전야제라 할 수 있다. 우리 집도 오늘 오곡밥을 했다. 우리 부부만 사니까 명절인데도 자녀들 참석 없이 오곡밥을 그래도 맛있게 먹었다. 농경 사회 풍속이니 지금에 맞지는 않아도 오곡밥 정도는 별미로 이 기회에 해 먹는 것도 좋은 일이다. 지역마다 다르겠지만 내가 어릴 적 우리 동네는 내일 새벽 모든 귀신을 풀어놓는 날이라고 오늘 밤에 고운 체에 바늘을 꽂아 대문에 걸었다. 귀신이 바늘로 구멍을 다 세야 들어올 수 있는데 세다 보면 날이 샌다는 것이다.

오늘 낮에는 밥을 9번 먹되 그 세 번은 다른 성씨 집에서 얻어먹어야 하고 밤에는 변장 변복을 하고 여러 집에 돌아다니며 밥을 얻어다가 공동으로 큰 그릇에 넣고 비벼서 함께 먹었다. 나물 종류의 반찬이 예닐곱은 되었으나 살쐐기 인다고[초여름부터 나뭇잎에 있는 애벌레에게 쏘이면 살이 엄청 따갑고 어쩌다 밤에 가려워서 긁으면 낮보다 더 쓰리고 따가워지는데 이를 살쐐기 인다고 함] 김치류는 먹지 못 하게 했다. 이날 저녁만은 남녀가 한 방에서 닭이 울 때까지 놀이와 이야기를 해도 허용

되었다. 대체로 초등학교 동기동창끼리 모였는데 한 동네 살면서 이때만 겨우 마음 놓고 대화를 할 수 있었으니 참으로 옛날이다. 내가 월남 참전 해서 그곳의 명절인 설을 두 번 지냈는데 그곳에서는 정월 보름날 남녀가 어울려 탑돌이를 하였다.

보름날에는 눈뜨자 부럼을 깨고 귀 밝기 음복을 했다. 아침에 만나는 사람에게 더위를 팔았다. 저녁에 달이 뜰 때면 낮에 미리 만들어 놓은 자기 나이만큼 띠로 동여맨 긴 횃대에 불을 붙여 들고 달님에게 절하며 소원을 빌었고 집에서는 일 년의 운세를 보는 잣 불태우기가 있었다. 이 날부터 연날리기, 다리밟기[답교놀이], 윷놀이[척사대회], 별신굿, 사물놀이, 돌싸움[당시 젊은이들이 헝겊으로 만든 허리띠에 돌을 넣고 돌리다 상대편에 던지며 하는 싸움으로 가끔 다치거나 동네 장독대가 깨져서 어른 싸움으로 번지기도 함] 등이 여러 날 계속되었다.

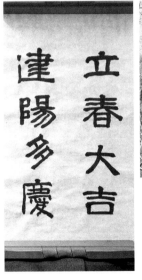

오늘 낮에는 기온이 영상 5도로 따사로운 햇볕이 있어 걷기 좋았다. 강변에 나무들이 푸른색을 보이고 까치들이 집을 손보는 그 주

변에 많이 모여 있었다. 강에 비쳐 반사된 햇빛이 은파를 이룬다. 이제 봄은 가까이 있음을 느낀다. 강변에 있는 영춘화는 추운 겨울이어서인지 꽃망울이 아주 작았다.

6. 계묘년이 저물고 갑진년 새해가 밝아온다–제야의 종소리 (2023.12.31)

한가하게 그리고 가벼운 마음으로 제야의 종소리를 듣기 위해 TV 앞에 앉았다. 지난 40여 년 만에 밤 12시 기온이 영상이어서인가 특히 인파가 많다고 한다. 평소에도 미리 신청해서 허가받으면 보신각종을 10명 이내의 사람이 타종할 수 있게 해서 나도 올해 타종한 적이 있다. 그래도 역시 타종은 제야의 종소리를 듣기 위한 타종이 제격이다. 1초 전 그리고 드디어 타종과 함께 함성이 들리면서 새해가 된다는 느낌이 강하게 왔다. 저마다 마음속에 무엇인가를 새겼을 것으로 생각된다. 나의 바람은 나와 내가 아는 모든 사람이 건강했으면 하는 것과 조선의 당쟁을 들은 바 있는데 지금은 그보다 더하면 더 하지 싶어서 제발 나라와

백성 좀 생각해 달라고 빌었다. 물론 세계적으로는 전쟁이 없기를 기원

한다. KBS 연예 대상을 새벽 1시 40분 끝날 때까지 보았다.

2

걸으며 대화하는 즐거움

1. 오늘은 대학 동기들이 오전부터 만나는 날이다(2023.1.17)

오전에 등산하고 중식 그리고 희망자는 오후 2시부터 당구를 즐기고 만찬까지 하는 날이다. 다른 일로 동기들과 등산과 식사는 못 했으나 나는 재미있게 당구를 치고 즐거운 대화 속에 저녁 식사를 했다. 대학 동기동창 중에 살아온 길도 비슷한 친구들의 모임이라 만나면 늘 즐겁고 우정을 느낀다. 처음에는 17명이었는데 사망, 병고 등으로 12명이 출석한다.

2. 아차산 등산하며 제4보루를 잘 관찰함(2023.3.17)

대학산악반 동기 중 최근 10여 년 5명이 등산을 해왔다. 그중 2명이 건강상 불참하다가 한 사람은 회복되었어도 동행하지 않아 코로나 기간에도 3명이 계속 걸었다. 오늘은 2명이 조촐하게 걸었는데 아차산역에서 기원정사 옆으로 주 능선에 올라 능선을 따라 걸었다.

같이 간 동료가 컨디션 난조로 내려오기는 싫고 천천히 걸어서 나는 특히 제4보루를 자세히 관찰했다. 아차산, 용마산, 망우산에 있는 15개 보루 중 두 번째로 넓은 보루인데 특히 다른 보루와 달리 3~4m 높이의 성벽이 둘려있어서 더 보고 싶었던 보루다. 용마산 정상 직전에서 김밥으로 점심을 먹고 쉬다가 다시 오르려는데 동행한 동지의 다리에 쥐가 나서 더 가기를 멈추고 긴고랑길로 내려왔다. 나이가 드니 건강이 문제가 된다. 6시간 동안 약 1만 8천 보 걸었다.

3. 대학 동기 모임에서 창덕궁과 창경궁 걷기를 함(2023.3.21)

낮과 밤의 길이가 같다는 춘분이다. 걸으니 더운, 따뜻한 봄날에 후원 홍매화에 곧 피울 꽃망울이 붉다. 상춘객이 궁궐 여기저기에 많이들 다닌다. 대궐, 나무, 산수유 등이 활짝 핀 꽃, 한복 입은 사람들이 한데 어우러져 아름다움을 더하고 있다.

4. 국수역 인근 남한강 강변 걷기 장소 확인차 답사(2023.9.6)

요즘 모임 날짜 정하기가 점점 어려워짐을 느낀다. 특히 코로나 이후 더 심해졌다. 개인의 생활을 우선하는 분위기 때문이라 생각하는데 당연히 정당하다. 다만 전쟁, 기아, 질병, 개발 시대를 살아오면서 나이 든 우리는 끈끈한 정으로 뭉치면서 개인보다는 단체 또는 공공의 일에 더 방점을 두고 살아왔다.

개인 위주의 생활로 바뀌면서 전처럼 전원 참석은 바라기 어렵지만 일을 추진하는 사람은 최선을 다할 수밖에 없다. 회원님 몇몇이 원하는 국수역 근처 남한 강변 음식점에 직접 가보았다. 현장 확인은 현직에 있을 때부터의 습관이다. 가보니 화요일이 정기 휴일이어서 그대로 진행하면 낭패를 볼 뻔했다. 회원 중 누가 예약했다고 해서 확인을 늦게 했으면 차질이 생겨 혼란스러웠을 것이다. 확인 방문차 간 덕에 좋은 환경에서 아내와 걷기, 점심 식사, 커피를 잘하고 왔다.

이곳이 남한강에 뗏목을 띄워 서울로 이동할 때 사고 나기 쉬워 인부들이 악을 썼다는 한여울로 표지석이 있었다. 어려서부터 말은 많이 들었지만 직접 와보기는 처음이었는데 지금은 팔당댐으로 물이 많아 전해오는 여울의 흔적을 볼 수는 없다.

5. 매월 3번째 화요일에 만나는 대학 동기생들(2023.9.19)

　오늘 9명이 나와 아차산을 걷고, 막걸리 곁들여 점심 식사하며 많이 웃고 떠들어 댔다. 아주 즐거운 모임 중에 하나다. 동기생 중에 교육부와 서울시교육청에서 근무한 사람들의 모임인데 꽤나 많은 친구가 유명을 달리했거나 몸이 불편해서 모임에 나오지 못한다. 현재 12명이 매달 걷기에서 1회, 일부는 당구장에서 1회 모두 2회 만나는데 번개 모임까지 하면 매월 3회 만나는 셈이다. 아프지 말고 저세상에 가지 말고 지금처럼 꾸준히 만났으면 얼마나 좋을까.

　아차산을 내려오다 크지도 작지도 않은 연못에 수연을 보다가 그 옆에 있는 빅토리아연과 꽃을 보았다. 빅토리아연꽃은 처음 필 때 흰색으로 밤에 피고 3일쯤 지나면 꽃이 활짝 피면서 붉은색으로 변한단다. 뿌리 하나에 잎이 하나 달린다는데 아주 큰 원반형으로 보기에 멋지다. 원반형 잎에 아이가 올라가도 가라앉지 않는다고 한다.

6. 대학동기회에서 아차산 산행(2023.10.17)

　오전 11시 출발하는 대학동기회 아차산 산행에 겨우 3명이 참석해서 역대 최소 참석을 기록했다. 행사 많은 가을에 바빠서 불참한다는 이유는 좋은데 나이 들어가면서 산행이 싫어지거나 어려워진 친구가 늘어가는 것이 문제다. 걷기 후 오후 1시 점심 식사에는 9명이 참석했다.

7. 대학 동기동창 전임 교육 관료들의 연말 모임(2023.12.19)

연말 모임이라야 평소와 같고 대화 내용이 다를 뿐이다. 대학 동기동창의 모임은 여러 종류가 있는데 오늘 모임은 교육 행정에 종사하던 동기 모임이다. 매월 세 번째 화요일 11시에 모여 2시간 등산하고 오후 1시에 식당으로 가는데 바쁜 사람은 아예 불참하거나 등산을 생략하고 식당으로 직행한다. 점심 식사 후 각자 일 보러 가고 차담을 하거나 당구 치러 가는데 당구 치는 사람은 저녁 식사까지 하고 헤어졌다.

물론 현직일 때도 매월 1회 만났고 경조사는 당연히 서로 챙겼다. 최대 27명이었으나 참석자가 계속 줄어들고 있다. 70세 이후 여자들이 빠졌고 지방에 가서 사는 경우도 있으나 대부분 아직도 바쁘고 사망은 3명뿐인데 아픈 사람도 많다.

1984년부터 회장인 나하고[중간에 2명이 잠시 했었음] 장소를 잘 정하던 친구가 요즘 바빠서 최근에는 광나루역 옆에 식당, 당구장을 정하고 아차산만을 올랐다. 내년에는 건강하게 지내고 아프지 말자며 헤어졌다.

8. 대학산악반 회원 중 등산 어려운 사람들의 모임에서 걷기 (2023.4.3)

대학산악반 OB 회원의 등산 모임에 참여하여 후배들 걸음에 뒤처져 부담을 주지 않기 위한 사람들이 월 1회 모여 걷기 시작한 지 8개월째 된다. 늙은 것이 죄라면 죄이고, 늙어도 산을 잘 타는 사람도 있지만 그렇지 못하니 어쩔 수 없어 이리되었다.

오늘은 8명이 모여 현충원 경내를 걸었다. 수양벚나무가 많기로 유명하고 마침 칭칭 늘어져 벚꽃이 잘도 피어 있었다. 한데 여기까지 와서 그냥 갈 수는 없어 이승만 대통령과 박정희 대통령 묘에도 들렀다. 사람이 줄을 이었는데 며칠 전 이승만 대통령 탄신 148주년 기념식이 있어서 그런 것 같고 박정희 대통령 묘소는 단체 참배객도 있어 줄을 서서 기다리고 있었다.

요즘은 어디 가나 볼 만한 벚꽃 군락이 많지만 4.1일 양재천, 4.2일 여의도, 4.3일 현충원 등 연속으로 유명한 벚꽃 집단을 보았다. 석천 호수변, 전주-군산 도로, 남한강 변, 중랑천 변 등을 비롯하여 많은 곳이 있지만, 벚나무 꽃 구경은 이것으로 그치려 한다. 오늘은 1만 3천 보를 걸었다.

9. 서울대공원 장미원 걷기(2023.5.9)

　대학산악반의 등산부와 함께하기가 벅찬 회원과 또는 등산을 하더라도 둘레길 걷는 회원과 더 걷고 싶은 회원들이 오늘은 서울대공원으로 가서 주로 장미원 일대를 걷기로 하고 모였다.

　여기저기 장미꽃이 보여서 일찍 장미를 보고 싶기도 하고 비 온 후 신록이 우거지는 너른 공원에서 기지개도 피고 싶어 모였는데 8명이 참석했다. 장미는 이식한 곳에만 부분적으로 피어 있었고 장미원 안의 장미는 빨라야 일부는 다음 주 나머지는 월말께나 필 것 같다. 시원한 공간에서 지인들과 하는 담소가 늘 좋다. 식사 시간을 숲속에서 갖고 싶

어 각자 준비해오기로 해서 오붓하니 둘러앉아 점심 식사를 했다. 마치 가족 같아 좋았다.

10. 대학산악반 둘레길 걷기팀과 걷기 참석(2023.6.20)

부부 동반으로 만나는 대학산악반 둘레길 걷기팀과 남자 동기만 만나는 대학동기회 걷기 모임은 매월 만나는 데 오늘은 두 모임이 어쩌다 같은 날이 되었다. 먼저 10시 반 올림픽공원역에서 대학산악반 둘레길 걷기팀에 출석해서 12시 20분까지 걷고 점심 식사하러 갈 때 동기 모임 장소로 나는 떠났다.

　이어서 나는 12시 반 9호선 급행을 타고 동작동에 가니 12시 50분이라 13시 동작동 현충원 만남의 집에 늦지 않게 도착했다. 대학동기회 걷기 모임에서 해마다 6월에는 현충원을 참배하여 왔다. 참배 후 영내를 걷고 나서 만남의 집에서 점심을 했다. 점점 숫자가 줄어 오늘은 10명이 나왔다. 각자 다른 음식을 시켰는데 나는 돈가스가 좋아서 그걸 시켰다.

　그리고 당구를 치러갔다. 5명이 가서 두 테이블에서 쳤는데 사이좋게 돌아가면서 1등을 한 번씩은 다했다. 저녁으로 소고기를 들었으니 오늘은 육류로 배를 불렀다. 오늘 모두 1만 4천 보 정도 걸었다.

11. 삼락회와 삼락산악회 합동 걷기 모임 참석(2023.4.6)

지난 4월 4일 저녁부터 단비가 내리기 시작하여 4월 5일 종일 비가 내렸다. 그리고 오늘 오전에만 비가 내릴 것으로 예보가 되었지만 봄비 그것도 가뭄 속에 오는 비라서 맞아도 좋다는 마음으로 걷기에 참석했다. 특히 소속 단체 모임에 삼락회 본부가 함께 참석하는 형태는 처음이어서 의미도 있었다.

25명이 종합운동장역에서 모여 탄천~양재천 시민의 숲까지 약 1만 6천 보를 걸은 후 점심 식사를 맛있게 하고 헤어졌다.

이어서 좀 더 걷다가 나는 왕십리에 가서 지난 4월 1일 응봉산 개나리 축제 당시 개최된 초중등 학생 백일장대회에서 출품된 작품 약 90편을 놓고 심사를 하였다. 회장인 내가 위원장이 되어 6명이 하였다. 오늘 모두·2만 2천 보를 걸었다.

3

마음이 따뜻한 사람들의 걷기 모임

여기서는 '한밤의 사진 편지를 사랑하는 모임(이하 한사모)'이 주말인 일요일마다 걷기를 하고 후기를 써서 카페에 올리는데 내가 참석하여 걸은 이야기를 쓰려고 한다. 2007년 1월에 4명이 시작하고 그해 12월 이 모임이 약 30명 정도 되는 때의 12월에 내가 음식점을 마련하여 모신 적이 있었고, 나는 오늘날까지 이 걷기 모임에 나갔다. U자 걷기라 해서 강원도 고성부터 해안선을 따라 걸어서 파주 임진각까지 총 3,800리 1,517km 길을 10여 년 전 5년간 걸어서 이 모임이 동아일보에 기사로 났었다. 이제 회원 중 많은 분이 돌아가시고 연로하여 회원 수가 반감되었으나 여전히 주말에 걷기를 하고 있다. 나는 U자 걷기 당시 현직에 있어서 모두 참여하지 못하고 총 11구간 중 퇴임 후 마지막 3구간에 참석하여 걸었다.

이 모임의 주말 걷기는 해마다 주말에 이어졌고 앞으로도 상당 기간 계속 걷게 될 것이다. 총 1년 52주 중 학생들처럼 덥고 추운 때에 쉬고 1

박 2일 걷기를 나가는 등 실제 주말 걷기는 약 35회 내외를 한다. 이 중에서 나는 올해 모두 26회 참석하였다. 26회가 모두 기록이 되어 있는데 월별로 정리하였다.

1-2월-1. 제623회 주말 걷기로 올해 걷기를 시작했다(2023.2.12). 지난 12월 하순 겨울방학을 시작하여 방학을 끝내고 오늘부터 걷기를 시작한 것이다. 2007년 시작하여 한때는 회원이 110명 정도 되었으나 16년 지나면서 돌아가시거나 생존해도 걷기가 힘든 회원 등이 계셔서 올해 회원 등록을 받은 결과 현재 57명이다. 세월 이기는 장사 없다고 그동안 회원이 많이 줄었다.

첫 모임인 오늘 월드컵경기장에 23명이 모여 매봉길을 걸었다. 지난해부터 이 정도의 회원이 나왔는데 전에 50여 명이 나올 때보다 단출해서 좋은 점도 있다. 무장애길이라 하여 휠체어를 타고 올라갈 수 있도록 데크를 잘 만들어 놓았다. 1990년대에 이렇게 해놓았다면 예산 낭비라 했을 터인데, 오늘 참석자들은 모두 잘해놓은 것이라고 칭찬을 했다. 확실히 전체 국민의 생활 수준이 많이 높아졌음을 느낀다.

1-2월-2. 주말 걷기(2023.2.19). 우수인 날 새벽부터 성당에 가고 올 때도 계속 봄비이면서 단비가 내렸다. 점심 식사 후 주말 걷기를 갈 때부터 싸한 바람이 스치더니 하늘이 아주 맑아서 눈이 부셨다. 회원 17명 참석이라 저조하지만 즐거운 주말 걷기를 사육신 묘를 주로 해서 상도 터널을 지나 장승백이로 걸었다. 사육신이라는 이름은 그대로인 채 사칠신이 모셔져 있다. 여기 모신 충신들이 과연 충신인가 역적인가 한 회원

이 화두를 던졌다. 실패하면 역적, 성공하면 충신인 것을 굳이 말하니 별 반응 없이 잦아들었다. 저녁 식사로 먹은 추어 전과 추어탕은 참 맛있었고 식당에서 나눈 대화도 즐거웠다. 오늘 모두 1만 8천 2백 보를 걸었다.

1-2월-3. 제625회 주말 걷기에서 사진 촬영 담당(2023.2.26). 2007년부터 걷기를 해온 모임에서 회장 말고는 다 해본 것으로 알았는데 오늘은 처음으로 사진 촬영 담당을 했다. 서울숲 걷기였는데 시니어들에게 걷기 적당하고 우리 집에서 가까워 나와 아내의 안내 차례가 오면 회원님을 제일 많이 모신 장소다. 지난주 일요일 걷기에는 17명 참석에 저녁 식사 인원이 12명이었고 오늘은 19명 참석에 17명이 저녁 식사를 했다.

아내는 오늘 회원들의 걷기 전 과정을 안내했고 나는 사진을 찍었다. 바람도 거의 없고 기온도 영상 10도로 따뜻해 걷기에 쾌적한 날씨였다. 전 회원이 읽을(?) 걷기 후기를 쓰고 이것을 사진과 함께 카페지기에게 보냈다.

2-3월-1. 제626회 주말 걷기(2023.3.5). 관악산 무장애길 걷기였다. 5월부터 나오신다던 회원들은 아무도 나오지 않고 다른 회원이 모시고 온 두 명이 처음으로 출석해서 총 20명이 참석하여 식사는 18명이 했다. 약 1만 2천 보를 걷고 저녁은 신림동 순대와 곱창집에서 막걸리를 곁들여 즐겁게 했다.

건너편 서울대는 처음 이전할 때 말도 탈도 많았다. 제일 많은 말은 그냥 대학로에 둘 것이지 막대한 예산 들여서 왜 산골짜기로 옮기냐는 것이고, 시국 사건이 많은 시대라 그런지 데모만 하는 서울대를 관악산 후진 곳에 처박아 통제하려고 한다는 것이었다.

나는 학사와 석사는 구 서울대 터에서 했다. 1970년대 서울대 이전, 지하철 2호선 노선 결정 때와 2001년 연수 때는 서울대 인근 남부순환도로 부근에 살았다. 동숭동 구 서울대는 낙산을 모두 포함해도 30만 평, 지금 서울대는 100만 평에 이전했는데 공과대, 농업과학생명대와 기숙사, 산학협동 건물이 들어오면서 200만 평으로 부지가 늘어났는데도 건물이 빼곡하다. 당시 교육 백년대계라며 헬리콥터를 타고 돌아보다가 최종 터를 이곳에 잡은 박정희 대통령의 혜안이 있었음을 50년이 지난 지금에 느낄 수 있다.

2-3월-2. 제627회 주말 걷기-양재천변 걸음(2023.3.12). 비가 온 후에 추워진다고 해서 참석자가 적을 것으로 생각되었으나 18명이 참석했다. 그러고 보면 회원 17~20명의 고정 맴버가 참가한다고 봐도 될 것이다. 모든 풀 종류와 나무 종류들이 새싹을 내고 있으나 아직은 겨울 같은 갈색 일변도이고 산수유꽃은 만개했지만 다른 꽃은 곧 개화할 준비만 되어 있음을 볼 수 있었다.

휴대한 우산을 한 번도 펼친 적은 없었는데 기왕 시작한 비가 좀 더 내리기를 바랬다. 오후 3시에 모여 걸었는데 오후 5시경부터 찬 바람이 아주 세차게 불어왔다. 내일 아침 기온이 영하로 내려가 꽃샘추위가 하루 연출된다고 한다. 오전 포함 약 1만 6천 보 걸었다.

2-3월-3. 제628회 주말 걷기-청계천 걸음(2023.3.19). 회원 21명이 시청역 5번 출구에 모여 청계천 변 걷기를 했다. 완연한 봄 날씨로 걷기에 좋았다. 628회 걷기 중 처음으로 현지답사 없이 걸어서 내 보폭으로 약 1만 7천 보를 걸었으니 대부분 힘들어했으나 이 모임의 특성으로 아무도 공개적으로 불평하지 않았다. 나는 오전에 걸은 것을 합하니 약 1만 9천 보를 걸었는데 이틀 전 아차산-용마산 1만 8천 보 걸은 후 근육이 좀 아프던 것이 회복되어 걷기에 좋았다.

청계천 소라광장에서는 음악 축제가 있었다. 상춘객이라 할까, 부모 모시고 온 젊은이와 아이들 데리고 나온 젊은 부부들이 많이 눈에 띄어

보기에 흐뭇했다. 개나리도 피었고 한 마리뿐인 중백로가 카메라 세례에도 꿋꿋하게 모델 역할을 잘해주었다. 저녁 식사는 마장동 한우 골목에서 했는데 코로나 때문에 3년여 만에 이곳에 갔다.

2-3월-4. 제629회 주말 걷기는 여의도 샛강 걸음(2023.3.26). 기온이 좀 낮아져서 걷기에는 오히려 좋았다. 샛강역에서 금년들어 최고 인원인 25명이 모여 인원 점검하고 출발했다. 우리 아파트 내 벚꽃은 만발했는데 여의도 벚꽃은 일부 만개한 곳도 있었지만 1주일 후나 만발할 것 같다.

걷는 속도 차이로 선도가 여러 번 기다려가며 걸었다. 나이 차와 개인의 건강 차이가 걷기 속도의 차이로 나타난다. 나이가 들면 걷기뿐만 아니라 활동에 어려움이 생기는데 어쩔 수 없는 현상이다. 오늘 오전 약 3천 오후 합 1만 5천 보 걸었다.

3-4월-1. 제630회 주말 걷기로 여의도 윤중제를 걸음(2023.4.2). 여의도역에서 23명의 회원이 모여 여의도 윤중제를 걷다가 샛강으로 내려와 걸었다. 어제 양재천 벚꽃은 절정에서 보았는데 오늘 여의도 벚꽃은 시기적으로 조금 늦기는 했어도 많은 인파와 함께 볼만 했다. 국회의사당 옆에서 윤중제로 올라오니 벚꽃이 더 화려해 보였다.

이어서 당산철교 방향으로 걸어가는데 소방 헬기 3대가 한강에서 물을 길어가는 장면이 목격되었다. 바위로 된 산인 인왕산에 나무도 별로 없고 면적도 좁은 곳에서 불이 나다니 이해가 안 된다. 전국이 동시다발로 여러 곳에서 산불이 나고 있다. 강수량 부족이 원인이겠으나 사람들의 부주의가 큰 원인일 것 같다고 인왕산 산불을 보고 더 생각하게 되었다. 오전에 걸은 것을 포함해서 약 1만 6천 보 걸었다.

3-4월-2. 제631회 주말 걷기는 성남시 탄천 변을 걸음(2023.4.9). 정자역에 19명이 모여 서로 인사를 나누고 정자역 바로 앞 난간이 부서져 2명의 시상자가 난 다리를 보았다. 안내를 맡은 회원이 부서진 난간 보수로 탄천 변을 걷지 못함을 알려주었다. 이제는 이런 부실한 다리를 만들지도 않겠지만 몇 개월 전 안전 진단 결과 이상 없다던 다리의 난간이 부서졌으니 다른 다리는 튼튼한지 아직도 우려된다.

바람이 많고 공기도 한랭건조해서 걷기에는 좋은 날씨이다. 벚꽃과 개나리가 아직도 피어 있어서 오히려 더 멋있게 보였다.

오전에 부활절 행사에 다녀오고 오후 걷기를 한 오늘은 약 1만 6천 보를 걸었다. 오늘도 전에 함께 근무하던 4살 위 동료가 암으로 걷지도 못하고 누워있다는 우울한 소식을 들었다. 아무리 100세 시대라지만 80전후에 돌아가시거나 외출하기 힘들 정도로 쇠약해지는 사람들이 많다.

3-4월-3. 제622회 주말 걷기는 안양천 변을 걸음(2023.4.16). 오후 3시 금천구청역에서 회원 19명이 모여 인원 점검과 걷기 안내를 마친 후 걷기를 시작했다. 벚꽃 피었을 때와 가을 단풍이 들었을 때 몇 번을 걸었던 길이다. 꽃 필 때와 단풍 들 때 모두 환상적으로 아름다움을 뿜어내는 곳이다. 썩은 물 냄새가 나던 안양천은 맑고 물고기도 많이 살고 있다.

저녁 식사를 하고 다음 주를 기약하며 광명역에서 전철을 타고 귀가했다. 오늘은 오전에 걸은 것을 포함해서 모두 1만 4천 보를 걸었다. 봄 날씨로는 바람이 차다.

3-4월-4. 제623회 주말 걷기는 노량진-대방동 일대를 걸음(2023.4.23). 오후 3시 노량진역에서 22명이 모여 대방동 소재 (전)공군 본부 일대를 걸었다. 이 지역에서 7년간 근무한 적이 있으나 50년 전 일이어서 너무나 큰 변화에 놀라울 뿐이다.

대로변에 새로 생긴 고층 빌딩, 공군 본부 이전, 숭의여고가 이전해 옴으로 변한 주위 환경, 언덕 능선에 있던 주택을 철거하고 공원을 만든 것 등등 아무리 10년이면 강산이 변한다지만 여기도 천지개벽을 했다는 느낌을 지울 수 없었다.

하기는 1960년대 공사 후문 앞에 있는 장애인 시설에 자원봉사 하러 갈 때 장승백이로부터 서울공고로 가는 도로는 당시에 개천이었고 비 오는 날 개천 양쪽 뚝 위에 난 길을 걸을 때 구두와 양말을 벗어서 들고 걸은 추억이 있다.

3-4월-5. 제634회 주말 걷기는 옛 경춘선을 걸음(2023.4.30). 오후 3시 1호선 월계역에서 회원 28명이 모여 구 화랑대역까지 걸었다. 올해 들어 제일 많은 회원이 모였다. 원래는 성북역부터 그리고 최초에는 성동역(제기동 소재)부터 춘천역까지가 경춘선이었다. 성동역에서 성북역까지는 수십 년 전에 철로가 없어졌고 최근에는 아예 선로 변경으로 성북에

서 퇴계원까지 구 철로는 없어졌다.

오늘은 월계역에서 구 화랑대역까지 걷기 좋은 길로 말끔하게 만들어 놓은 길을 걸었다. 특히 구 화랑대역은 너무 멋지게 꾸며 놓아서 그곳에서만 아이들과 하루를 보낼 수 있을 정도였다. 오전 오후 모두 1만 5천 6백 보 걸었다.

4-5월-1. 오늘 주말 걷기는 안산을 거쳐 홍제천 걷기였다(2023.5.7). 19명이 독립문이 보이는 곳에서 만났다. 독립문은 한 단체가 세운 자랑스러운 문이라 자부심은 있으나 아무리 생각해도 규모가 너무 초라하다. 조선 왕국이 500년 만에 중국으로부터 독립한 것을 기념하기에 더욱 그렇다. 3일간 흠뻑 내린 비가 그치며 아카시아꽃이 만발하여 향내가 꿈속을 다녀오게 하였다. 깃대봉부터 보현봉까지 북한산이 잘 보인다. 오전에 다녀서 걸은 걸음과 걷기 모임에서 걸은 것 총합이 1만 6천8백 보.

4-5월-2. 제638회 주말 걷기로 국립박물관 탐방(2023.5.28). 어제 오전부터 오는 비가 밤새 그리고 지금도 내린다. 초여름 비가 봄비처럼 조용히 그러나 강수량은 많게 내린다. 농사철 그중에 모내기가 한창일텐데 너무 고마운 비다. 물론 3일 연휴 계속 비가 내리니 좀 그렇기는 하다. 나막신 장사와 우산 장사 아들을 둔 어머니 심정이랄까. 원래는 국립박물관 주위 길을 걸으려 했으나 비가 계속 와서 박물관 관람을 그것도 각자 알아서 하는 것으로 하였다.

그동안 특별전 위주로 보긴 했으나 기본적으로 전시된 것은 열심히 보기는 했어도 다시 와서 재차 봐도 좋은 것은 좋고 모르는 것이 대부분임은 변함이 없다. '영원한 여정 특별한 동행-상형 토기와 토우 장식 토기' 특별전이 있어 주마간산 격으로 보았다. 18명의 회원과 관람을 하고 15명이 함께 모여 저녁 식사를 했다.

5-6월-1. 제638회 주말 걷기는 잠실 강변을 걸음(2023.6.4). 지난 17년 여를 걷다 보니 걸었던 길도 많이 걷는다. 오늘 안내를 맡은 회원은 다른 회원을 위해 새로 개발한 길을 걷게 안내했다. 잠실 새내역에서 내려 한강 변으로 가서 태양을 등지고 현대아산병원 옆으로 하여 올림픽 공원을 지났다.

새로운 길이라 호기심이 일어 모두 좋았고 한강 변에 어도와 한강에서 올림픽 공원으로 들어서는 길에 늘어선 미루나무 일명 포플러가 늘어서 있는 것이 인상 깊었다. 내가 어릴 때는 포플러가 특히 신작로 가에 많이 심어있었고 시원한 여름을 알려주는 역할을 했다. 오전에 걸은 것과 합해서 오늘 약 1만 8천 보를 걸었다.

5-6월-2. 주말 걷기 사전답사(2023.6.10). 6.25(일)에 우리 부부가 주말 걷기 안내와 사진 촬영 그리고 걸은 후에 후기 작성을 수행하는 당번이 되었다. 둘이 시간을 낼 수 있는 날이 오늘밖에 없어서 점심 식사 후 서울숲으로 갔다. 전에도 몇 번 이곳을 안내한 적이 있고 특히 올해 3월에도 이곳을 걸었다. 그러나 여름에 안내하기는 처음이기도 하고 당연히 사전답사는 아무리 사소해도 해야 하니까 비가 예보되어 우산도 지참하고 갔다.

하필이면 행락철 하이라이트 중 하나인 서울숲 호수 인근을 대대적으로 수리해서 출입을 제한하고 있었다. 숲은 무서울 정도로 우거졌다. 손주를 데리고 처음 산책하던 10여 년 전과는 비교하기 어려울 정도다. 여러 가지 꽃도 많이 피어 있었고 시원한 바람도 좋았다. 포천에 집중호우, 서대문구에 우박이 내리고 돌풍이 불었다는데 서울숲은 빗방울만 한두 방울 그것도 나는 보았는데 아내는 못 보았단다. 걷기 회원을 모실 식사 장소에서 저녁 식사를 함으로서 답사를 끝냈다.

5-6월-3. 제640회 주말 걷기는 여의도 샛강을 걸음(2023.6.11). 대체로 흐리고 습도가 높은 날씨에 여의도역에 21명이 모여 주말 걷기를 시작했다. 여러 번 걸은 샛강이지만 걷기 위해 모인 사람들과의 대화와 친숙한 경치가 정겨웠다.

나이 들어가면서 건강이 나빠지거나 건강은 괜찮은데 체력이 약해져서 걷기 힘들어하는 회원이 계속 증가하고 있다. 이것이 자연의 섭리라 할 말이 없고, 전에 없이 사람의 평균 수명도 꾸준히 상승하는 데 이것은 인류의 노력이니 그저 살아있는 동안 다른 사람에게 신세 지지 않고 건강하게 지내다가 소천하기를 바랄 뿐이다.

5-6월-4. 제641회 주말 걷기는 광교 호수 둘레길 걸음(2023.6.18). 광교중앙역에서 모두 16명이 모여서 광교 호수 둘레길을 걸었다. 거리가 다소 멀기도 하고 기온이 섭씨 33도까지 올라 폭염주의보가 내린 탓에 출석률이 다소 낮았다.

그러나 대지가 아직 데워지지 않았고 바람도 불어 오히려 지난 일요일 여의도 샛강 걷기 때보다 시원했다. 대지가 뜨겁게 달궈진 다음에 작열하는 태양에서 열이 쏟아져 올 때 습도까지 높으면 견디기 어려운 더위를 느끼게 된다. 오늘은 기온이 다소 높다는 것만 문제인데 2018년 8월 2일 서울이 섭씨 40.8도가 된 적이 있었는데 그날 나는 교육삼락회 사무실로 사용할 오피스텔을 매입하려고 시내를 돌아다녔다.

충분히 물을 마시고 직사광선을 가급적 피하면서 과로하지 않으면 40도까지는 견딜 만하다. 광교 호수와 그 주변은 언제 봐도 그림같이 아름답다. 오전 4천 5백 보, 오후 광교 1만 2천 보 합 1만 6천 5백 보 걸음.

5-6월-5. 주말 걷기를 하다(2023.6.25). 오늘 642회 주말 걷기의 안내자가 아내라서 사진 촬영을 맡은 내가 아내에게 시장보기와 시장 근처 음식점에서 점심 식사 서비스를 했다. 사실 나는 식품영양 전공을 하고 중고등학교 가정과 교사를 한 아내 덕분에 매일 맛 있는 식사를 하니 365일 고맙다. 15시부터 서울숲을 걸었는데 장마 전이라서 바람 한 점 없는 무더운 날씨인데 참석하신 19명 회원님께 감사드린다. 저녁 식사 후 귀가하니 고단하다. 오늘 오전 오후 모두 1만 9천 보를 걸었으니 내 다리도 더운 날씨에 고생했다.

6-7월-1. 제643회 주말 걷기는 무릉도원수목원에서 실시함(2023.7.2). 오후 3시 19명이 7호선 까치울역에서 만나 걷기 시작하였다. 기온은 32도로 보통이나 습도가 높아 찌는 더위여서 먼저 실내 공간에 있는 부천 식물원을 견학했다. 주로 유치원 및 초등학생과 중학생을 대상으로 해서 학부모들이 학생과 함께 관찰 활동을 하는 경우를 볼 수 있었다. 열대 식물원으로 들어가니 밖에 날씨보다 더 더웠다.

이어서 무릉도원수목원을 견학 겸 걷기를 하였는데 정말 더웠다. 시설은 참으로 잘 되어 있었고 규화목을 잘라 길에 깔았고 큰 나무 형태의 규화목을 전시해 놓았다. 이곳은 전에도 몇 번 왔었는데 몇 년 만에 다시 오니 데크 길을 전체적으로 연장하면서 모두 연결해 놓아 무장애 길을 만들어 놓았다. 장애인과 휠체어를 타는 노인들도 숲속 길을 걸을

수 있게 아주 잘 만들었다. 경비가 많이 소요되었을 것이다. 오늘 약 1
만 2천 보 걸었다.

6-7월-2. 제644회 주말 걷기는 가양대교 남단~허준 박물관 일대를 걸
었다(2023.7.7). 9호선 가양역에서 주말 걷기 회원 24명이 모였다. 비가
올 것으로 알고 참가회원 수도 적을 것으로 예상했으나 오후 3시 걷기
시작할 때부터 귀가할 때까지 비 한 방울도 내리지 않았고 참가회원도
평상시보다 몇 명 더 나왔다.
　역을 나오니 우리 일행을 해님이 나와서 맞이했다. 그러나 비가 올 것
에 대비하여 허준박물관 탐방을 계획하여 냉방이 잘된 곳에서 편하게

해설사의 설명을 들을 수 있었다. 허준은 이조판서의 추천으로 입궐하게 되고 광해군의 병을 고쳐 정3품이 되었다. 양천 군수의 서자이면서 탁월한 의술과 동의보감 등의 저술로 살아서는 종1품, 사후 정1품 숭록대부 양평군으로 추서되었다. 조선 시절에도 출중한 실력 보유자에게는 특채와 특진이 있었다. 박물관 견학으로 얼마 걷지는 못했으나 의미 있는 시간이었다.

이제 여름 방학에 들어가 5주 후에 다시 걷기 모임이 있게 된다.

7-8월-1. 제646회 주말 걷기-광교 일대 걸음(2023.8.27). 1달간의 여름 방학을 끝내고 지난주 일요일부터 주말 걷기가 시작되었다. 나는 8박 9일 프랑스를 다녀오냐고 1주일 늦게 오늘부터 참석하였다. 더위가 많

이 수그러들어 오늘 아침은 23℃로 열대야를 벗어났고 낮 기온은 29℃로 30도를 내려섰다.

오늘은 광교역에서 15명이 모여 광교산 입구로부터 광교 호수를 일주하였다. 광교 롯데 아울렛에서 저녁 식사를 하고 광교역에서 전철로 귀가하였다. 더위도 가신데다 흐리기까지 해서 걷기 좋은 날이었다. 오늘 1만 5천 보 걸음.

8-9월-1. 제647회 걷기 모임에서 사진 촬영을 하였다(2023.9.3). 오늘 주말 걷기에서 아내가 안내를 맡았고 사진 촬영과 걷기 후기 써서 카페에 올리기는 내가 맡았다. 19명이 참석하여 최근으로는 많은 회원이 참석했다. 비가 오겠다는 일기예보 때문에 걷기에 지장을 줄까 걱정했는데 오히려 흐린 날씨여서 걷기에 좋아 그렇게 고마울 수가 없었다. 어제 '오

펜하이머' 영화를 본 후에 사전답사를 하며 초가을 햇빛이 얼마나 따가 웠는지 그래서 더 그런 생각을 하게 된 모양이다.

3, 4호선 충무로역에서 모여 한옥마을 문화체험을 했다. 원래 걷기에 진력해야 하지만 아직 더운 날씨를 고려했다. 약 1시간 걸은 후 '망북루' 라는 정자에서 간식 시간을 갖고 마침 노래를 잘하는 회원이 참석하여 우리 가곡을 시원하게 잘 듣고 당연히 앵 콜 송도 들었다.

이어서 남산 둘레길에 올라 걷고 명동역 근처 식당에서 저녁 식사 후 헤어졌다. 아내가 안내하는 동안 길을 잘못 들거나 뒤 처지는 회원을 위 해 앞뒤로 돌아다니다 보니 오전에 걸은 것을 포함해서 오늘 약 1만 5 천 보를 넘게 걸었다.

8-9월-2. 제648회 주말 걷기 참가(2023.9.10). 주말 걷기 장소는 현충원이었다. 금년에 현충원은 네 번째 갔는데 그중 두 번은 봄날 벚꽃 구경하러 모임에서 간 것이고 6월에는 해마다 정식으로 참배하러 가는 모임에서 갔다. 동작역에서 21명이 모여 출발했다. 채명신 장군 묘역에 갔더니 마침 어제(9.9일)가 장군 부인께서 돌아가시고 장례식을 한 날이어서 되다 잘된 일이 되었다. 전원 참배했다.

현충원 둘레길을 걷다가 경찰 충혼탑 앞에서 단체 사진을 찍은 후 박정희 묘역을 지나게 되어 또 참배했다. 어제는 정지용 시인 관련 '지용제'에 참석하고 도보 5분 거리에 있는 육영수 영부인 생가에 들렀었는데 우연히 오늘 육영수 영부인 묘소에도 들리게 되었다. 오늘 참배는 걷기 코스 바로 옆에 있는 두 곳만 했다.

저녁 식사는 이수역 근처에서 추어탕으로 했다. 오전 오후 모두 1만 5천 보 걸었다.

8-9월-3. 제649회 주말 걷기 참가-도봉산역 일대 걸음(2023.9.17). 주말 걷기는 15시 도봉산역에서 19명이 모여 출발했다. 창포원을 한 바퀴 돌아 도봉산 공원 안에 살짝 들어갔다 나오는 것으로 마치고 코다리집에서 맛있는 저녁 식사를 했다.

오늘 걸은 곳은 북한 전차부대 침략 시에 최후 수도 방어선이었는데 전 정부에서 헐어내고 평화문화진지를 만든 곳이다. 뻥 뚫어 놓은 저지선은 문화 공간을 만들었다. 아무리 나쁜 평화라도 전쟁 보다 났다는 논리로 없앤 방어선 자리와 베를린 장벽 세 덩어리를 전시해서 장벽은 없어야 한다는 것을 암시한 두 가지를 보았다.

이 장면에 정찰을 잘하기 위한 인공위성 발사에 연거푸 실패하고 미국 동부까지 멀리 가는 미사일을 개발했는데 대기권 진입에 의도대로 되지 않는 것을 개선할 기술을 얻으러 김정은이 소련을 방문하여 푸틴을 만나러 간 것이 오버랩 되어 보였다. 이미 개발한 원자폭탄을 실제로 사용할 기술을 얻으려 하는 북한 앞에서 북한에 평화를 구걸하면 어찌 될 것인가.

베트남 통일에서 구 월맹이 남베트남을 흡수 통일하고 수많은 인명을 살상하고 사실상 겉만 좋은 속방처럼 되게 한 것과 과거 중국에 제후국으로 조공을 바치던 우리의 조선과 그로 인해 국방이 약해 일본에 나라를 빼앗기고 고된 식민지 생활하던 일도 떠올리지 않을 수 없다.

전쟁 물자 그것도 최강의 핵폭탄을 거머쥔 북한 앞에 한없이 작게 살 것인가 좀 더 노력해서 북한을 능가하는 화력으로 긴장 속에 평화를 유지할 것인가는 국민이 선택할 일인데 나는 최소한 자기방어 힘이 있어야 이웃과 좋은 관계 유지가 된다는 의견에 동의한다.

9-10월-1. 제650회 주말 걷기-구파발 한옥마을 일원 걸음(2023.10.1).
추석 연휴지만 걷기 좋은 날씨에 걷기 모임은 계속되었다. 조선 왕궁 십
리 밖이니 특명만 없으면 무엇이든 해도 되는 수도 외곽이 구파발이다.
구파발역 1번 출구에서 북한산 방향의 개천으로 걸어가다가 금성대군
을 기리는 금성당이란 당굿과 더 올라가서 화의군 묘역을 본 후 은평역
사한옥박물관을 보는 것으로 걷기를 마쳤다.

　전형적인 초가을 날씨에 박물관에서 바라본 한옥과 북한산이 명물
이었다. 걷기와 탐방을 곁들인 주말 걷기여서 정식 걸은 것은 8천 걸음
이 안 되었다. 나는 오전에 걸은 것과 걷기 끝나고 집으로 헤어져 돌아
올 때 저녁 식사를 한 식당 앞에서 대부분의 회원이 시내버스를 탔으

나 타지 않고 구파발역까지 약 5천 보를 걸어 나와 모두 1만 5천 보 이상을 걸었다.

9-10월-2. (2023.10.22). 오후 3시부터는 및 제654회 주말 걷기에서 사진 촬영을 해야 하고, 걷기가 끝나면 카페에 올릴 글을 써야 해서 제31회 과학 싹 큰 잔치 2일 차 탐방을 서둘러 끝내고 올림픽공원에서 서울숲으로 이동했다. 서울숲에도 단풍이 들기 시작했다. 2시간 40분간 약 7km를 걷고 저녁 식사 후 헤어졌다. 오늘 아침부터 오후 7시 반 귀가할 때까지 계속 움직였더니 약 18,500보를 걸었다.

10-11월-1. 한사모 655회 걷기는 후원[비원] 이었다(2023.11.5). 과거 비원을 후원으로 명칭 변경했다. 회원 22명이 후원 구경을 갔다. 단풍 든 후원의 아름다움을 보러 갔는데 단풍이 전과 같지는 않았어도 후원은 역시 아름다웠다.

모두 사진에 담고 싶다. 나만 그런 것이 아니라 다들 그랬다. 정조 친 필 현판이 있는 존덕정에서 긴 시간 휴식을 하며 사진을 찍고 싶은 사람 들에게 충분한 시간이 주어졌다. 처음 보게 된 관람정 옆에서 본 연못과 나무들 모습이 정말 아름다웠다.

낙엽(단풍잎)   낙엽(은행 잎)

10-11월-2. 656회 주말 걷기에 서둘러 가서 합류했다 (2023.11.12.). 결혼식에 참석했다가 한 30분 늦게 도착해서 젊을 때처럼 쫓아갈 힘은 없고 샛길로 올라가서 일행과 합류했다. 몇 년 전만 해도 다른 일을 보고 걷기에 참석하면 빠른 걸음으로 일행을 뒤쫓아 가곤 했으나 이

젠 무리가 되어 쉬운 길을 택한 것이다. 남산 북사면 걷기로 여기는 가장 늦게 멋진 단풍을 선보이던 곳인데 올해는 오랜 늦더위에 잎이 제각각 반응해서 단풍이 시원치 않다. 이미 나뭇잎은 떨어져 나목이 듬성듬성 보이는데 그 옆에는 푸른 나뭇잎이 그대로인 나무도 있었다.

10-11월-3. 제657회 주말 걷기는 대공원 둘레길이었다(2023.11.26). 4호선 대공원역에 18명이 모여 서울대공원 둘레길을 걸었다. 다소 쌀쌀한 날씨지만 걷기에는 좋은 상태였다.

봄부터 가을까지는 사람들로 붐비는 편인데 초겨울 날씨가 되니 사람들이 별로 없어 썰렁하다. 곤돌라는 계속 움직이고 있는데 사람이 탄 것은 보이질 않는다. 모든 것이 제철이 있다. 서울랜드는 외관이 요란하고 서울대공원은 단조로운데 최근 서울대공원 여러 곳에 조각상을 많

이 배치한 것이 보인다. 호숫가에 홀로 앉은 까치가 한가롭게 보이고 호수에 비치는 청계산도 조용하게 보인다.

11-12월-1. 제658회 주말 걷기로 안양천 변을 걷다(2023.12.3). 금천구청역에서 18명이 모여 안양천 변을 걸었다. 15년 전만 해도 악취가 나던 안양천이 깨끗해졌다. 깨끗한 물에는 왜가리/백로가 한가롭게 노닐고 있었다.

안양천 둑에 봄이면 벚꽃, 여름이면 녹색 그늘, 가을이면 단풍이 멋졌는데 나뭇잎이 모두 떨어진 나목이 그래도 든든한 울타리처럼 늘어서 있어 좋았다. 갈비탕과 막걸리 한 잔으로 저녁을 하고 각자 귀가했다.

11-12월-2. 제659회 주말 걷기는 호수공원과 메타세쿼이아길 걸음(2023.12.10). 월드컵경기장역 2번 출구에서 회원 19명이 모여 주말 걷기를 했다. 4대의 에스컬레이터가 다 고장 났는데 몇 개월 되었다고 한다. 사정이 있겠지 하면서도 이런 곳이 여러 곳에 보이니 사보타주가 아닌지 괜히 불안하다.

호수공원 둘레에 여름처럼 사람이 많지는 않아 한적한 기분이 들지만 그래도 소풍객이 꽤 있다. 메타세쿼이아길 일부는 '시인의 거리'라 명명하며 꽃무릇 일명 상사화를 많이 심어 놓았다. 대설도 지났

는데 겨울 날씨가 계속 15℃를 웃돌아 덥다. 오늘 오전에 걸은 것을 합하여 약 1만 5천 보를 걸었다.

11-12월-3. 2023 한사모〈한밤에 사진 편지를 사랑하는 모임, 이하 한 사모〉 송년 모임(2023.12.17). 2007년 1월 함수곤 교수 부부와 허필수 회장 부부가 걷기 모임을 시작하여 '한사모'라는 이름으로 발전하여 한때는 회원이 110명에 이르렀다. 원래는 '한밤에 사진 편지'를 함수곤 교수께서 꾸준히 카페에 올렸는데 주말 걷기 모임을 만들고 회장을 하면서 거의 이 편지 쓰기와 주말 걷기, 나중에는 하모니카 반을 강사를 초빙하여 운영했다. 그러나 함수곤 교수님 눈이 나빠져서 '사진 편지'를 주말 걷기 후기로 대체하고 일선에서 물러나면서 '한사모'는 위축되어 갔다.

고령화로 사망, 노환, 질병이 닥치면서 회원 수가 감소하고 설상가상으로 코로나로 활동이 멈추기도 해서 회원이 약 50명대로 줄었고 산보하는 수준으로 느리게 1만 보 이하를 걷게 되었다. 거기에 함수곤 교수께서 11월 18일 유명을 달리하였다. 다행히 후에 입회한 사람들 위주의 집행부가 잘 운영하고 있었으니 앞으로 계속해서 잘 나아갈 것이다. 그것이 은퇴 후 한사모에 특히 정성을 쏟은 함 교수님을 위해 좋은 길일 것이기도 하다.

B

배 움

1
연륜과 권위가 넘치는 과학기술포럼

1. 과학기술포럼 제300회 기념 월례 토론회에 참석(2023.1.18)

1995년 11월 당시 김시중 전 과기부 장관이 과학기술포럼의 창립총회를 하여 거의 매월 개최해서 지금에 이르렀으니 대단한 일이다. 김시중 전 장관님은 1990년 한국과학교육단체총연합회를 창립하여 초대 회장이 되고 이 단체는 오늘날도 잘 운영되고 있다. 이 단체 창립에 당시 교육부 관료였던 나도 일조를 하였고 후에 세 번 회장으로 선출된 적이 있다. 과학기술포럼 100회, 200회는 기념식을 거하게 했으나 300회 되는 달이 1월이어서 이번에는 기념식 대신 5월 전후해서 1박 2일 일정으로 과학기술 현장 답사를 할 예정이라 했다.

첫 번째 연사는 조완규 전 교육부 장관으로 "과학기술인은 우리나라 보배다"라는 주제로 강연을 했다. 과학기술인은 이미 익히 잘 알고 있는 내용인데 주로 이 이야기를 했다. 박정희 대통령이 월남파병을 해주어 당시 존슨 미 대통령은 방한하여 한국에 파월 관련 딜 말고 무엇을 해줄까

물었다 한다. 초근목피로 살아가는 최빈국이 먹거리를 요구할 줄 알았는데 세계적인 과학기술연구소를 지어 달라고 해서 만들어진 것이 한국과학기술연구원(KIST)이었다. 키스트 건립에 박 대통령께서 얼마나 정성을 들였는가에 대해 간단한 말씀이 있었다. 이 연구소를 근간으로 독립해 나간 것이 현재 한국의 과학기술 관련 연구소들이고 과기대(KAIST) 역시 이 기관이 모체였다. 과학기술의 틀은 만들어졌는데 과학기술인의 우대는 '과학기술 유공자법'이 만들어졌음에도 우리나라 현재의 과학기술 유공자 예우는 다른 나라에 비하면 너무 초라하다는 말씀과 노벨상 관련하여 말씀이 있었다. 참고로 조완규 전 장관님은 금 년에 서양식으로 94년 7개월, 우리 식으로 하면 96세인데 건강해서 지팡이 없이 다니시고 강연도 앉지 않고 단상에 서서 한다.

두 번째 연사는 돌아가신 김시중 전 장관에 이은 두 번째로 현 포럼의 이사장인 박호군 전 과기부 장관이 "과학기술 전쟁 양상"을 주제로 강연을 했다. 맨해튼 계획을 이끈 주역 중 한 사람인 버니바 부시(1945), 빌 클린턴 대통령(1995) 등의 말을 인용하여 "과학기술 정책은 국가발전 정책의 핵심으로 부각, 종래 산업 수단으로 수립되었으나 현재는 경제와 산업 정책보다 우위에 놓여 있음"을 강조했다.

먼저 몽골제국이 어떻게 세계를 제패할 수 있었나를 설명했다. 말고기를 말려 주식으로 가지고 다녔고, 군인 1명당 말 5필을 배정하여 말 타고 이동하는 데 말이 지치면 달리는 말에서 다른 말로 옮겨 타서 당시 다른 나라 군대보다 5~10배의 속도로 이동과 공격을 했기 때문이라 했다.

지금 세계는 과학기술 전쟁에 돌입했는데 우리나라도 상당한 수준이기 때문에 대우를 받고 있고 중국은 빠른 속도로 과학기술을 발전시켜 G2가 되어 G1인 미국을 바짝 추격하고 있다. 등소평이 2049년 세계 1위를 목표로 도광양회 정책을 폈으나 시진핑은 기술 패권 전쟁을 본격화하여 일대일로 정책을 펴고 있으며 이대로 가면 2030년대에 G1이 되려 하고 있다. 이에 미국이 기술 보호 정책을 펴서 이를 제지하고 있는데 현재 미·중 충돌이 일어나고 있다. 이 원인을 중국의 경제 성장, 첨단 기술 경쟁, 미국의 무역 적자 누적, 중국 제조 2025, 일대일로 정책, 금융 분쟁 등 6가지로 나누어 현실, 전개 과정, 전망 등으로 자세한 자료로 간단명료하게 설명하였다. 신흥 강대국이 급부상하면 기존 강대국이 불안하여 결국 전쟁으로 귀결된다는 '투키디데스의 함정'을 거론하며 전쟁만은 없어야 한다는 것, 안보는 미국, 무역은 중국에서 한국의 딜레마가 있음을 거론하며 강연은 끝났다.

　　질의응답은 없고 포럼의 장래, 미·중 관계에 대한 코멘트를 하는 것으로 해서 약 30분간의 다양한 의견이 제시되었고 미·중 속에 한국의 미래로 분위기는 무거웠다.

기술패권전쟁

제300회 과학기술포럼
2023년 1월 18일

미국의 과학기술정책

원인?

중국의 외교정책 : 강압/응징

상대방이 중국의 대외 정책에 저항하려고 하면
중국은 경제적 레버리지를 망설임 없이 사용한다.

중국으로부터 주요 원자재를 공급받거나
대중 수출의존도가 큰 나라들이 특히 취약하다.

중국은 중국과의 불협화음이 커질 경우,
우선 지연시키고 그래도 안 되면 차단한다.

2. (사)제301회 과학기술포럼에 참석(2023.2.15)

한국과학기술한림원 유욱준 원장이 '했던 일과 해야 할 일'을 주제로 60분 특강 30분 토론이 있었다. 박호군 이사장은 인사말에서 "현 정부는 과학기술에 중요성을 잘 알고 발전을 위해 노력하고 있다. 못하는 것을 잘하게 하려다 잘하는 것도 시원치 않게 되지 않도록 모두 중지를 모아야 한다"는 취지의 말을 했다.

유욱준 원장은 과학기술인으로는 설득력을 가진 달변가였다. 카이스트 교수로서 한 일을 소개하고 이어서 앞으로 할 일을 제시했다. 한 일로서 실험실 개방, 바이오메디컬 워크숍 개최, 의과학 연구시스템 과제 수행, 의과학 대학원 연구 우수 성과, 벤처기업으로 무균동물실험동 건설, 의과학 대학원 설립, 병역법 개정으로 의과학 대학원 발전에 기여, 카이스트 클리닉 설립, 매년 배출되는 의사의 10%를 의사 과학자로 만드

는 나라 만드는 등을 들었다. 의과학 대학원 원장이 되어 앞으로 할 일은 창의적인 과학자가 나오는 환경 만들기, 과학기술 인력 위기 극복, 과학기술인 모시기를 들었다. 지금도 없는 것은 아니지만, 매년 배

출되는 3,500명의 의사 중에 10%인 350명이 과학기술 연구자가 되도록 한 것이 특히 좋은 활동으로 생각된다.

3. 제302회 과학기술포럼(2023.3.29) : 과학기술자문회의의 역할 – 핵무장 건의하라.

먼저 박호군 과학기술포럼 이사장의 인사 말씀이 있었는데 65세 이상 연구비 지급을 원천적으로 막는 것은 저출산 고령화 시대에 맞지 않는 발상이라 함.

이우일 국가과학기술자문회의 부의장[의장은 대통령]이 자문회의의 역할을 1) 배경, 2) 자문회의의 역할 3) 전망으로 60분간 특강을 하고 30분간 토론이 있었다. 서두에서 이 부의장은 교수 때는 강하게 말했는데 이제는 좀 어렵겠다고 해 모두 웃음. 오늘은 인쇄 자료 일체도 없었다.

1) 배경 : 자문회의 역할은 시대마다 바뀌어 왔으며 1987년 개정 헌법 제127조 ③항에 의해 1991년 제정된 법률이 설치 근거다. 현재 우리나라는 거대한 풍랑을 만난 형태이다. 두 개의 풍랑이 동시에 닥치면 perfect storm이라 하는데 우리나라는 성장 동력 감소, 저출산, 기후변화, 북핵 위협, 미·중 갈등, 양극화 등 많은 풍랑이 동시에 몰려오고 있어 그 이상이다.

(1) 1980년경부터 5년에 1%씩 성장 동력이 수축하는 사회로 왔다.

(2) 세계가 놀라는 출산율 0.78로 세계 압도적 최저이다. 1년에 최고 108만 명 출생에서 2022년 25만 명 출산으로 해마다 80만 명이 준다.

(3) 북핵 위협 갈수록 증대되고 있다. 등등

- 이러한 풍랑을 잠재우려면 게임 체인저가 나와야 한다. 예를 들면 우크라이나와 러시아의 전쟁에서 몇 10배 강력한 군사력을 가진 러시아가 우크라이나 수도 공격에서 패퇴했고 지금도 고전하고 있다. 이것은 우크라이나의 32세 된 디지털 장관이 만든 앱 때문이다. 즉 러시아 탱크를 보면 우크라이나 국민 누구든 사진을 찍어 실시간 보내면 바로 공격하여 탱크를 부숴버리는 체제가 되어 있다. 현재 우리나라는 이런 앱도 없고 체제도 되어 있지 않다.

이를 해결하려면 1인당 생산성을 높여야 하고, 게임 체인저가 필요한데 게임 체인저는 혁신력[innovation power]을 가져야 하며 주로 민간인 중에 있다. 민간인들을 과학기술과 안보에 참여시키기 위해 가장 앞서가는 나라를 말하자면 미국, 중국이고 일본과 EU가 노력하고 있다. 우리나라도 이를 위해 현재 대통령, 국무총리 등이 직접 진두지휘하고 있다.

2) 자문회의 역할 : 헌법에 따른 자문기구는 2개가 있으며 모두 의장은 대통령이고 부의장은 민간인이다. 그중 하나가 한국경제자문회의인데 자문단장은 현직 1급 공무원이고 다른 하나인 한국과학기술자문회의로 자문단장은 2급이었다. 그러나 현 대통령이 1급으로 보했는데 여기

과거 장·차관을 하신 공직자가 많으니 상위 직급 하나 올리기가 얼마나 어려운지 아실 것이다.

이 부의장이 현재의 자문기구에 대한 구성과 기능을 오래 설명했으나 결론은 대통령의 자문기구이니 당연히 대통령의 관심이 중요할 수밖에 없다. 다만 현 윤석열 대통령은 관심이 아주 많다. 이 부의장은 역대 대통령 시절 자문위의 이야기도 했다.

3) 전망 : 각 부처의 자문으로 변화되어 있다. 그래서 의제 선정, 자문 형식, 의견 수렴 과정을 바꾸려 하고 있다. 문재인 정부에서 자문기구 기능이 약화 되어 이에 대한 논의는 문 정부 때부터 있었다.

〈토의〉

많은 주제가 토의되었으나 이 중에서 중요한 두 가지는 핵보유국이 되는 문제와 자문기구 개편이었다.

(질문) 핵보유국이 되도록 자문해라. 우크라이나가 핵보유국이었으면 러시아가 침공했겠느냐. 핵을 만들 인적, 물적 자원이 충분한 우리나라는 작정하면 1년 이내에 충분히 개발할 수 있다. 핵폭탄을 보유해야 한다는 국민 공감대도 있다. 4월 대통령 방미 시 정상회담에서 논의되도록 자문해라.

(답변) 기술적으로 1년 이내에 개발할 수 있는 것은 맞다. 그러나 이것은 기술이 아니라 정책의 문제다.

(질문) 자문기구의 의장이 대통령이라는 것은 자기가 자문하고 자기가 한다는 것이니 자문기구 의장을 별도로 둬야 한다. 헌법 127조 ③ 항의 정신은 과학기술이 경제 발전을 위해 필요하다는 것이다. 그

러나 현재는 과학기술이 시대를 이끌어 가고 있으며, 과학기술은
경제, 안보, 국방, 국민 생활 등 모든 것에 영향을 가장 많이 준다.
미·중 갈등의 실체는 첨단 과학기술 선점과 과학기술 관련 정보와
원천 기술 보안에 있다. 이런 점을 잘 자문해야 한다.

(답변) 기구 문제, 자문의 방향에 대해 노력하고 있으나 더 노력하도록
하겠다.

3. 광양 포철 견학가다(2023.4.18-19)

과학기술포럼 회원 22명이 4.18일 오전 9시 반에 양재동을 출발하여
광양에 있는 포철에 가던 중 대덕단지 내 사이언스 빌리지를 방문했다.
올해가 과학기술인 공제회 창립 20주년이 되는 해라고 하는데 당시 과
기부 장관이 현재 우리 포럼의 이사장으로 있는데 당연히 동행했다. 사

이언스 빌리지는 문 연 지 3년 되며 현재 60%가 찼고 공제회에서 다른 곳보다는 저렴하게 운영하고 있었다. 국가에서 과학기술인을 위하여 준 혜택에 감사하고 있으며 서울에도 세울 예정이라고 한다. 점심을 하고 시설을 한 바퀴 둘러보았는데 모두 엑설런트했다.

비가 오는 중에 광양으로 이동했다. 광양시 백운산 자락에 있는 수련원으로 가서 저녁 식사를 하고 여장을 풀었다. 비가 오는 중에 산안개가 피어올라 산이 보였다 안 보였다 해서 운치가 좋았다. 1박 후 19일 아침 9시 반에 포철로 출발했다.

포항의 포철은 여러 번 갔었으나 광양은 처음이다. 버스에 올라 회사의 안내원이 많은 이야기를 해서 다는 메모를 못 했고 여기에 주요 사항만 열거하면 다음과 같다.

1982~87년 이곳 13개의 섬과 갯벌을 메꾸고 지반이 약한 곳에는 20m 모래 기둥 104만 개를 박아 시멘트 처리한 것보다 바닥을 더 단단하게 만들었다고 한다. 면적은 22제곱 km[660만평]으로 여의도의 7배, 축구장 약 3천 개의 크기라고 한다. 포항 포철의 1.8배 크기로 포철의 1만 8천 명 직원 중 광양에 약 6천6백 명이 근무하며 포항 포철보다 나중에 세워서 기계 배치가 잘 되어 있다고 한다. 광양 포철에 관련된 기업 90개가 이곳 광양에 있는데 철 부스러기를 이용하는 쌍용 양회를 비롯한 여러 개의 시멘트 공장이 대표적인 예이다. 그러니까 포철로 인하여 큰 도시가 만들어진 셈이다.

이곳에 용광로가 몇 개 있는데 용광로의 높이는 110m, 용량은 6천 세제곱 m로 레미콘 1천 대 분이며 용광로 중 세계에서 제일 크고 광양

제철소 역시 단일 제철소로는 세계에서 제일 크다고 한다. 질적인 것도 세계 제일인데 예를 들면 세계 자동차의 10%를 광양에서 만든 철로 만드는데 우리나라는 제네시스 급 이상의 고급 차에만 이곳에서 생산된 철을 사용하며 독일, 이태리 등 유럽은 물론 일본의 닛산도 여기서 철을 수입해 쓴다고 한다. 이상은 버스를 타고 이동하면서 설명을 들었다.

열연 공장 중 제2열연공장을 버스에서 내려 걸어가며 구경했는데 단독 주택보다 더 큰 기계들이 직선상에 하나로 연결되어 있는데 길이가 500m나 된다. 처음에 용광로에서 쇳물이 나와 만들어진 철판의 두께는 20cm인데 500m를 지나 끝에 가서는 1.2mm라는 정말 얇은 철판이 되어 나오게 된다. 이를 코일이라 부르는데 길이 100m, 무게는 1개당 20톤, 가격은 약 2천만 원이 되며 하루에 220개를 만든다고 한다. 500m 길이의 제2열연공장에 근무하는 사람은 8명이라고 하니 자동화가 얼마나 잘 되어 있는지 놀라울 뿐이다.

이 코일을 운반하는 자동차는 바퀴가 40개 달렸고 최대 815톤을 실을 수 있으며 여기에 모두 41대가 있다고 한다. 이 코일을 냉연 공장으로 가져가서 녹을 제거하고 녹슬지 않는 철판도 만들고 알루미늄 등의 합금으로 특수강을 만들어 고부가가치 철판을 생산한다.

앞으로 2차 전지 소재, 리튬, 니켈, 수소 에너지 등 첨단 산업 분야에 더 노력을 기울일 것이라는 이야기도 있었다. 우리 일행이 방문하는 중 오늘 방문한 국무총리는 광양에 있는 포철이 철강 관련 산업만 할 수 있도록 한 규제를 풀어 비철 산업도 할 수 있도록 하겠다고 했다.

바다 수심은 23m 이상을 유지하며 용광로에 넣을 35만 톤급 철광석

운반선과 7만 톤급 코일 등 철판을 운반하는 배가 접안하여 일하는 부두 15개가 있는데 모두 방파제가 없는 양항이라 한다.

이 공장은 워낙 커서 물건을 적재하고 기차가 다니는 철로가 있고 택시를 부르면 빠른 시간에 오는데 물론 이 택시는 제철소 안에서만 운행되며 바깥에서는 어떤 차량도 사전 허가받은 차량 외에는 출입할 수 없단다.

정문 앞에 있는 설립자 박태준의 동상은 실제 인물 크기 정도로 작은데 내가 1987년 LA에 갔을 때 이 도시를 만들 수 있게 한 사람의 동상이 실제 인물만 하게 작게 만든 것을 보고 놀랐으니 아마 이것이 자유민주 국가에서는 타당한 것이 아닌가 생각이 들었다. 동상의 크기보다는 얼마나 큰일을 했는가가 당연히 중요하다. 한국의 자동차 공업과 세계 제일인 조선업을 일으킨 철강 생산을 그것도 아무것도 없는 무에서 세계 제일의 철강을 만든 사람이 위대한 것이다.

현장에서는 버스를 타고 지나가면서 실물을 보며 설명하니 감탄도 하고 이해도도 높았는데 들은 이야기를 여기에 옮기려니 한계가 있다. 정말 가장 중요한 산업의 쌀이라는 철강을 생산하는, 여기 있는 공장이 세계 제일이라니 우리나라가 대단하다고 생각했다. 아울러 우리나라의 박태준이라는 사람이 많은 기술자, 노동자들과 함께 이 제철소를 만들어 냈다는 데에 자부심이 절로 생긴다. 모든 분야까지는 아니라도 더 많은 분야 특히 정치 분야에서 포철에서 노하우를 배워 갔으면 좋겠다.

상경하는 길에는 시간을 쪼개 남원에서 약 40분간 광한루와 오작교를 보며 사진을 찍으면서 추억 속에 즐거운 한때를 가졌다. 오늘 이곳을 비롯한 우리나라 많은 지역이 4월 기온으로는 두 번째 높았다고 하는데 30℃ 정도나 되었다.

4. 제304회 과학기술포럼 연사가 말하는 디지털 플랫폼 정부 실현 (2023.5.24)

오늘 포럼은 '새로운 대한민국 디지털 플랫폼 정부 실현계획'이란 주제로 디지털 플랫폼 정부위원회 고진 위원장의 특강과 토론이 있었다. 특강 전 박호군 이사장의 인사말에서 '기억의 7가지 범죄'를 언급했는데 너무 내용이 좋아 책을 읽는 등 기억에 대하여 더 알아보고 싶은 생각이 들었다.

고진 위원장은 전자공학 전공자답게 군더더기 없는 가로세로가 맞는 특강을 했다. 강의 내용을 모두 옮길 수는 없으나 꼭 실현되기를 바라는 마음으로 정리해 본다. 우리나라는 전자정부를 구현하여 2007년부터 세계 1위를 달려 자랑스러웠으나 현재는 3위이다. 1위는 덴마크 2위는 에스토니아인데 에스토니아는 소련에서 독립할 때 아예 정부 시스템을 새로 만들었다. '디지털 플랫폼 정부'는 영국이 처음 시작했으나 아직 가시적인 것이 없다. 디지털 플랫폼 정부는 정부가 자료와 권한을 가지고 있으면서 국민에게 따라오라 하는 것은 도리가 아니라 정부가 최대한 국민의 요구를 들어줘야 한다는 기조에서 출발한다.

첫째, 국민을 위해 혜택 알리미를 활용하기 쉽게 하여 관공서 첨부 서류 제로화, 기업의 복잡한 인허가를 원스톱으로 처리하도록 한다. 이 두 가지 경우만 해도 서류가 연간 약 7억 톤이나 소비되며 2조 원의 경비가 드는데 이것을 최소화할 수 있다. 둘째, 다시 뛰는 대한민국을 만든다. 인공지능과 데이터 시대에 국민의 불편 제로화, 기업에는 정부와 협업으로 성장 기회의 무한성을 제공함으로써 다른 나라에 비해 IT 인력이 풍부한 우리나라 인력을 결합하여 오직 국민만을 위한 정부로 만들어야 한다는 것이 오늘 특강의 요지이다.

현재 미국이 가장 선두에 서고 그 뒤를 중국이 따라가는 가장 앞선 AI 활용 국가이다. 한국이 10위권으로 분류되지만 대기업이 각자 개발한 것이 있고, 미국과 중국에 기대다가 국가 정보를 유지하는 데 어려움이 생길 개연성 때문에 오히려 제3지대 국가와 아랍권은 선두권 국가 활용권에 들어가지 않고 한국을 주시하고 있다. 어떤 프로그램을 어떻게 사용하여 AI 활용 정부가 되는가가 중요하다.

현재 많은 기업이 AI 활용 프로그램을 만들고 있으나 선두 주자는 구글의 바드(Bard)와 마이크로소프트의 오픈 AI이다. MS의 오픈 AI는 지금 Chat GPT로 이름을 내고 있으나 모두 초보대 이다. 중국은 구글형이다. 인공지능은 데이터가 생명인데 거의 영어로 되어 있어서 우리에게 유리하지만은 않다.

윤석열 정부가 '오직 국민을 위한 정부'가 되기 위하여 '똑똑한 원팀 정부'를 만들려고 한다. 원팀 정부는 유럽이 더 어려울 것이고 유럽보다는 유리하지만 우리는 이제 시작이다. 따라서 이것은 이번 정부뿐 아니라 앞으로도 지속적으로 발전시켜 나가야 한다.

5. 제305회 과학기술포럼 – 주제 '한국경제 전망과 개혁과제' (2023.6.23)

6월 월례 포럼 및 토론회 연사는 KDI 조동철 원장으로 과학기술자가 아닌 경제 전문가이다. 박호군 이사장은 인사말에서 목에 칼이 들어와도 바른말을 하는 선비정신이 깃들인 우리나라에서 지록위마에 물든 일부 지도자와 같이 그것도 팩트에 기반하는 과학기술자까지 휩쓸리는 사람이 있음을 개탄하였다.

KDI는 우리나라 경제 방면의 석학들이 모인 곳으로 유명하다. 연사인 조동철 원장은 짧은 시간에 "1. 경제 현황과 전망 2. 개혁과제"를 이해하기 쉽게 강의했다. 강의 내용이 방대해서 여기에 다 옮길 수는 없지만 우선 서두에 금리 인하가 금 년 안에는 이루어질 수 없음과 한·미 금리 역전이어도 대외 자산이 많아 전처럼 IMF 관리 체제에 가지 않는다고 했다. 우리나라는 변동금리를 채택하고 있어서 심각하지도 않다.

중국 이야기 몇 가지를 했다. 중국 경제가 성장하면 우리나라처럼 민주화가 될 것으로 보았는데 오히려 정권이 경직되어 우려된다. 중국의 경제 활동 인구 감소가 3년 전부터 시작되어 우리나라보다 빨리 시작됐다. 경제 활동 인구가 감소하면 고도성장은 어렵다. 중국이 우리나라 수출 감소에 영향을 주고 관광객도 줄어드는 것이 한·중 국제 관계 때문은 아니다.

세계 경제 상황이 코로나, 우크라이나 전쟁 등으로 좋지 않고 반도체의 호·불황기의 리듬 때문에 우리나라 반도체 수출량이 40%나 줄었는데 그 중 중국이 33% 수입해 갔으나 중국 경제 상황이 안 좋아서 그런 것이다. 중국 여행객 감소 역시 중국 경제가 안 좋아 전 세계로 나가던 여행객이 감소했기 때문이지 우리나라만 줄어든 것은 아니다.

금리 상승으로 가계대출, 주택 가격 조정에 리스크가 있으나 장기적으로 호황에 이를 수 있느냐가 더 중요하다. 그런데 우리나라는 저출산, 고령화, 경제 성숙화 등에 의해 성장률이 지속적으로 하락할 것이다. 1986~7년을 정점으로 성장률이 계속 내려가고 있다. 인구 감소는 단기적으로 위기 극복이 가능하나 해마다 70만~80만이 감소하는 인구는 이민 정책으로 해결할 한계를 넘어 20년 후면 마이너스 성장이 고착화될 수 있어서 문제가 심각하다. 이를 해결하기 위해서 반드시 이루어야 할 것이 있는데 1) 규제 개혁이다. 우리나라는 세계에서 가장 진입과 퇴출이 어려운 나라이다. 예를 들면 취업이 어렵고(진출), 필요 인력 충당을 위한 제도(퇴출)도 어렵다. 이것은 인력뿐 아니라 기업에도 해당된다. 2) 피터 팬 증후군을 해소해야 한다. 즉 중견 기업으로 성장하여 각종 규제를 받기보다 중소기업으로 남아 보호 정책에 안주하려는 경향이 너무 큰 것을 해소해야 한다. 3) 국가적 개혁이 이루어지려면 3대 개혁, 즉 교육 개혁, 노동 개혁, 연금 개혁이 우선 이루어져야 한다.

교육 개혁에서 초중등교육은 법에 따라 예산이 해마다 증가하는데 학력 아동이 급감하여 세계 최고 수준의 공교육비가 지출되나 공교육은 불신당하고 있다. 대학 교육은 돈도 없고 학생도 없어서 난제 중 난제이다.

노동 개혁은 저축할 나이인 40~50대에 교육비 증가로 노후 대책을 세우지 못하고 있다. 노동 시장 개혁은 교육 개혁과 밀접하게 관계되어 있다. 나이가 들어도 우리나라는 세계 최대의 기대 수명 증가로 언제 죽을지 모르니 돈을 쓰기가 어렵다. 세계적으로 강한 연공 서열제 지속으로 고경력자가 저경력자를 착취하는 구조인데 이것도 개혁해야 한다.

연금 개혁은 시급하다. 앞선 정부가 손을 놓고 있었던 것도 문제다. 현 상태로 2054년이면 연금이 고갈되는데 연금 고갈 예상 10여 년 전부터 연금제도가 탈퇴자나 가입 거부로 붕괴될 수 있다. 따라서 시간도

없다. 정치적 부담 때문에 손대기 어려운데 이것을 일본에서 배워야 한다. 우리와 유사한 상태의 일본은 정권마다 리스크를 분담시키는 방법으로 현재 거의 안정화 되었다. 갈수록 빈곤과 노인 문제는 더 심각해져 갈 것이다.

듣고 나니 당연하지만 우울해져서 질문이 별로 없었는데 시원한 해법을 만들어 내라는 질문 겸 요구에는 지금 상황에서 누구도 시원한 말을 한다면 그를 믿지 말아야 한다고 답했다. 내게는 그럴 수 있는 시기가 지났다고 들렸다.

나는 대답하지 않아도 좋으나 요구 겸 질문을 하겠다고 하고 정권마다 교육 개혁한다고 왔다 갔다 해서 혼란만 준 경향이 있다. 정말 교육을 백년지대계로 보고 우리 국민이 가져야 할 정신적 지표를 내세우고 차분하게 개혁해 나가야 한다. 정신적 지표는 선비정신, 홍익인간 또는 다른 어떤 것을 국민 합의로 이끌어내 나가면 되지 않겠느냐고 했다. 이에 대한 코멘트는 너무 어려운 이야기라 대답하기 힘들고 철학적이라 뭐라 할 말이 없다고 했다.

6. 제306회 과학기술포럼 – 제4차 산업혁명과 한국정보통신연구원 (2023.7.28)

요즘 복 지경인데다 엘니뇨의 활성화로 한증막 같은 무더위임에도 정보통신의 중요성과 발전 때문인지 많은 회원님이 참석하였다. 방승찬 원장께서 '제4차 산업혁명과 ETRI ICT Convergence'라는 제하에 강연을 하였다. 1. 산업혁명과 ICT, 2. 국가 대응 전략, 3. ETRI ICT

Convergence, 4. 미래 세상 새로운 도전, 5. 맺음말로 강연을 하고 질의 응답 시간을 가졌다.

각 단락별 결론은 1. 제4차 산업혁명은 각 산업에 ICT를 입히는 것이다. 2. 우리나라는 디지털 신(新)일상[Digital Everywhere] 변화 추진. 3. 한국정보통신연구원[ETRI]은 초지능, 초연결, 초실감 ICT의 지속 발전과 이를 기반으로 디지털 융합 전략 수립. 4. 격변하는 인류사회의 대응책-인류사회의 거대한 재편. 이상 4가지가 맺음말이었다.

질의응답 시간에 많은 이야기가 있었지만, 한국전자통신연구원의 이익 창출은 얼마나 되느냐는 질문에 국책 연구기관은 이익 창출하는 기관이 아니다. 다만 평가 기관의 평가로 약 350조 원의 경제적 기여가 있고 특허로 인한 연간 예산의 7~9%의 로열티를 받는 세계적인 연구기관이라고 했다. 사견인데 이러한 우리나라의 국책 연구기관을 일반 언

론 매체에서 국민이 흥미 없어 할지라도 다루어 주면 좋겠다고 생각했다. 솔직히 말해서 K팝, K컬쳐 등 이들은 기술과 부(富)의 뒷받침 없이 홀로 성장할 수는 없는 것이기도 하기 때문이다.

7. 제307회 과학기술포럼 – '과학기술인의 든든한 행복 파트너, 과학기술인공제회' (2023.8.23)

오늘 포럼은 '과학기술인공제회'에 대한 김성수 이사장의 특강과 토론이 있었다. 발표에 앞서 박호근 포럼 이사장의 인사말이 있었는데 내년 예산에서 과학기술 예산이 약 10% 삭감해서 제출된 것에 대해 언급했다. 국방, 과학기술, 교육(문화) 예산을 선진국의 경우 기본 경비로 보는데 후진국은 투자로 본다. 우리는 선진국이면서도 아직 투자로 보는 데 문제가 있다고 했다.

김성수 이사장은 특강의 도입과 전개를 탁월하게 정한 것 같다. 앞부분은 세계사적 대전환 시대 중 우리나라 문제로 축소시켜 강의했고 뒷부분은 과학기술인공제회에 대해서 하고 싶은 말을 했다. 이 글에서는 앞부분만 소개하고 뒷부분은 연결 부분만 언급하고 생략하기로 한다.

AI 시대로 세계사적 대전환 시대를 맞이했다. 기술 패권 시대가 된 것이다. 이로 인해 기술 패권 경쟁에 불이 붙었는데 특히 미·중 간 하이테크 패권 경쟁이 본격화되었다. 이제 더 안보는 미국, 경제는 중국식으로 회색지대는 어려움이 있다. 이제는 어부지리 전략이 필요한데 이를 위해 우리나라는 기술 초격차 추구와 우호국 간의 연합이 필요하다. 특히 미·중 패권의 축이 무역에서 기술, 기술에서 금융으로 옮겨가며 세계 금융 허브인 뉴욕, 런던, 홍콩 중 홍콩 대신 싱가폴을 중국은 생각하지만 이미 도쿄가 아시아의 금융허브로 부상하고 있으며 이는 미국의 힘이 크다. 반도체의 주권을 한국에 빼앗긴 일본은 이를 되찾기 위해 절치부심하고 있고 반도체도 대만과 가까워지면서 재도약을 꿈꾸고 있다.

일본은 금융허브를 앞세워 금
년 말부터 우리나라는 물론 다
른 많은 나라보다 성장이 앞서며
재도약이 시작될 것이다. 우리나
라가 살아나갈 가장 바람직한 길
은 다른 나라와 기술 초격차 추
구인데 이를 위하여는 과학기술
인을 대하는 국민의 마음이 중
요하다. 그래서 과학기술인의 경
제 지원이 필요한데 바로 과학기
술인공제회 역할이 더 증대되어
야 한다.

과학기술인공제회는 올해가 창립 20주년이나 자산규모는 12조 2천
억 원으로 공제회 중 4위지만 빠른 성장을 하고 있고 이익 창출은 연
6.1%로 1위이다.

8. 제309회 과학기술포럼 – '디지털 신문명과 대학 혁신' (2023.10.18)

오늘 과학기술포럼은 염재호 전 고려대 총장의 특강과 토의가 있었다.
21세기 중반인 2045년경 인류 사회의 빅뱅으로 신인류가 탄생하는 특
이점[singularity]이 출현 가능하다고 소개하였다. 이때 나타나는 트랜
스 휴맨은 영생 가능하며 50% 이상의 신체가 IT로 교체될 것으로 예측

되며 인간은 신적인 존재가 될 것으로 보고 있다고 했다. 1455년 구텐베르크의 인쇄술로 시작된 변화는 라틴어로 된 성서가 독일어로 된 판본이 나오면서 개신교가 발전하게 되었다. 그 결과 신이 절대적이 아니라 인간이 중요하다고 생각하게 되어 종교개혁이 일어났는데 그 당시 이상의 변화가 온다는 것이다.

끝으로 태재대학교 초대 총장으로 학교 소개를 했다. 내국인 100명+외국인 100명의 한 학년 정원으로 올해 9월 1일 1학년 신입생을 뽑았는데 학생 교육은 기존의 강의가 아닌 토의 학습이고 국내외 합숙, 가정 학습 등을 하고 도서관이 없고 대학 빌딩이 없는 등 미네르바 학교 형태여서 별로 경비가 들지 않는단다. 물론 대학본부 건물은 하나 있지만 기존 대학 같은 연구실은 없다. 사이버 대학 운영비가 연간 30억 원 들면 하이브리드 대학인 태재대학은 300억~400억 원, 고려대학은 연간 1조 2천억 원이 든다. 태재대학은 1%의 리더를 키우면 모두를 먹여 살릴 수 있다는 생각으로 소수 정예 교육을 하고 있다.

9. 제311회 과학기술 포럼 – '창의성 가득한 지식 강국 한국의 비전' (2023.12.8)

11월은 참석하지 못했으나 12월 과학기술 포럼에 참석했다. 포럼이 끝난 후에는 초등학교 동창 모임에 합석하였다. 박호근 이사장의 늘 멋진 인사가 있었고 오늘도 그러했는데 내년에는 달라지기를 희망한다며 현재 한국 상황에 대한 인사 말씀이 좋아 소개한다.

성선설을 주장한 맹자의 4가지 인간 본성 중 첫째는 측은지심(仁)으로 일반 백성은 많이 가지고 있는데 정치인은 전혀 없는 듯하다. 둘째는 수오지심(義)으로 많이 실종된 듯하고 셋째 사양지심(禮)은 거의 실종되었고 마지막으로 시비지심(知)은 혼돈 상태라고 갈파했다. 아주 공감이 갔다.

오늘 특강은 '창의성 가득한, 멋진 지식 강국 한국의 비전'이란 제하에 대통령 소속 국가재산위원회 백만기 위원장이 했다. 화려하지도 않고 실수하지도 않으며 끊임없이 많은 이야기를 했다. 우선 강의 주제는 '지식재산강국'으로 하면 전문가의 몫으로 생각할 것이라 주제를 부드러운 말로 바꾸었다고 한다.

주요 내용은 "국가발전의 원동력은 혁신이고 혁신은 지식 재산으로부터 온다. 우리나라는 1977년 특허청이 설립되었고 2007년 기존의 특허 3대 강국인 미국, 일본, 유럽에 중국과 한국이 더해져서 현재까지 5대 강국을 형성하고 있다. 2011년 법률도 제정되었다." 이제 세계는 다음과 같이 변하고 있다고 했다.

"필리핀의 기술로 장충체육관을 건립해주었는데 이제 한국은 세계

중진국의 기술 롤모델이 되었고 중동은 이미 행정 한류 열풍이 불고 있다. 앞으로 무형 자산인 IT, AI 등에서 자산이 많이 창출된다. 세계 초일류 기업 애플은 무형 자산이 90~95%로 5~10%인 유형 자산을 압도한다. 우리나라는 현재 세계 R&D 2위 국가인데 회사가 70~80% 감당하고 있고 세계에서 최대 특허 출원 회사는 한국의 삼성이다. 그러나 국가 주도형으로 급격히 변하고 있으며 우리나라도 혁신 주도형 성장체제에 진입하였는데 국가의 지원 체제가 더 요구되는 때에 와 있다."이후 지적 재산권의 전문적인 질의응답과 토론이 있었는데 여기서는 생략한다. 오늘 1년에 2회 만나는 초등학교 6학년 반창회가 있는데 점심은 포럼에서 하고 카페로 옮기는 곳에서 합류하여 열 명 남짓 그리운 얼굴들과 2시간 정도 담소했다.

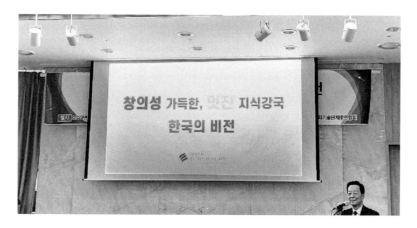

2

배우는 즐거움

1. 문학 활동

나는 2006년 회갑 기념으로 그동안 언론 등에 자의, 타의에 의해 실렸던 교육 시론을 한데 모아 교육시론집 '오직 한마음으로'을 출간했다. 이것이 발단이 되어 문예지에 수필을 제출하여 같은 해 신인상을 받아 수필가로 등단했다. 그래서 한국문인협회도 가입하였고 서울문학, 성동문학, 교원문학에 회비를 내고 작품을 제출하면서 문학 활동을 하여 왔다.

그리고 다른 문예지에서도 비록 보내주는 책으로 대신하겠다고 사실상 원고료는 없지만 요구하는 곳에 열심히 작품을 보내도록 노력했다. 그래서 7순 기념으로 수필집 '인디언 추장의 기우제'를 출간했고 희수연 때는 수필집 '세월의 강'을 출간했다. 문학단체에 자문위원, 이사 등의 직책을 맡고 있고 성동문인협회에서는 3년간 회장으로 있다가 2024년 2월 명예회장으로 물러났다. 2023년 페이스북에 게재된 문학 활동에 관계되는 것을 올려본다.

1-1. 한국문인협회 제27, 28대 이사장 이취임식에 다녀옴(2023.2.10)

한국문협 27대 이광복 이사장이 임기를 채우고 이임식을 하고 이어서 올해 2월 투표로 당선된 28대 김호운 이사장의 취임식을 하는 식장에 다녀왔다. 이임사와 문협기 이양에 이어 신임 이사장의 취임사와 26대 이사장의 축사가 있게 된다.

이어서 축하 떡 자르기, 기념 촬영으로 이취임식이 끝나는데 나는 3시 반에 동창회 사무실에 들러야 할 일이 있어서 신임 이사장의 취임사가 끝나자마자 이석했다.

1-2. 성동문인협회 정기총회(2023.2.23)

2월 23일 성동문인협회 제23회 정기총회를 오후 4시 반에 시작하여 총회는 1시간 이내에 끝내고 이후 식사와 2차까지 뒤풀이를 하고 나니 밤 9시였다. 3년 만에 대면 총회로 회원 30명 정도 참석하였다.

오전 8시에 병원에 가서 담석증 때문에 피검사 후 의사 진료를 받고 아침은 대충하고 11시에 청관대상 심사위원회에 참석한 바가 있다. 의사님 판단은 피검사 결과는 좋았으나 3개월 후 담낭 초음파 검사를 더 해보자 했다.

술은 별로 안 했으나 회장으로 총회와 회원님 접대를 하고 나니 고단하다.

1-3. 성동문협 임원회의를 성동문화원 회의실에서 하였다(2023.3.8)

회의에서 문학기행을 5월에 가면 기후변화로 날씨가 일찍 더워지니 4월에 가는 것으로 날짜를 확정했다. 김유정 문학촌과 소나기 마을에 황순원 문학촌으로 장소를 정하고 사전답사 인원과 답사 일정도 정했다.

회의 후 오리구이로 저녁 식사를 하고 카페로 옮겨 차를 마시며 준비를 해야 하는 개나리 축제, 문학기행, 시화전 등 상반기 행사에 대하여 자연스럽게 논의를 더 했다. 완연한 봄 날씨다. 정원수 등 나무에 돋아나는 새잎이 앙증맞다.

1-4. 응봉산 개나리 축제에서 시제 발표(2023.3.25)

3년 만에 코로나 이전 같이 대면 행사로 '응봉산 개나리 축제'가 3일간 열렸다. 성동문인협회는 초중등 학생을 대상으로 백일장대회를 열었다. 전국 개나리 중에서 노란색이 가장 예쁘다는 자부심을 가진 성동구민의 축제 마지막 날이다. 응봉산 팔각정 주위로 개나리가 만발하였고 많은 사람이 운집하였다.

식전 행사로 오케스트라 연주, 구립합창단의 합창, 오카리나 연주, 트롯맨 홍성원의 가요 등이 약 45분간 있었다. 큰 족자에 과거시험 문제 제시하듯 두루마리의 끈을 풀어서 시제를 공개했다. 시제는 '1. 응봉산에 개나리 피면 2. 다시, 봄'이었다.

1-5. 성동문협 문학기행 현장 답사(2023.4.21)

4.25일 출발 예정인 문학기행을 위해 이미 결정된 장소인 김유정 문학촌과 황순원 문학촌 답사를 임원 5명이 다녀왔다. 좋은 날씨에 코로나 전에는 5월에 가던 문학기행을 더운 날씨 되기 전인 4월에 떠나기로 한 것이다. 오늘도 더운 것을 보면 기온 변화에 적응하는 우리의 결정은 잘한 것이다.

먼저 김유정 문학촌을 갔다. 많이 증축해서 하나의 마을을 이루었는데 계속 확장 공사 중이고 앞으로도 그럴 것이라 한다. 소나기 마을로 유명한 황순원 문학촌은 건축물이 전과 변함은 없었으나 내부의 소프트 파트는 많이 바뀌었는데 현대 기계 문명 말하자면 IT 기술을 많이 도입했다.

서울 왕십리에서 오전 10시 출발하여 오후 6시경 도착하여 저녁 식사는 오늘 수고한 임원을 위해 내가 샀다. 동창회, 문학회 같은 외부 기관과 해외여행을 위한 가족을 위해 드는 경비가 요즘 장난이 아니다. 쓸데는 쓰려고 돈 버는 것이니 어쩌면 쓰는 재미가 더 좋은 것이다.

1-6. 성동문협 문학기행, 김유정 문학촌과 황순원 문학촌을 다녀오다 (2023.4.25)

봄비 중에 전형적인 비, 이슬비가 내린다. 09시 반 왕십리역 앞에 주차한 버스를 탈 때부터 오후 5시 반 내릴 때까지 주로 이슬비가 내리고 가끔 안개비에 가까운 비가 내렸다. 주최 측은 비 때문에 걱정인데 회원들은 우산 쓰고 문학촌을 다니는 재미를 보게 되어 흥분된다 하고 너무 멋진 문학기행이 되겠다고 덕담을 한다.

날씨가 흐리고 이슬비가 내려서인지 왕복 모두 차 운행이 원활하여 많은 시간을 벌었다. 김유정 문학촌을 해설하는 춘천시 파견 해설사의 어눌한 듯 구수한 말솜씨가 좋았다. 김유정은 29세에 유명을 달리했으나 살고 싶어 했단다. 닭과 구렁이를 잘 먹고 지나면 치료될 텐데 생계가 어려워 호구지책으로 쉬지 않고 글을 써서 건강은 더 나빠졌단다.

김유정이 살던 때에는 병원도 거의 없고 약국도 드문데 돈이 없어 아파도 가지 못하던 그런 세월이었나 보다. 내가 어렸을 때인 그러나 기억이 생생한 1950년대 초등학교 시절에도 내 고향 마을에서는 그랬다. 누가 어디 아프다고 소문이 나면 그분이 보이질 않고 얼마 지나면 돌아가실지도 모른다면서 어른들께서 문병 다녀온 후 수군거리는 소리를 들을 수 있었다. 보기가 딱해서 어떻게. 그래도 눈빛을 보면 살 것 같지. 난 모르겠어 빨리 나았으면 좋으련만 그 집식구들 요즘 사는 게 말이 아냐. 그리고 살아 나오면 눈물을 글썽이면서 붙들고 축하해요. 고생 많았어요 라고 했다. 아무래도 어렵겠어. 불쌍해서 어떻게. 왜 병원 의사 왕진이라도 청해보질 않나. 돈이 없지. 그러고 나서 며칠이 지나면 돌아가셨다고 한다. 이건 전염병 이야기가 아니다. 6.25 전쟁 중에 전염병인 장티푸스가 유행일 때는 그냥 동네 누구 이웃 동네 누구 아버지 돌아가셨대. 아니 그 집 애도 하나 죽었다는데. 그랬었다.

김유정을 부인과 함께 위문 왔다가 죽음을 이야기하던 시인 이상은 살고 싶다던 김유정을 뒤로 하고 일본으로 유학 가고, 결국 얼마 후 29세의 나이로 김유정은 저세상으로 갔다. 그리고 일본으로 유학 간 이상 역시 황천길로 가서 이 두 사람의 합동 장례식이 서울에서 있었단다.

내가 어렸을 때 폐병은 부족병이라고도 불렀는데 잘 먹어야 병이 나가는데 그렇지 못하면 자꾸만 마르고 뼈만 남아 기침도 제대로 못 하고 어쩌다 심하게 하면 선지 같은 피를 토하였다고 한다. 폐병 환자가 지금은 거의 없으나 1950년대만 해도 주위에 많았다.

시골 우리 앞집 일가 형님은 아이들이 나보다 열 살 정도 적었는데 30세 정도 되는 형님이 폐병에 걸려 말라가고 이젠 언제 죽느냐가 문제일 정도로 일도 하지 못했다. 그런데 형수님이 억척같이 아이들 돌보아가며 농사일을 그럭저럭 끌어가고 있었다. 형님은 돌아다니며 뱀을 참 많이 잡아먹었다. 그런데 살모사가 오래 묵으면 살몽아가 되어 펄쩍 뛰면 사람 키를 넘어가기도 하는데 이걸 먹으면 병이 낫는다고 하여 찾아다닌다는 소문이 있었다. 그 약한 사람이 살몽아를 만나면 오히려 해코지 당하지 잡을 수 있겠냐고 사람들은 수군댔다. 그런데 기적이 일어났다. 형수님이 빨래하고 오다가 살몽아를 잡은 것이다. 그리고 그걸 푹 고아든 형님이 원기를 회복하고 나왔고 서울로 살림을 옮겨서 천수를 다하고 돌아가셨다. 김유정 이야기를 들으니 일가 형님 생각이 났는데 김유정은 7살에 어머니 돌아가시고 곧이어 아버지도 돌아가셨으니 누가 있어 돌보았겠냐고 혀를 끌끌 차던 우리 회원의 말이 귓전에 돈다.

아무튼 김유정 생가, 김유정 거리를 돌고 춘천닭갈비와 비빔밥 그리고 막국수로 점심을 했다. 여유 있게 티타임을 갖거나 더 관람하는 등의 자유시간을 가지고 14시에 버스로 황순원 문학촌을 향해 출발했다.

황순원 문학촌에서 오후 3시부터 하는 해설사의 해설은 너무 멋지게 했는데 특히 '소나기'의 해설에서 "잔망스런 소녀는 죽었다지." 이후 살아남은 소년의 생각이 어찌 전개되었을까를 말할 때는 감동을 주었다.

16시 반 황순원 문학촌을 출발하여 출발 장소에 1시간 만에 왕십리 도착, 오후 5시 반이었다. 저녁 식사하러 들어가 2시간 동안 식사와 막걸리를 들면서 이야기를 더 나누다가 19시 반에 일어나 문학기행의 공식 일정이 끝났다.

1-7. 2023년도 문협서울지회 정기총회(제1차 이사회) 참석(2023.5.2)

이사장이 바뀌고 첫 이사회였다. 내가 서울 문협 이사가 된 후 지난 7년 동안 세 번째 이사장을 맞이하는데 기대가 된다. 첫 이사회가 오후 2시로 지난 세월 오전 11시에 개최하고 점심 식사하러 갔던 것과 형식이 다르다. 한국문협 이사장은 서울문협지회장을 겸한다.

1-8. 서울교원문학회 임원회의(2023.9.14)

15시부터 서울교원문학회 임원회의가 있었고 회식도 있었다. 금년도 모임이 벌써 세 번째다.

1-9. 2023 성동문인의 밤, 작가상 시상, 시 낭송 개최(2023.12.5)

성동구청 대회의실에서 성동문인(회장 이규석)의 밤을 열고 작가상 시상, 시 낭송 등을 했다. 약 40명 정도가 참석했고 2023년 문예지에 축사를 실어준 구청장은 초대하여 축사를 들었는데 내가 회장이 되고서부터 지역 정치인, 관련 기관장은 초대하지 않았다.

대회의실에 서 멋진 시간을 가진 후 식당으 로 이동하여 뒤 풀이를 했다. 즐 거운 저녁 식사

시간이었다. 코로나 영향 없이 전과 같은 일상으로 행사를 하며 지낼 수 있어서 좋은 날이었고, 좋은 한 해였다.

2. 관람, 감상, 취미 활동

2-1. 외규장각 의궤 특별 전시 관람(2023.1.16)

편간회 모임이 사정상 구파발을 벗어나고 새로운 회장이 나서니 모임 장소가 국립박물관이 되어 앞으로 다양한 모임이 될 것 같다. 외규장각 의궤가 대여 형식으로 우리나라에 온 지 10여 년이 되었단다. 병인양요로 무력 강탈해간 것을 어렵게 가져온 것이다.

　외규장각 의궤는 오직 왕만을 위해 만든 것인데 종이의 질, 글씨, 그림 등이 당대 최고라 한다. 알려고 하면 끝도 없는 일이기는 하지만 인쇄 글씨 같은 글씨와 사진보다 더 화려한 천연색 그림은 놀라울 뿐이었다. 의궤 목록을 담은 서찰 속에 있었다는 청룡, 백호, 주작, 현무의 총천연색 그림 중 현무 모습은 전설상의 동물이라지만 아무리 보아도 이해가 되지 않는다. 혜경궁홍씨를 위한 잔치에서 순조와 중전이 할머니인 혜경궁에게 절하는 등 잔치 재현도 볼 만 했다.

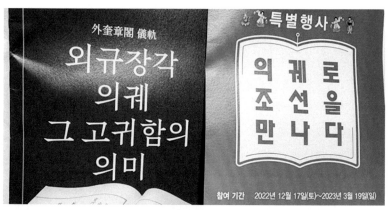

2-2. 빠르게 변하는 세상(2023.1.29)

오픈AI사가 개발한 챗 GPT를 이용한 창의적 일하기, 역시 오픈AI사가 개발한 대화 전문 인공지능 챗봇에서 '전원일기' 출연진들이 나와 2년 전 사망한 응삼이 역의 박윤배와 대화를 하는 동영상을 어젯밤에 보았다. 이들은 과거와 현재의 기분을 자유자재로 나타냈고 사망한 박윤배와 살아있는 딸이 실시간으로 대화하며 서로 잘 지내라고 하는 장면에서는 촬영장에 나온 사람은 물론 눈물을 흘렸고 시청자인 나도 눈물이 났다. 기술자들이 얼마나 작업했는지는 모르지만 죽은 사람과 너무나 자연스러운 대화를 하는 장면에 소름이 끼쳤다.

오늘 페이스북을 보다가 챗 GPT를 이용한 인공지능으로 과학교육을 어떻게 할 것인가 하는 신영준 교수, 챗 GPT를 이용하여 논문 작성에 아주 편리하다고 하는 신동훈 교수가 쓴 장문의 글을 보았다. 이미 윤 대통령도 며칠 전 대통령실에서 이를 배워 적극 활용 하도록 하라고 지시했다는 보도가 있었다. 아이폰의 발명으로 꿈에도 생각 못 하던 세상이 되어 심지어는 포노 사피엔스 시대가 온다고 하는 사람들이 있다. 챗 GPT는 아이폰이 가져온 혁명과 같은 혁명을 가져올 것이라고 이구동성으로 말한다.

역시 오늘 페이스북에서 2022.1.1.~2022.12.31 기간 임길영 명인이 자신의 페북 내용을 올 컬러 책을 만드는 프로그램에 넣었더니 몇 시간 만에 280쪽 짜리가 편집되었고 이를 불과 7~8만 원을 내고 4일 만에 출간한 책을 받았단다. 페이스북에 실린 내용으로 책 만들기를 쉽게 실현하는 것이다.

무섭게 변하는 세상에 적응하려고 핸드폰 사용법, PC를 이용한 편집, 파워포인트, 포토 샵 등을 돈 내고 1년여 연수받아서 그럭저럭 적응해 왔었다. 그러나 사양과 방법이 계속 업그레이드되고 새로 출시되는 앱을 사용하는 데 한계를 느껴 나이 드는 것만큼이나 마음이 편치 않은데 오늘 하루에만 새로운 기술에 세 번 놀랐다.

2010년 1월부터 꾸준히 해온 블로그와 페이스북 중 페이스북 내용을 출판할 생각이 있었는데 너댓 시간이면 한 권의 책이 만들어진다니 큰 짐을 덜어 안도하기는 한다. 그냥 조용히 살자니 아직은 건강하고 활동할 수는 있으나, 그래도 나이와 체력을 고려하고 슬로우 라이프를 즐기는 사람도 있으니 많이 내려놓고 살아야 하겠다.

그래도 분명한 것은 평생 배우며 살아가지 않으면 송장 소리 들어도 할 말이 없겠다는 것이다.

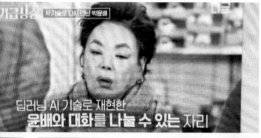

2-3. 산악반 둘레길 걷기 모임에서 리움(LEEUM)미술관 관람(2023.2.1)

겨울에도 설악산 서북주능을 지나 대청봉을 넘는 등산을 하던 대학 산악반 회원이었다. 그러나 나이가 드니 몸이 말을 안 듣는다. 그래서 대학재학 시절 산악반 회원이 매월 1회 둘레길 걷기 위주로 명소도 찾는 모임이 있다. 물론 회원 중에는 여기도 나오고 대학산악반 OB 산행도 한다. 오늘 12명이 참석하여 리움미술관에 들러 전시물을 관람하고 '마우리치오 카텔란 특별전'도 둘러보았다.

리움미술관은 잘 알려진 곳으로 이번이 세 번째 관람이다. 야외에 전시되었던 작품은 1점만 남고 2점이 다른 곳으로 이전되었다 한다. 큰 시설 유지 보수와 많은 인력을 유지하기 위한 재원이 삼성의 사회 환원 차원에서 이루어지고 있다.

4층부터 관람했는데 국보인 고려청자(사진)는 교과서나 기타 여러 곳에서 사진을 보았던 적이 있다. 이어서 3층은 백자를 전시해 놓았는데 광주시 도요라고 하는 곳이 내 고향 바로 옆인 경기도 분원 백자 도요지를 말한다. 다 멋지지만 내가 좋아하는 백자를 더 오래 보았다. 2층에 전시된 불교 관련 작품 중에 대탑(사진)의 정교함과 균형미가 마음에 든다(사진). 신라 시대 귀걸이도 걸작이다.

현대 미술가인 카텔란의 특별전은 눈길이 가는 것이 없는 것은 아니지만 현대 미술은 여전히 어렵게 느껴진다. 특히 큰 냉장고 문을 열면 내 눈높이와 정면으로 마주치는 실물 크기의 여인의 얼굴과 전신상이 돌아가신 어머니의 시신을 넣어둔 것이라는 데, 섬뜩하여 찍었던 사진을 모두 삭제하고 다시 생각하기 싫었다.

밖으로 나와 존슨탕이라는 음식으로 점심을 하고 해밀턴 호텔 옆 참
사 현장에 가서 돌아가신 이들의 명복을 빌고 그 작은 골목에서 그런 대
형 사고가 났다는 데에 참담함과 슬픔을 가지며 길을 건너 커피숍에 갔
다. 늘 양이 많다고 생각되는 커피를 시켜 마시며 여러 이야기를 나누다
가 오후 3시에 일어났다.

2-4. 오늘(3.8)은 코로나 때문에 열지 못한 서울교육삼락회 정례 연수
에 참석

코로나로 열지 못한 연수가 3년 만에 열렸다. 그러고 보면 나는 운이
좋은 것 같다. 교육삼락회 회장을 비롯한 한국시민자원봉사회 중앙회
회장 등 요직 임기가 코로나 이전에 끝났으니까. 물론 서울대사대 동창
회와 성동문인협회의 회장은 일부 코로나 기간과 겹친다. 코로나로 쉬다
가 일하려니 번거로운 면도 있으나 보람은 있다. 다만 코로나 팬데믹은

긍정, 부정을 떠나 많은 변화가 있었는데 그중 하나는 사람들이 잘 모이려 하지 않는 것이다.

2-5. 2023 서울대 나눔 가족음악회 나들이(2023.5.10)

지난해에 이어 올해도 롯데 콘서트홀에서 열린 금난새 지휘, 뉴월드 필하모닉 오케스트라 연주, 음악회에 아내와 함께 다녀왔다. 금난새의 재담을 곁들인 해설과 더불어 윌리엄 텔 서곡, 사라사테 - 나바라, 라흐마니노프-피아노협주곡 제2번 c단조 작품 18, 차이콥스키 교향곡 제4번 4악장, 비제 - '아를르의 여인' 모음곡 중 파란돌을 감상했다.

오후 7시 30분부터 러닝 타임 120분으로 짧지 않은 시간인데 참 빠르게 지나갔다. 열심히 박수치니 기분도 더 상쾌해짐을 느꼈다. 잠실의 야경이 정말 호화롭다.

2-6. 서초 포럼에 참여(2023.5.26)

07시 반 올해 들어 처음으로 양재동 엘타워에서 열리는 서초 포럼에 참석했다. 반가운 얼굴들이 너무 많이 바뀌어 서운할 정도다. 포럼이 끝난 후에 아침 식사 후 차도 마시지 않고 10시 20분까지 배식 봉사를 하러 안국동 소재 노인회관으로 갔다.

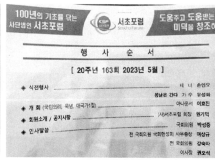

2-7. 서울교육삼락회가 주관하는 2023년도 호국보훈 연수에 참가
   (2023.7.12)

　금 년 호국 연수는 서대문형무소 역사관과 국립대한민국임시정부기념관 탐방이었다. 그 옆을 수없이 지나갔지만 실제로 내부를 들어가 본 적은 없었다.

　임정기념관은 오픈한 지 얼마 되지 않았다. 임시정부를 대한민국 정부 수립 원년이라면서 임시정부 이승만 대통령 그리고 광복절에 수립한 대한민국 정부 수립 초대 대통령 이승만을 폄하하는 세력이 있어 대한민국 건국에 먹칠하는 것 같고 이는 바로 잡아야 한다.

　서대문형무소 역사관은 나라 잃은 백성의 고단한 삶이 마음을 아프게 하고, 잃은 나라를 찾기 위해 몸과 마음을 다 바친 독립운동가를 생각하면 고마움과 함께 일제의 만행에 치가 떨린다. 한편으로는 제국주의자들이 밉다는 생각과 더불어 나라와 백성을 지키지 못하고 열강 제국에 넘어가게 한 조상들이 한심하다는 생각도 든다. 지금도 정신 차려야 나라와 백성이 안전할 수 있는 것이 아닌가.

2-8. 전남 나주 스타트업 회사 방문(2023.7.26)

　미세 조류를 연구하여 식량과 연료 자원을 개발하는 연구실 겸 작업실을 사전 약속하고 찾아갔다. 1980년대 당시 문교부 근무하며 출장갔던 나주역이 초현대식으로 바뀌어 상전벽해를 느끼게 해서 어리둥절하기도 하고 반갑기도 했다. 긴 장마 끝에 전형적인 여름 뭉게구름이 하늘에 아름답게 떠서 사진에 담았다.

　연구실 겸 작업실은 신축 건물 3층에 깨끗이 정돈되어 있었다. 직접 실험하고 모형과 실물을 제작하는 것을 본 후 설명을 들으니 대한민국은 이렇게 도전적이면서 굳건한 사람들이 있어서 발전하고 살맛도 난다고 생각했다. 여의도에서 들려오는 소리에 귀 닫고 싶은 심정이 나만이길 바라면서 이곳에서 씨름하고 계신 분들을 보며 감사 그리고 또 감사했다. 미세 조류가 식량, 탄소 저감, 에너지 해결에 중요하다며 연구

실 겸 작업실에 장치되어있는 기구들을 다시 뒤돌아보며 반드시 성공하기를 기원했다.

　집에서 정상적으로 아침 식사하고 왕복 5시간 만에 여유 있게 저녁 식사를 집에서 하면서 쾌적한 STR 열차에서 시원하게 잘 보낸 것도 엄청 고맙게 생각했다. 날마다 달라지는 세상에 대한민국이 함께 하는 것도 고마운 일이다.

2-9. 영화 관람 그리고 저녁 식사(2023.8.5)

날씨가 계속 덥다. 복 중이니 몹시 더운 것은 당연하다. 문제는 지구 대기가 올해 제일 높은 온도를 보인다는 것과 나이 들수록 더위를 더 느낀다는 두 가지가 겹쳐서 더위를 더 느끼는 데 있다. 그래서 지난 주말처럼 최소한 경기도까지는 나가서 식사하고 오려다가 오늘은 영화관으로 발길을 돌렸다. 하기는 매월 1회 아내와 영화관엘 간다. 요즘 이념, 애정, 사회 고발 등 머리 아픈 영화는 피한다. 스포츠를 보듯이 그냥 영화관에서 즐겁게 또는 몰입해서 볼 수 있으면 그것으로 만족하기로 했다. 다행인 것은 아내도 나와 생각이 같다.

대한극장을 많이 가는 편인데 집에서 거리, 교통(전철)편, 식사 장소, 남산 걷기 등 좋은 점이 많기 때문이다. 내가 고2 때 서울로 학교를 옮기고 단체 관람이 아닌 친구들과 처음 본 영화 '바람과 함께 사라지다'를 대한극장에서 너무 감명 깊게 본 때문일 수도 있다. 오늘 본 영화는 '미션 임파서블'의 7번째 영화인 '데드 레코닝 파트 1'인데 역시 긴장감과 몰입도가 높아 좋았다.

2-10. 영화 '오펜하이머' 관람과 주말 걷기 안내를 위한 경로 점검 (2023.9.2)

오펜하이머가 원자폭탄을 만들어 이를 일본의 두 도시에 투하, 2차대전을 종식한 후 수소폭탄 제조에 반대하고 청문회에서 불리한 결과를 겪는 과정 그리고 정치, 과학기술자, 연인, 인간관계가 잘 묘사되어 있다. 과학자 예를 들면, 아

인슈타인, 닐스 보어, 로런스, 하이젠베르크, 텔러, 파인먼 등 유명한 과학자가 대거 등장하는 영화이다. 오펜하이머는 "나는 이제 죽음의 신, 세상의 파괴자가 되었다."고 말하며 수소폭탄 개발에 반대한다. 오늘날 사람들은 텔러를 수소폭탄의 아버지라 부른다.

영화 관람 후 내일 걷기 안내 책임인 아내와 걷기 코스를 점검하며 걸었다. 그늘에 있으면 시원해도 햇볕은 따갑게 느껴진다

2-11. 서울대 홈커밍데이 전야제 참석(2023.10.14)

10.15일 홈커밍데이 전야제로 삼익악기 빌딩 3층 삼익 아트홀에서 금난새 지휘로 음악회가 열렸다. 오후 6시 준비된 간단한 샌드위치, 다과류, 음료로 저녁 식사를 마치고 7시부터 8시 반 경까지 브라스밴드, 피아노, 기타의 연주와 반주가 있었다.

금난새 지휘자의 음악회가 예배드리듯 엄숙하기만 해서야 되겠느냐는 등 재담을 섞은 진행으로 재미있는 시간이 되었다. 특히 나는 브라스밴드의 합주를 가까이서 듣는 것을 좋아하는데 오늘 그런 호사를 했다. 아마 시골 중·고등 학교 재학 시 15인조 미니 밴드가 주로 트럼펫과 트롬본 위주로 합주하는 것과 트럼펫 연습하는 장면

을 많이 본 것이 영향을 준 것 같다. 금관 5중주를 위한 리코세와 어메이징 그레이스가 좋았다.

2-12. 합창 들으러 가다(2023.11.18)

합창 출연 선배님 응원차 평양면옥에서 미리 저녁을 먹고 발표 장소인 경동교회에 들어갔다.

35명의 100% 남자 단원 평균 연령이 77세란다. 그래도 일본, 카나다 등지로 합창 공연을 다녀온 베테랑이었다. 찬송가는 잔잔하니 듣기에 좋으나 천주교 신자인 내게는 생소하다. 그런데 '아름다운 꿈', '언덕 위에 하얀 집', '그리운 스와니강', '청산에 살리라' 등 귀에 익은 곡을 같은 연배들이 부르니 구수하고 듣기 좋았고 지난날 추억도 소환시켜 주어 더

욱 좋았다. 가을에서 겨울로 가는 나이에 더 많은 축복이 함께 하기를 바란다. 직장 생활로 가까이하던 지인을 많이 만난 일도 기분 좋았다.

2-13. 제54차 서울교육삼락회 정기총회 참석(2023.12.13)

40명 남짓 회원이 참석한 가운데 총회가 열렸다. 한국 교육과 당연히 서울 교육이 혼돈 상태에서 벗어나는 데 시간이 필요한 것은 그동안의 정치와 이념 갈등 때문이며 또는 성장통일 수 있듯 삼락회도 국회 법률 단체임에도 교육의 정치적 갈등과 최근 코로나도 악영향을 주어 정체 상태에 있다. 그러함에도 회비를 낸 서울 회원이 250여 명이 되는 것은 그동안 회장단을 비롯한

2023년도
제54차 정기총회

三樂

일시 : 2023년 12월 13일(수) 10:40
장소 : 서울교육대학교 시청각실

임원과 회원들의 노력 때문이다.

내가 회장 임기를 마치고 물러난 것은 코로나 이전인 2019년 12월이다. 오늘 총회에서 새로운 회장을 선출했다. 선출된 회장, 부회장 그리고 오늘 출석한 회원님들도 대부분 친하게 지내던 사람들이다. 개인주의 경향과 큰 단체를 피하려는 취향 속에서 새로운 회장단과 임원들이 중흥의 길을 더 넓히기를 기대한다.

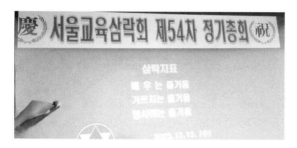

2-14. 삼락당구회 연말 대회 및 납폐식(2023.12.26)

서울교육삼락회 소속 동호인회로 모인 삼락당구회는 매월 네 번째 화요일 오후 2시에 모여 4시간 동안 당구를 치고 저녁 식사를 하는 모임으로 친목과 당구 학습을 하는 모임이다. 2023년 마지막 기념 당구대회와 납폐식을 하고 탁주 한 잔 곁들인 저녁 식사를 했다. 이 외에도 매월 1, 2주 화요일 오후 2시~6시 하는 당구 모임에 나는 열심히 나가서 당구도 배우고 친목도 다진다.

오늘 대회에서 우승, 준우승을 한 사람은 연륜으로도 우리 전 회원 중 1, 2위여서 더 의미가 있었다. 회장, 총무님 1년간 운영하느냐 수고했고 오늘 대회도 재미있게 진행되었다. 평소와는 다르게 저녁 식사만 마

치고 바로 일어나지 않고 차담을 화기애애하게 나누고 헤어졌다. 날씨가
따뜻할 정도로 온화하다.

2-15. 코리아 챔버오케스트라[KCO] 송년 음악회 연주 감상(2023.12.27)

1965년 서울바로크합주단으로 창단된 코리안챔버오케스트라는 58
주년이 된 한국을 대표하는 챔버오케스트라 라고 한다. 저녁 식사 후 아

내와 함께 예술의 전당 콘서트홀에서 펼쳐진 오케스트라 연주를 보고 들으러 갔다. 모짜르트의 디베르티멘토 제1번 라장조, K.136, 하이든의 트럼펫 협주곡 내림 마장조, 브람스 교향곡 4번 마단조 Op. 98을 연주하였고 앙코르로 세레나데 등 세곡을 선사했다.

현장에서 음악을 듣게 되면 그 연주곡에 대해 아는 것도 없고 귀도 열리지 않았지만 분위기에 매료되는 그 무엇이 있음을 느낀다. 또 하나는 60여 명이 지휘자와 더불어 좋은 연주를 위해 최선을 다해 조화를 이루려 하는 모습을 보면서 감탄했다. 특히 정치하는 사람들의 대다수가 국민을 위한다는 이름으로 국민을 지치게 하는 것을 생각하면 오케스트라 연주자는 훌륭하다 못해 신의 경지에 다가가는 것이 아닌가 생각되었다.

3
국가 백년대계를 위한 교육에 땀 한 방울 더하기

1. 전국과학교육담당자대회 참석(2023.3.23)

코로나로 인해 전과 같은 행사가 3년 만에 개최되어 엄 총장 차로 행사장인 천안 상록회관에 갔다. 한국과교총 임직원, 과학사랑어머니회 임원, 서울시과학전시관 전문직 정0실연구사, 경기융합과학교육원 강0원 원장 등이 아는 사람이었다. 세월이 흘러 이제 아는 분보다 모르는 분이 훨씬 많았다. 그래도 내가 교육과학기술부 본부장 시절 국장이었고 후에 과기부 차관을 역임한 후 한국창의재단 재단 이사장으로 봉직하고 있는 조0래 이사장, 교육부 장0재 국장 2명이 함께 근무한 적이 있어서 반가웠다. 물론 한국과교총 임원 중에는 회장을 비롯하여 함께 근무했거나 일했던 사람이 대부분이고 아직 현직인 서0기 교장 등이 있다. 내가 서울시교육청을 떠난 지 15년, 중앙부서를 떠난 지 12년이 되니 세월이 많이도 흘렀다.

'AI 시대의 과학교육'이란 주제로 박형주 (전)아주대 총장의 특강이 60

분간 있었다.전체적으로 특강의 구성이 감칠맛 나게 잘 정돈되었고 용어 선택이 흥미를 유발하기에 충분했다. '오래된 신화에서 호기심을 가진 아이들이 세상을 바꿀 거라 하고 그런데 정말 그랬다.'는 문장 제시가 참신했다. 교육환경을 다음과 같이 진단했다.

첫째, 닭장 안에서 밖에 있는 모이를 먹으려는 어미 닭의 노력은 수포로 돌아가고 호기심에 따라가다 보니 병아리가 먹이를 먹게 되더라는 것이다. 결론은 너무 목표지향적으로 한 우물을 파지 말고 호기심을 가지고 여러 가지를 해보는 것이 좋다는 것이다. 이런 예로 역사상 가장 지능지수가 높았다는 타오[Terrence Tao]는 상이한 분야에 관심을 가져 31세인 2006년 수학의 노벨상이라는 필즈상을 받았고, 허준이는 고등학교 중퇴, 석사, 박사를 다른 공부를 하면서 2022년 역시 필즈상을 받았다. 허준이는 석사까지 한국에서 마친 토종 한국인이다.

둘째, 교육을 둘러싼 세상이 변화했다고 주장했다. Z세대는 간단함, 공정함, 재미를 추구하는 특징이 있다고 했다. 경청하는 시간은 15분이 마지노선이어서 더 강의하려면 하나를 더 만들어 시작부터 다시 해야 한다는 것이다. '친구니까 이해해주어야 한다는 것'을 거부하고 공정해야 하며 재미있어야 한다는 것이 그들의 특징이라 했다. 세상은 문과와 이과의 구별이 없어야 할 뿐만 아니라 서로 연결되어 문제를 해결해야 하는 세상이 되었다.

이러한 세상에서 챗 지피티(Chat GPT)는 질문을 잘하는 사람이 좋은 답을 구하게 한다. 또한 경험과 직관만으로는 안 되는 세상이며 답은 데이터 속에 숨어있다. 데이터를 읽어 내서 일해야 낡은 지식으로부터 능률적이며 빠른 변화가 가능하다. 결론적으로 질문을 잘하고 큰 그림을 그려야 하는데 소크라테스의 부활이라 할 수 있다. 테스 형 인생이 왜 그래? 또한 지식 축적에서 연계된 분야를 넘나드는 유연성의 체득이 필요한 세상이다.

셋째, 교육의 지형이 변하고 있다고 주장했다. 디지털 대변환의 시대를 맞아 정보와 인공지능의 보편 교육화 및 확대가 요구된다. 또한 평가제도의 난항으로 변별력의 함정을 없애야 하며 학습이 단순 반복화 되는 것을 경계해야 한다. 자기 생각을 쓸 수 있어야 하며, 따라서 서술형 평가가 필요하다.

넷째, 교육 수요자인 기업이 변하고 있음을 지적했다. 대학은 전문성 전이가 필요한 사람에게 평생 교육을 하는 대학으로 변하여야 한다. 이것은 인구가 증가하는 미국에서 대학 입학생 수가 줄어드는 현상에서 전통적인 학교 밖에서도 특정 지역이 요구하는 전문성 기회가 늘어나는 것에 기인한다고 보면, 대학은 변화가 절실히 요구된다. 우리나라는 취학 학생의 급감으로 이미 위기에 직면하고 있는 것이 학교의 현실이다.

다섯째, 미래 교육의 키워드를 제시했다. 핀란드의 사례에서 하나의 현상에 다양한 융합과목을 녹여내어 호기심을 유발하고 교과 간의 연결성을 드러내는 사례, 다수의 스타트업을 배출한 혁신 국가인 에스토니아의 코딩교육 의무화와 수학과 정보 교육의 융합을 시도한 CBM(Computer-based Math)을 예로 들었다. 다른 예로 아카데미상을 두 번 수상한 수학박사 출신 스탠퍼드대 컴퓨터과학 교수인 론 페드키우, 혼자 학습 또는 연구하는 것이 아닌 수업 방식 등을 소개했다.

여섯째, 마지막으로 변화의 방향을 제시했다. 결론적으로 생각의 힘을 키우는 교육을 해야 한다고 주장했다. 그러기 위해서 변별력의 늪에서 빠져나오고, 함께 문제를 해결하고, 다양한 미래 진로와 연결하며, 지식 전달 중심에서 상호작용과 학습자 중심의 교육이 필요하다고 강조하였다.

나는 박형주 전 총장의 주장에 전체적으로 동의한다. 현재 상황에 맞는 적절한 용어와 진술로 더 참신하게 주장하게 되었음도 인정한다. 그러나 인공지능[AI], 챗 지피티Chat GPT가 학습은 물론 세상을 바꿀 것이라는 가장 중요한 화두 외에는 새로운 것이 없었다고 다음과 같이 주장한다.

첫째 주장인 흥미와 호기심은 과학교육의 목표 중에 있었고, 둘째 Z세대 관련 주장은 새로운 것으로 경청해야지만 질문을 많이 하되 그것도 요령 있게 해야함은 학교 현장에서 많이 해오던 이야기이다.

셋째 이야기는 우리나라 교육이 손을 안 댄 것은 아니나 더 많은 관심과 노력이 요구되며 넷째 주장은 대학이 새롭게 생각해서 잘 대처해야 할 과제로 생각된다.

다섯째 주장은 이미 과학교육에서는 1970년대에 생활 속의 과학을 강조하면서 과학 - 기술 - 사회 - (환경)[STS ; Science-Technology-Society-Environment]관련 학습을 강조했었다. 최근에는 스팀[STEAM ; Science, Technology-Engineer, Arts, Math]을 강조하는 교육을 하고 있다. 물론 아직도 교과별 중요성을 강조하는 분들이 많이 있다. 오늘 특강을 하는 박형주 전 총장은 수학자로 교과교육이 발달한 과학교육에

동향과 관계없이 수학교육을 새롭게 시도하는 나라들을 본 소회를 말한 것으로 보인다. 여섯째 변화의 방향도 바람직하며, 실행이 안 되어 그렇기는 하나 그렇게 생각하여 왔다. 물론 이 주장 외에 더 다양한 주장도 있으나 이 특강에서 경청할 주장이 많았다고 생각한다.

문제는 우리나라가 그동안 진행해온 관행 즉 학교에서의 학습과 평가 방법, 학교 구성원들 간의 관계, 대학 입시 등이 하루아침에 바뀌기 어려운 점에 있다. 특히 현재 초중등 보통 교육의 방향이 상당히 바로 세워져 있으나 현실은 대학 입시에 매몰되어 제대로 시행되지 않고 있다는 점이다. 더구나 AI 시대에 맞는 창의성 교육을 생각하면 지금의 우리나라 보통 교육은 개선 노력이 많이 요구된다.

2. 한국교육과정교과서연구회 정기총회 참석(2023.4.7)

한국교육과정교과서연구회(회장 박제윤) 총회가 4.7일 18시에 프레지던트 호텔에서 3년 만에 대면으로 개최되었다. 반가운 얼굴도 많이 보았고 특히 현직 국가교육위원회 담당 과장과 교육부 담당 과장 등 함께 근무하던 신참들이 승진하여 10여 년 만에 만나 반가웠다.

교육부에서 근무했던 공무원들이라 그런지 모임의 특수성 때문인지는 모르나 무난한 실력자 위주로 지내와서 쓴소리가 없는 친목 단체 성향이 강한 단체라서 아쉬운 점이 있다. 특히 교육과정 교과서 연구 단체 불모지라 더 아쉬움이 있다.

이 연구회는 '편수의 뒤안길'이란 책을 매년 발간하고 해마다 자랑스러운 편수인 선정, 교과서의 날 기념식 및 심포지엄과 유공자 표창 등 좋은 일을 하며 수고를 많이 하고 있다.

3. 한국환경체육청소년서울연맹장 취임식에서 격려사를 함 (2023.4.11)

　오후 16시 서울시의회 회의실을 빌려 개최하는 서울환경체육청소년연맹 연맹장 및 임원 임명장 수여식에 갔다. 나는 한국환경체육청소년연맹 상임고문으로 격려사를 했다. 이 단체가 처음 생긴 2005년부터 지금까지 나는 변함없는 직책과 역할을 하고 있다. 약 20여 명이 광화문 음식점에서 저녁과 음주를 하고 헤어졌다.

4. 제11회 경남과학사랑어머니회 총회 참석(2023.6.7)

　11회 총회 중 9번째 참석했다. 이 단체의 창립총회 때는 내가 한국과학교육단체총연합회 회장 때였다. 한국과학교육단체총연합회의 창립은 1990년 초대 김시중 회장님을 모시고 이루어졌는데 33년이 지났고 중앙과 서울에 과학사랑어머니회 창립은 2011년으로 어느덧 만 12년이 지났다.

　경남 교육감이 참석할 때는 시간에 맞추어 가느냐고 택시로 서울역에 가서 06시 반경 KTX를 타고 갔는데 오늘은 교육감은 화상으로 축하하고 창원과학고 교장만 나온다고 하면서 2부 행사에 나와서 축사 정도만 해도 되겠다 해서 08.22분 서울역 발 11.17분 창원시 도착해서 행사에 참석했다. 어떤 단체나 심지어 나라도 회장(지도자)의 역량, 임원(참모)의 능력, 회원(국민)의 호응 여부로 성패가 판가름 난다. 경남과학사랑어머니회가 잘하기로 모범이다. 올해 장애인 돕기 일일 찻집 운영으로 모금한 기백만 원은 예년과 달리 현금으로 전달하지 않고 휠체어 등 현물로 지원했다고 한다.

2부 행사, 모든 회원님과 함께 점심 식사, 차담을 하고 오후 3시 12분 창원중앙역 출발 17시 53분 서울역 도착 귀가했다. 1980년대 문교부 재직 시 경남 창원, 진주, 전남 순천, 보성 지역 출장을 가려면 야간 침대차를 타고 가서 다음 날 밤늦게 오던 시절과 비교하면 30~40년 사이에 다른 세상이 되었다. 서울 집에서 아침 식사하고 정상적으로 일한 후 19시 해지기 전에 집에서 저녁 식사를 했다.

5. 인공지능을 내 주머니 속에 – 서울교육삼락회 연수 참석 (2023.6.14)

금 년 들어 일정이 겹쳐 삼락회 행사에 겨우 2회째 참석했는데 그 중에 하나가 오늘 연수였다. 이론적으로는 오늘 강의 내용보다 더 알지만 실행할 수 없는 한계가 있었는데 오늘 좋은 학습을 했다. 물론 강사가 이론도 더 잘 알 것인데 눈높이를 맞춘 탓에 쉽게 했다고 본다.

챗 지피티를 카카오가 우리 글로 사용할 수 있게 앱을 깔았을 뿐 우리나라가 개발한 것은 아니다. 한글이 가장 우수한 문자이기는 하나 챗 지피티의 생명인 데이터베이스의 90%가 영어로 되어있어서 한글은 맥을 출수가 없다. 오늘 학습에서 수필가의 출판기념회에서 축하할 글을 부탁한다고 했는데 나와 옆 사람에게 챗 지피티가 준 글이 똑같이 나왔다. 2021년까지의 사실만 나오는데 그 이후 것은 입력이 안 되어서 그렇다고 한다. 네이버의 지식과 비교할 때 시간 차이가 있어서 어

떤 것은 카카오, 어떤 것은 네이버 검색에서 얻은 답이 더 나을 것으로 보인다.

까다로운 질문을 하니 영어로 요구 사항이 나왔고 결국 하지 못하는 것이 많았다. 병자호란, 살수대첩 같은 한국사는 모른다고 하면 좋을 걸 엉뚱한 답이 나왔다. 하긴 첫술에 배부를까. 앞으로 많이 기대된다.

6. 해양 바이오 박람회 탐방(2023.6.28)

킨텍스 제2관에서 열리는 행사에 5명이 견학 갔다. 우리나라는 삼면이 바다여서 그만큼 국토가 넓은 셈이고 넓게 활용할 수 있는 역량에 따라 얼마든지 부유하고 복지가 잘 된 행복한 나라가 될 수 있다. 과거 서구와 미국이 그랬듯이 현대와 미래에 국가는 국토 특히 해양을 얼마나 잘 이용하느냐에 국가의 운명이 달려있다고 해도 과언이 아니다.

킨텍스 2관 넓은 공간에 많은 사업가와 과학기술자들의 노력이 행복한 자신과 나라를 만들기에 심혈을 기울이고 있다고 생각하니 눈물겹게 감사하는 마음이 들었다. 한편으로는 자신과 자신의 집단만 아는 국회가 좀 더 잘하면 우수하고 근면한 우리 국민이 더 행복해질 것이라는 생각이 들었다.

7. 초등교사의 극단 선택과 교권(2023.7.20)

　교사와 교장(감)이 교내에서 교육력을 상실해 나가는 과정을 알고 있는, 교육 현장을 지키면서 고위층을 지냈던 사람 중 한 사람으로 늘 가슴 답답함을 느끼면서도 나는 이를 해소하는 데 기여하지 못 해 아픈 마음을 항상 가지고 있다. 여기서 교육력을 상실해 가는 과정을 말하기보다는 다시 교권을 회복해야 하는 일이 급선무로 보인다. 교원의 교육력이 회복되지 않은 교육개혁은 그야말로 탁상공론이고 공염불일 뿐이다. 정부, 교육부, 교육청은 어느 정도 학교 교육에 대한 진단이 되어있으리라 믿는데 헛바퀴 돌리는 수고를 없애려면 허심탄회하게 논의하면 불가능하지는 않으리라 생각되면서도 그렇게 하기가 극난한 우리나라의 사정 또한 알기 때문에 정말 슬픈 마음뿐이다.

　교내, 교실에서 학생이 교사를 폭행하는 사건이 증가일로임은 벌써 알려진 사실이고 교원이 활기를 잃은 것도 꽤 시간이 지났다. 학교의 설립 목적이 학부모와 학생을 상전으로 모셔야 하는 것이 아닐진대, 비록 자업자득인 면이 없는 것이 아니라도 교원을 존경하기는커녕 사교육 하는 사람보다 못한 취급을 넘어 하대하는 풍조까지 스며들고 있으니 이를 고치지 않고는 공교육의 미래는 암울하다.

7월 18일 2년 차 초등교사가 학교에서 극단적인 선택을 한 사건은 조사 중이라 함부로 말하기는 어려우나 그간의 교권 상실과 연관 지어 생각할 수 있다고 생각된다. 그리고 관계 기관의 조사 중에 확인되지 않은 사실들을 들어 국회의원의 자손이 그 학교의 학생이라느니 등 이념과 정쟁 스타일의 글들이 난무하는 것을 보고 착잡한 마음을 금할 수 없다. 전문가를 경시하는 정치 상황이지만 그래도 교육은 속성상 백년지대계인데 성급한 언급을 삼가고 조사 결과를 근거로 대책을 수립할 때 건전한 의견을 수렴하는 데 동참하는 것이 정도라고 생각된다. 학문과 산업 현장은 속도가 더 많이 필요하겠으나 교육은 숙성기간을 거쳐 가며 그야말로 불면 꺼질까 하는 조심성 있는 접근이 필요하다. 삼가 고인의 명복을 빌며 어려운 환경에서도 묵묵히 직분에 충실한 대다수 교원에게 감사드린다. 또한 더 행복한 학교생활을 해야 할 많은 학생을 위해 교육 공동체가 합심하게 되기를 기원한다.

(아래 사진) 고인을 추모하며 kjhpress@yna.co.kr에서 전재

8. 기초학력 진단 결과 공개 타당한가?-토론회 참석(2023.8.11)

태풍이 서울은 장마보다 더 조용히 지나가서 다행이다. 물론 전국적으로는 장마 때문에 어려움이 많은 곳이 있을 것인데 빠른 회복을 기원한다.

'기회평등학부모연대'가 주최하고 서울특별시와 서울시의회 이종태 의원실이 후원하는 토론회에 참석해서 학부모연대 고문으로 인사말을 했다. 학습이론 상 진단평가를 해서 학생에게 맞춤형 학습지도를 하는 것은 교육의 기본 원리이다. 그러려면 진단평가를 하고 그 결과를 공개하는 것이 원칙이나 학생, 학부모, 교육 당국이 수치심 등에 문제가 생긴다고 해서 현재 비공개를 하고 있다. 이것을 개인이 아닌 학교에만 통보해서 학교가 개별학습을 하고 이에 따른 비용 등 지원을 하겠다고 시의회가 조례를 만들었다. 시의회 의결 〉 의장 공포 〉 교육감 재의 요구 〉 시의회의 재의결 〉 교육청의 효력정지 가처분 대법원에 신청과 인용 사안에 대한 토론회였다.

교육이론과 명분상 진단평가 자체를 누구든 반대할 명분은 없으나 현재는 표집 평가로 끝난다. 시의회 의도대로 평가 결과를 극히 '일부만 공개하는' 것은 거의 반대가 없지만 이 결과를 이용하여 학습지도를 하는 '실시에' 대해서는 교육감 등 교육행정기관, 학교장, 교사 모두 반대하는 묘한 상태에 있다. 이 일은 학력 증진뿐 아니라 교육의 모든 현안과 관련되어 지난한 문제인데 결과적으로 진단평가 결과는 부작용을 최소화해서 공개하고 학습에 활용할 수 있어야 한다.

내 개인적인 의견으로는 이러한 일이 현재의 공교육 시스템과 분위기로는 쉽지 않다. 더구나 교육은 정치와 이념에 이미 깊이 빠져있어 더욱 그렇다. 그러나 학부모가 사교육 기관에 더 관심을 갖는 큰 이유 중 하나인 평가 결과의 공개와 활용은 과거의 학교처럼 공교육에서 꼭 이루어져야 한다.

9. 서울시 일반계 고등학교 선택제 토론에 참석 (2023.9.8)

16시 시의회 별관 제6 회의실에서 열린 학교 선택제 토론에 참석했다. 결론은 학교 선택제를 좀 더 활성화 해야 하고 그러려면 교육감이 제도적으로 잘 접근하는 것

이 좋다는 것이고, 현 교육감은 고교 서열을 인정하면서 이의 해소를 위한 노력이 부족했으니 정책적으로 많은 노력이 필요하다는 것이었다.

10. 충남과학사랑어머니회 발대식에서 축사를 함(2023.9.21)

어제 하루 종일 가을비가 오더니, 오늘은 시원하게 개였다. 충남 아산시 소재 충남과학교육원에서 열리는 충남과사회 발대식에 참석하였다. 현재 학부모인 과학사랑어머니회 임원 및 회원님들께서 참석하였다. 이를 축하하기 위하여 충남과학교육원 원장, 교육청 과장, 장학사, 교장, 학운위 위원장 등과 한국과학교육단체총연합회 회장, 수석부회장, 한과사 중앙회장 등의 참석하에 발대식이 성황리에 있었다.

차상순 충남 과학사랑어머니회 회장, 임원, 회원님들께서 발대식 준비로 고생이 많았다. (사)한국과학교육단체총연합회는 1990년 당시 문교부 과학교육분과위원회(위원장 김시중 전 과기부 장관) 위원님이 주도하여 탄생했고 과학교과편수관이면서 교육부 교육과정위원회 간사였

던 본인은 이 일에 심부름 등으로 참여했다. 그리고 1993년 대전엑스포에 특별 강사로 초빙된 당시 이건희 삼성회장께서 30억 원 출연으로 힘을 얻어 성장했다.

나는 이 단체에서 1999년부터 부회장, 2009년 회장으로 3선 후 다음 회장에게 인계했는데, 과학교육단체총연합회 회장이던 2011년 한국과학사랑어머니회와 서울과학사랑어머니회를 창단하였고 오늘 11번째 시도에 발대식을 하였다. 과학의 생활화[Science for All], 재능 나눔 봉사로 학생에게 다양한 과학체험을 제공하는 어머니들의 모임이다. 현재 나는 한국과학교육단체총연합회 고문과 한국과학사랑어머니회의 고문으로 이 단체들을 즐거운 마음으로 바라보고 있다.

11. 국학원 탐방(2023.10.13)

천안 소재 국학원을 최○희 교수님 안내로 탐방하였다. 아침 일찍 출발하여 박물관을 견학하고 우리 민족의 시원인 마고 할머니로부터 환웅, 단군, 삼국시대 이후 조선왕조까지 중 특히 전설로 이야기되는 부분에 대한 설명을 들었다. 이어서 구내식당에서 점심을 하고 맨발로 약 1.5km 황톳길을 걸어서 산으로 올라갔다. 황톳길 끝에서 시작된 120살을 상징하는 120계단을 오른 후 천상의 계단에 올라 멀리 산과 들을 바라보았다. 내려오는 길에 복 할아버지로부터 복도 받았다.

국학원 원장님을 뵈었다. 편안하면서 평범 속에 진리를 감춘 듯한 인상이었다. 대화 후 단학선원을 창립하여 후세에 물려주고 사이버대학교와 대학원대학교를 설립한 이 총장 일대기 영상과 홍익인간 이화세계에

관한 설명을 더 듣고 돌아오는
길에 높이 33m 되는 단군 동
상을 보았다. 저녁은 병천순대
로 맛있게 먹고 밤 10시경 귀가
했다. 오늘 멋진 탐방을 하고 기
와 복도 많이 받아왔다.

12. 제31회 과학 싹 큰 잔치에 참석(2023.10.21)

아침에 일어나니 비가 내리고 있었다. 그러나 나는 일기예보를 믿었
고, 오전 10시 해님이 얼굴을 모두 내보여주었다.

오늘부터 내일까지는 올림픽공원 평화의 광장에서 교육부가 주최하
고 한국과학창의재단과 한국과학교육단체총연합회(이하 한국과교총)가
주관하는 행사가 있다. 한국과교총이 1990년에 창립할 때 나는 당시 문
교부에 근무하고 있었고, 한국과교총에서는 홍보 간사로 뉴스레터를 만
들었다. 그 후 위원장을 맡다가 1999년부터 부회장, 2005년부터 수석 부

회장, 2009년부터 회장을 했는데 회장 재임 시인 2010년 12월 약 2년간 적당한 곳을 찾아 서울 시내를 이를 잡듯 해서 한국과교총의 사옥을 약 51억 원에 매입했는데 현 시가 약 110억 원 정도로 평가받는다. 그러니 내가 이 단체에 애착이 없을 수 없다.

이 단체에서는 초대 회장 김시중 전 장관님, 2대 회장 김창식 교수님, 3대 회장 박승재 교수님 등 좋은 분들도 많이 모셨고 과학교육 관련 교수, 유·초·중등 교원, 학부모, 기타 많은 인사와 오늘날까지도 교류하고 있다.

다만 개발 시대 같은 '과학 입국', '체력은 국력' 등 신나는 국가 정책이 없어진 점, 설상가상으로 코로나 때문에 침체된 점이 있다. 그러나 이 단체 설립 목적처럼 우수한 인재 양성과 과학의 생활화로 우리나라가 세계적인 과학기술자를 많이 보유하고 있고 세계 각지에서 활발하게 활동하는 과학기술자가 많아진 데에 크게 일조했다는 자부심이 있다.

비록 홍보나 자랑에 매우 어둡지만 지금도 후배들이 묵묵히 그러나 열심히 한국과교총을 위해 일하는 것을 생각하면 자다가도 힘이 솟는다.

13. 제31회 과학 싹 큰 잔치 2일 차 탐방(2023.10.22)

과학 싹 큰 잔치 2일 차에 현장인 올림픽공원 평화의 광장을 또 갔다. 가을 햇빛이 따가워 햇빛 가리개용 모자를 비치했다. 전체적으로 내용이 참신했고 출품자 자신들이 내놓은 창작품 또는 전에 출품했던 작품이 어필할 수 있도록 노력한 흔적이 돋보였다. 기온이 높아져서 나들이에 좋은 날씨여서인지 어제보다 많은 사람이 모였고 줄을 서서 기다리는 곳도 곳곳에 있었다.

14. 서울교육가족 한마음 걷기대회에 참석하여 걸음(2023.10.28)

서울시교육청과 서울환경체육연맹 공동 주관으로 사제동행 걷기가 있어 참석했다. 서울체육고교 운동장에서 출발하여 올림픽공원을 돌아 출발점으로 들어오는 코스다.

기념식에는 국회 교육위원회 이태규 의원, 서울특별시의회 교육위원장과 박환희 운영위원장, 김원태 행정자치위원장을 비롯한 여러 시의원,

서울시교육청 조희연 교육감과 김진효 체육건강예술교육과장, 조용훈 체육고 교장을 비롯한 서울 시내 교장선생님, 강동송파교육청 배영직 교육장 등 많은 내빈이 참석하였다. 걷기대회는 이 대회의 대회장인 유범진 이사장의 개회 선언으로 시작하였다.

좋은 날씨에 여러 지인과 만나 이야기하면서 걸었다. 나는 오늘 모두 1만 7천 보 걸었다. 체육대학과 체육고 주위에 버즘나무가 가지치기 당하지 않은 채 잘 자라고 있어서 반가웠다.

15. 한국과학교육단체총연합회 기금심의위원회 회의 참석
   (2023.12.28)

11시 한국과학교육단체총연합회(이하 과교총) 기금심의위원회 위원으로 회의에 참석했다. 내가 2009~2014년 사이 6년간 회장을 하던 때 흑자 운영되던 과교총이 그 후 적자 운영을 해오다가 올해 10년 만에 약 8,500만 원 흑자 운영을 했다.

흑자 운영보다 적자 운영이 그만큼 힘들 수 있는 부분이 있고 당연히 흑자 운영이 중요하다. 박수로서 내년도 예산안까지 기분 좋게 원안대로 의결했다. 물론 예산 문제 때문에 축소 지향적으로 운영되었다거나 또는 그렇지 않았으리라 믿으나 운영 기구와 인원을 축소하는 등 전체적으로 논의해야 할 문제가 있었지만 흑자 경영에 대하여 긍정적인 발언만 하였다.

16. 편간회 정기모임 참석-건강이 중요(2023.9.16)

매월 세 번째 토요일마다 모이는 편간회라는 모임에 참석했다. 그동안의 모임 중 참석 회원이 최소인 12명이 참석했다. 모두 건강에 문제가 있기 때문이다. 젊어서든 나이가 들든 가장 중요한 것이 건강이다. 특히 나이가 늘어 가면 언제 건강에 적신호가 올지 모른다. 회원 중에는 이미 작고한 분도 4명이나 있다.

앉자마자 모임이 끝날 때까지 모두 건강 이야기를 해서 건강이 얼마나 중요한지 실감했다. 남자 회원 중에 질병 없이 지내는 사람은 나와 김 편수관뿐이다. 부부 동반 모임이나 배우자인 여자분들의 사양으로 남자들만 사진을 찍었다.

17. 매월 세 번째 토요일 편간회 모임(2023.11.18)

편간회 회원 부부 동반 점심 식사하는 날인데 그날이 오늘이다. 그런데 이 모임 창립 멤버 중 한 분은 이미 돌아가셨고 남은 한 분이 오늘 아침에 돌아가셨다. 함수곤 교수께서 08시경 돌아가신 것이다. 입원했던 연세대 대학병원에 자리가 없어 여의도 성모병원으로 갈 것이라 한다. 점심 식사 시간이 무겁게 흐르고 시신의 안치와 관계없이 여의도 성모병원으로 문상갔다. 점심을 하고 병원 영안실에 가니 아직 문상받을 준비가 되어있지 않았다. 기다려서 16시에 문상을 하고 저녁 약속 장소로 갔다. 이곳 장례식장에는 내일 또 올 것이다.

18. 편간회 송년 모임과 미망인께서 식사 제공(2023.12.16)

매월 세 번째 토요일 부부 동반으로 점심 식사를 하는 모임이 있는데 지난 1년간 빠짐없이 모임을 가졌고 이것은 이 모임이 결성된 1995년 이후 계속되었다고 한다. 교육부(전 문교부) 편수관을 지낸 사람들의 모임인데 지난달 5명째 돌아가셨다. 미망인들께서는 나오시는 분과 건강상 못 나오는 분이 있다. 회원 중 부인께서 돌아가신 경우는 1명뿐이니 역시 여자 수명이 길다. 지난달 돌아가신 편수관님 미망인께서 점심 식사를 제공하고 일부 유품을 가져와 동료와 후배들에게 내놓았는데 늘 신중하게 지내시는 사모님이었다. 마침 내가 앉은 맞은 편에 보이는 액자에 쓰인 글씨가 愼終如始였다.

나는 과학과 편수관으로 1984년 3월에 정식 발령을 받아서 10년 6개월 근무한 적이 있고 이 모임에는 나를 포함 3명이 증원되어 2017년부터 나오기 시작하였다. 물론 편수에 공헌이 있는 사람이 없지 않겠지만 기존 회원들에 의해 고려되어 발탁된다고 할까 그렇게 해서 회원이 되는 데 부부 동반을 원칙으로 하고 있다.

초대 편수국장이 최현배 연희대 교수였으니 지금 만나는 분들은 그로부터 먼 훗날로 이제 평균 연세 80이 넘는 건강한 분들이다. 물론 편수에 오래 근무하고 공헌이 있는 분만 모시는데 최근 돌아가신 두 분 대신 젊은 분들로 2명을 내년부터 더 모시기로 했다.

C

가화만사성

1

가족과 더불어

1. 2023년 설 명절에 부모 집으로 모인 우리 집식구들과 식사 (2023.1.21)

오늘은 까치설날이고 내일이 정말 설날인데 의논 끝에 자식들이 원하는 연휴 첫날인 오늘, 장소는 역시 자식들이 원하는 부모 집으로 정해서 모두 우리 집에 모였다. 오후 1시경에 모여 점심을 하고 이야기를 나누다가 오후 7시에 저녁도 한 다음 9시 좀 넘어서 각자 집으로 갔다. 광교에 사는 딸과 사위가 제일 멀다 해도 차로 40분 정도면 가고 가장 가까이 사는 딸은 차로 10분이면 간다.

점심은 떡국, 저녁은 비빔밥이 주된 메뉴였는데 점심에는 1차로 생선회와 전을 먹은 후 떡국을 먹었다. 샴페인, 과일, 차, 아이스크림, 과자 등을 먹으며 이야기도 하고 장기도 두다 보니 저녁때가 되었는데 모두 어머니가 해주는 비빔밥이 좋다고 하여 숙주, 시금치, 고사리나물과 배추김장김치, 겉절이김치, 나박김치, 동치미, 김 등을 이용하여 비빔밥을 해

150

서 먹었다. 아내가 고생했는데 즐겁다고 하
니 다행이다.

즐겁고 행복한 하루였다. 3남매, 사위, 며
느리, 훌쩍 160cm를 넘긴 손주들도 정말
눈에 넣어도 아프지 않을 소중한 사람들이
다. 떠나고 나니 아내와 함께 있어도 허전
하다. 집에 잘 도착했다고 아내가 전화 받
으며 아직도 다하지 못한 이야기를 하고 있
고 나는 페북을 작성하고 있다. 홀로 37년
을 사시던 어머니 생각이 난다. 장인, 장모
님 생각도 나고. 돌아가시니 살아서 열심히
만나던 형제자매와 그 배우자와 조카들과

도 소원해져서 만남이 없다. 처남과 처제와 그 배우자와 조카들이 함께
만나던 일들이 기억에 가물거린다.

부모가 돌아가시고 세월이 흐르면 자손들이 모이는 일은 정말 힘들다. 우리 시대의 누님들은 출가외인이니 그렇다 해도 나의 4형제와 그 식구들이 모이는 일도 코로나 때부터 아예 없어졌다. 막내가 70세가 넘고 손주들이 있으니 4형제 모두 확실하게 독립 가정으로 나름의 식솔 그룹이 생겼기 때문이다. 70대 80대가 되니 경조사 등 대소사에서 만남이 반가울 뿐 신나서 떠드는 일도 벅차기 시작하는 것 같다. 세월은 참으로 무섭다.

2. 아들, 딸 졸업식에 못 간 못난 아비는 손자 졸업식에도 못 갔네요 (2023.2.9)

2.9일 손자의 초등학교 졸업식이 있었다. 졸업식장에는 아무도 들어갈 수가 없었고 모든 행사와 뒷마무리가 끝난 후에 운동장에서 가족 친지들을 만날 수 있게 하였단다. 손주의 부모, 친가 외가 할머니, 동생, 고모, 이웃 아주머니 등 축하하는 사람이 7, 8명으로 성황을 이루었으니 내가 간들 달라질 것은 없었다. 그래도 모두 함께 가서 내가 밥을 샀으면 근사하지 않았을까?

늘 멸사봉공 정신으로 살다 보니(?) 3남매의 졸업식이 유·초·중·고·대 3X5=15회가 있었는데 그중에 한 번도 가지 못했는데 변함없이 손자 졸업식에도 못 갔다. 앞으로는 모든 손주들 졸업식에 아내 따라 열심히 참석할 것을 다짐해본다.

그런데 조금 전 보내온 사진을 보니 요즘 학생들 왜 그리 키가 큰지 아내와 초등학교 졸업생 손자와 둘이 찍은 사진 보고 세상이 많이 달라졌음을 실감했다. 시대와 세태만 변한 것이 아니라 아이들 신체가 많이 달라져서 초등학교 졸업생이 우리 때 중학교 졸업생과 키가 같고 아마 정신도 많이 달라졌을 것이다. 모든 것이 참으로 빠르게 변화한다.

3. 중학교 입학한 손주-그맘때의 나(2023.3.2)

입학식에 나타난 손주의 모습, 부모님과 함께한 장면의 사진을 보니 내가 더 새로운 기분에 젖어 든다. 내가 중학교 입학할 때는 모든 학생의 학부모는 물론 아무도 나타나지 않던 시절이지만 마음만은 엄청이나 설렘 그 자체였다.

왜 그렇게도 좋은지, 이제 나타날 새로운 세상은 얼마나 좋을지, 새 친구들과의 만남은 얼마나 신날 것인지, 교복이란 제복을 입고 까까머리로 다니는 기분 등등 초등학교 졸업생 중에 반만 진학해서 미안한 마음이 있었겠으나 신천지를 맞는 기쁨에 들뜨기만 했었다. 수업 시간마다 바뀌어 들어오시는 선생님과 매시간 기대되는 그 선생님의 말씀 또한 기다리게 되었다.

손주와 그 부모인 아들, 며느리의 기쁜 모습도 나를 기쁘게 한다. 부디 건강하고 굳건하게 자라 너와 가족, 사회, 나라, 인류에게 그 크기의 관계없이 보탬이 되는 사람으로 자라기를 기원한다. 물론 많이 도움이 되면 더욱 좋다.

4. 청량리 – 경동시장에서 장보기(2023.3.13)

지난 몇 년간 청량리-경동시장에서 1~2개월에 한 번 정도는 장보기를 했다. 주로 잡곡 매입 때문이었는데 가는 길에 다른 것도 더 구매하고 그랬다.

오늘은 엄청나게 시장이 시끌벅적했다. 명절도 아니고 왜 그런가 했더니 그동안 나는 주로 오전 중에 장을 보고 뒷골목에 가서 점심 식사를 했는데 오늘은 저녁나절에 간 것이다. 오후 시장은 마치 시골 5일 장처럼 진열한 물품에 대하여 큰 목소리로 좋다, 크다, 맛있다 등 각자의 특성으로 소리치고 있었다. 그분들은 힘들겠지만 사는 모습, 활력, 생동감을 흠뻑 맞고 왔다. 진열된 상품과 가격표가 고물가, 인플레로 세계가 어렵다는 것과 달리 그냥 풍성해 보였다.

5. 큰딸과 아들 생일 기념 걷기와 회식(2023.4.1)

생일이 큰딸은 며칠 남았고 아들은 사나흘 지났는데 두 사람 생일 기념행사를 오늘 하기로 날을 잡았다. 여름에는 작은딸, 11월에는 나와 며느리의 음력 생일이 똑같고 아내는 2일 빠른데 사위는 내 생일보다 며칠 늦지만 이를 묶어서 함께 생일 기념행사를 한다. 이렇게 3회 행사는 온 가족이 모여 즐거운 한때를 보내고 때로는 1박 2일을 예약해 야외에서 지낸 때도 있다. 생일 기념을 빙자한 대가족 모임이라 할 수 있다. 우리 가족 전체가 모일 경우는 생일 때 3회, 추석과 설 때 해서 모두 5회인데 명절 때 2회는 우리 집에서 모두 모인다. 오늘은 손주들 일정을 고려하여 그들 집이 있는 곳에 음식점을 정하고 양재천을 걸었다. 벚꽃이 절정인 날이어서 꽃비가 하염없이 내리는 아래 인파가 시장처럼 붐비는

속에서 우리 대가족도 즐겁게 걷기를 했다. 저녁은 손주들과 성인 양측을 배려해서 퓨전 음식점과 한정식이 아닌 중식으로 했다. 타워팰리스 아래 차이중식당 코스도 중간값으로 했는데 비싼 편이다. 손주들은 볼 때마다 자라났고 많이 의젓해져 있었다.

6. 어버이날 전 찾아준 딸과 사위(2023.5.6)

연휴 첫날(5.6일)에는 딸과 사위가 과일과 카네이션꽃 화분을 사 들고 와서 저녁 식사를 하고 밤 11시까지 이야기하다가 갔다. 오붓하게 살아가는 이야기를 하며 1주일 후 스페인으로 여행 떠나는 우리 부부 이야기 등 식구는 바로 이런 거야 하는 마음이 들게 하는 시간을 가졌다[모녀 사진은 2023.8월 프랑스에 갔을 때 찍은 것임].

7. 어버이날 전 찾아준 아들과 며느리(2023.5.7)

오늘(5.7)은 아들과 며느리가 작은 손자를 데리고 오전에 다녀갔다. 멋진 카네이션꽃을 만들어 놓은 케익을 사 와서 함께 들며 이야기를 했다. 중학생인 큰 손자는 사교육 1번지 지역에 있는 학교에서 이번 중간고사를 우수하게 보았지만, 오늘도 학원에 가느냐 함께

못 왔다고 한다. 짠한 생각이 들었으나 평생 교육에 몸담아온 나로서도 딱히 해줄 말이 건강이 제일이라는 것뿐이어서 안타까웠다[사진은 둘

째 손자로 최근 동네 음료수 상점에서 찍은 것임. 아래쪽은 이 손자의
돌 때 사진].

8. 청량리시장 장보기와 주말 걷기를 하다(2023.6.25)

오늘은 6.25 73주기, 6.25 전쟁으로 가신님들께 우리는 죄송하고 감
사해야 한다.

내일부터 큰 장마가 진다 해서 아침 일찍 청량리시장에 가서 아내와
함께 수박, 참외, 사과, 토마토를 2주일 이상 먹을 만큼 사 왔다. 장마 때
문인지 싱싱하고 좋은 과일을 할인 판매해서 저렴하게 샀다. 냉장고가
가득 찼다고 좋아하는 아내와 점심 식사하러 뷔페에 가서 잘 먹었다.

오늘 642회 주말 걷기의 안내자가 아내라서 사진 촬영을 맡은 내가
아내에게 시장보기와 점심 식사 서비스를 열심히 했다. 사실 나는 식품
영양 전공을 하고 고등학교 가정과 교사를 한 아내 덕분에 매일 맛있는
식사를 하니 365일 고맙다.

9. 명절 다운 추석이었습니다(2023.9.29)

선대 조부 이상은 종가에서 모시고 부모님 차례상은 형님댁에서 올렸었는데 코로나 때문에 3년간 나의 4형제 집안 식구들이 모여 부모님께 차례상을 올리지 못했다. 코로나로 인한 제재가 풀려 의논한 결과 4형제 모두 2명 이상의 손주들도 있으니 올해 설 명절부터 4형제 집안이 각자 지내기로 해서 처음으로 내 가족들은 우리 집에 모두 모여 추석을 쇘다.

이번 추석은 모두 모일 수 있다고 확정된 추석 전날(9.28) 아내의 주장에 따라 나가 사는 자식들 음식을 만들어 모두 우리 집에 모이게 했다. 12시경부터 모여든 식구 앞에 여러 날 아내가 준비해 내놓은 점심상은 음식점에서 볼 수 없는 진수성찬이었다. 작업대를 동원하여 만든 10인용 식탁 위 가득히 차려진 음식 앞에 반가움과 덕담하느냐고 차림 상사진을 못 찍은 것이 아쉽다.

식사 후 바둑, 장기, 오목을 두는 식구도 있었지만, 서로 나눌 이야기는 끝도 없었다. 저녁상은 채식주의자 둘째 딸을 고려해 멸치로 국물을 낸 국수를 준비했다. 떡, 육포, 애플망고, 사과, 배, 곶감, 여러 가지 치즈

와 견과류 등의 안주들과 술이 있으니 시원한 국수가 좋다고 아내가 그렇게 했다.

모두 술에 약해 포도주와 맥주를 준비하고 또 떠들고 웃고 재미있게 시간을 보낸 후 밤 10시 넘어 귀갓길에 올랐다. 아이들이 대충 뒷정리는 했지만 나와 아내가 깨끗이 정리하는 동안 한 시간 거리로 제일 먼 광교에 사는 딸과 사위를 비롯해 도착 후 모두 명절 같은 기분이 물씬 나는 멋진 추석이었다고 문자를 보내왔다. 한자리에서 식구가 모두 모여 10시간

이상 지냈다는 것만으로도 나는 행복했다.

10. 2023 서울대학교 홈커밍데이에 아들네 식구 넷이 왔다 (2023.10.15)

그렇게 모두 와서 좋았는데 일요일도 학원 가는 것 때문에 오후 4시에 와서 5시경 되돌아갔다. 나도 함께 아들네 차를 타고 아들 집 근처에 있는 타워팰리스 상가에서 저녁 식사를 했다.

아내는 주말 걷기에 참가하여 다섯 식구가 들어간 음식점에서 각기다른 것을 시켰다. 아이패드에 각자 실물 사진, 가격, 추가 주문까지 터

치하는 것으로 점원과 대화 없이
끝냈고 주차도 차량 뒷번호만 누
르면 주차장에서 알아서 한다.
참 좋은 세상이다. 내일 모래 큰
손주 생일이라 내가 저녁을 샀다.

이날 내가 홈커밍데이 행사장
을 떠난 후 경품 추천이 있었는
데 내가 이날의 대상으로 디지털
피아노를 받는 데 당첨이 되었단
다. 당사자가 없어 무산되었는데 사는 동안 수십 년간 처음으로 경품에
당첨되었는데 못 받게 되었다. 이래저래 나는 경품과 인연이 없다.

11. 아내의 생일과 꽃(2023.11.30)

오늘이 아내의 생일인데 3남매 뒷바라지에 물심양면으로 정신이 없
어 그동안 생일을 잘 지내지는 못했다. 부부 둘이서 사는지도 오래되었

으나 7순 기념 부부 동반 그리스-터키 관광한 것 말고 한 번도 뻑적지근하게 생일을 지낸 적이 없다. 물론 미역국, 꽃 한 송이, 케이크는 늘 마련했고 아이들과 '해피 버스데이 투 유'를 부르며 단란한 시간은 지켰다.

공무로 퇴근이 늦어도 그런 형식은 꼭 실행했다. 고단한 생활에서 심리적으로 상승효과도 있고, 아이들과 즐거운 한때를 가짐과 동시에 미래에 학습 효과까지 있기를 기대했다.

올해는 내 생일이 이틀 후이고 주말이라 내 생일이 더 푸짐할 것이다. 우리 부부는 생일이 이틀 차이인데 주말에 생일을 지내니까 그런 현상이 생긴다. 이번 주말은 아들네, 딸네 식구 모두 함께 모여 꽃, 생일 케이크를 곁들인 생일 파티를 할 것이다. 그래도 오늘 귀갓길에 아내를 위한 작은 화분 하나와 아내가 좋아하는 케이크가 아닌 빵을 사 왔다.

12. 내 생일 날에 가족 모두와 점심 식사하다(2023.12.2)

우리 내외와 아들, 딸, 며느리, 사위, 손주 모두 모여 점심을 했다. 손주들이 토요일도 학원에 나가니 손주가 사는 지역에서 식사했다. 우리 가족이 모두 모여 한가하게 식사하고 대화할 수 있는 날은 연중 추석과 설날 연휴 때 2번뿐이다. 이때는 우리 집을 하루 종일 개방하고 점심 식사와 저녁 식사도 제공하니 모두 모여 긴 시간 사람 사는 기분을 마음껏 누릴 수 있다. 생일을 3회로 그룹 지어 지낼 때도 모두 모이기도 하지만 음식점이라 식사 시간뿐일 경우가 대부분이다.

오늘은 말이 내 생일이지 아내는 2일 전이고 며느리는 나와 음력 생일이 같으나 내가 음력 생일을 지내 다른 날이 되었다. 사위 생일도 12월 초순이라 오늘은 모두 4명의 합동 생일이라 할 수 있다. 손주 중 중학생은 영어 고3 참고서로 공부하고 초등학생은 고1 수학 문제집을 풀고 있단다. 놀면 안

되니 학원과 학교에서도 권하는 모양이다. 선수 학습이라 사실 시간이

아까우나 월반, 홈 스쿨링은 거절이다. 우리나라 교육에 문제가 많으나 개인별로 보자면 어느 나라나 문제점은 있을 것이다.

점심 식사로 3시간 동안 코스 요리를 먹어 아직도 배가 꺼지지 않았다고 저녁 식사는 생일 케이크 남은 것과 과일, 야채로 간단하게 해결했다.

2
한식, 벌초, 성묘하기

1. 한식 지난 후 부모님 성묘(2023.4.8)

한식날 비가 온다고 해서 비 온 후에 성묘할 날을 잡아 놓았는데 오늘이 그날이어서 막냇동생과 함께 부모님 산소에 갔다. 먼지도 안 나고 묘소의 취약 부분도 잘 보여 그렇게 하길 잘했다. 이미 장조카와 종손들이 일주일 전에 다녀가서 크게 할 일은 없고, 잔디 더 심기와 내가 5년여 전에 심은 편백과 주목을 살펴보는 일 정도였다.

성묘하고 돌아오는 길에 거북바위를 보러 갔다(사진). 후년 결혼 50주년 기념으로 발간할 책을 어머니와 관련된 글로 만들어 어머니 덕분에 잘 살고있다는 입장으로 쓰고 있는데 그중 한 대목으로 거북바위와 어머니에 대하여 넣으려 하기 때문이다. 이 거북바위는 아버지와 관계가 되고 또 도난당한 거북바위를 찾아내려는 어머니의 노심초사와 이곳에 오기까지 사연이 많았기 때문이다. 고려 초에 만들어진 거북바위가 도난 〉 이전 〉 다시 이전하면서 원래보다 많이 훼손되어 마음이 아프다.

2. 벌초 대신 이른 성묘로 들린 부모님 묘소(2023.0.9.24)

지난 3년간 코로나로 인해 4인 이상의 일가가 모여 벌초를 할 수 없게 되어 벌초 풍속도가 바뀌었다. 물론 바뀐 것이 벌초뿐만 아니라 차례 모시기, 기제사, 심지어는 일반적인 모임까지 강한 제제 등 여러 가지로 많았다. 지난 주말 형님댁 식구들이 이미 부모님 벌초를 했고 이어서 셋째네가 부모님 묘소에 가서 깨끗하게 정리해 오늘 일요일에는 막냇동생과 내가 이미 벌초가 끝났으니 성묘차 가벼운 마음으로 묘소에 들렀다.

그런데 부모님 묘역 위로부터 아래까지 멧돼지 떼가 마구 지나가서 보기에 민망할 정도가 되었다. 동생과 둘이서 삽을 들고 2시간 동안 고된 작업을 해서 일단 평상적인 상태는 만들었다. 다행인 것인 장조카가 멧

돼지 기피제를 뿌려놓아 전에 비해 크게 훼손되지 않아 그나마 모양을 쉽게 바로 세울 수 있었다. 잦은 비와 고온으로 수풀이 무성해서 지나다니기도 어려웠는데, 이래저래 힘든 성묘였다.

멧돼지는 산소가 아닌 곳도 여기저기 아래 사진처럼 파헤쳐 놓았다.

3. 이상주 전 부총리와 같은 날 고인이 된 사촌 형수님 문상을 했다 (2023.12.9)

송파에 사는 막냇동생이 부총리 영안실이 있는 현대아산병원에 문상

차 있는 나를 픽업해서 양평병원 장례식장에 오후 5시 반 도착했다. 고향을 지키며 살던 4촌 형수가 고인이 되고 내일(10일) 발인이다. 여기서 많은 일가친척을 만나 이야기를 나눴다.

밤 8시경까지 있다가 다른 동생이 운영하는 음식점[우가현]으로 갔다. 동생이 낮에 문상 다녀갔는데 몸살이 나서 일찍 돌아갔다고 해서 그렇지 않아도 가려고 했었는데 서둘러 간 셈이다. 장조카 부부도 와 있다가 우리가 도착하니 인사하고 먼저 상경했다. 우리 3형제는 1시간 반 정도 집 안 이야기 후 밤 10시 고향을 출발, 원활한 흐름으로 밤 11시에 집에 도착했다는데 동생이 우리 집까지 태워다 주고 갔다. 막냇동생이 수고했는데 고맙다. 오늘 후배 딸 결혼식에는 가지 못하고 송금했다.

D

봉사 활동

1

동창회 활동

1. 모교 교수 정년 퇴임식에서 축사(2023.2.19)

절기상 우수인데 봄비가 차분히 잘 내려 올해 풍년을 기대케 한다. 오후 4시 시작되는 서울대 호암교수회관 위쪽 SK 게스트하우스 로즈 홀에서 열리는 학과 교수 정년 퇴임식에 갔다. 차량 연결이 늦어 1~2분 살짝 지참했으나 다행히 사회자가 오픈 스피치를 하기 전에 도착했다.

많은 연구와 학문적 업적이 정년퇴임 식장에 잘 녹아 드러나 보였다. 퇴임하는 교수를 비롯하여 생각보다 많은 지인을 만났다. 축사하고 저녁 식사까지 잘하고 낙성대역까지 3명이 대화하며 걸어 나왔다.

2. 편간회 모임에 아내와 함께 갔다(2023.2.18)

내가 사는 동네에서 하는 조합 총회에는 사인만 하고 오찬을 겸해 매월 정기모임을 하는 편간회에 아내와 함께 갔다. 당시 문교부 편수관실 같은 공간에서 10여 년 근무하면서 정이 들어 서로 아껴주는 모임이다.

함께 근무한 사람 중에 선택받은 사람이 모이는데 나는 모든 회원 중에 나이가 끝에서 두 번째이니 나이와 전입 고참 순서인 여기 족보로는 거의 말석인 내게는 고마운 모임이다. 즐겁게 식사를 마치고 돌아가면서 모두 하고 싶은 말을 한마디씩 했다.

3. 서울대 신임 유홍림 총장 초청 간담회(2023.2.21)

서울대 측에서는 총장과 3명의 부총장이 나왔고 서울대 총동창회에서는 회장, 부회장을 겸하는 단과대 동창회장, 상임부회장이 대부분 참석하였다. 서울대 총장, 부총장 그리고 총동창회 회장 및 부회장이 오찬을 겸한 간담회는 화기애애하고 건설적인 의견이 많이 개진되었다. 계획된 시간보다 길어져서 오찬을 겸한 간담회는 11시 반에 시작, 오후 1시 40분경에 끝났다.

4. 11시부터 서울대사대동창회 상임위원회를 했다(2023.2.24)

4월 20일 정기총회를 위한 상임위원회로 각 학과의 동창회장과 사대 동창회의 회장단이 상임위원회의 위원인데 모두 바쁜 유명인사들임에도 참석해주셔서 정말 감사드린다. 총회는 추인 기구이고 사실상 상임위원회가 의결 기구이다.

2022년 결산, 2023년 예산과 사업 등 여러 가지 사안을 의결하였다. 3년 전 시작하여 약 4억 원 정도 기금을 확보한 "정도교육클럽 5000"을 서울사대 동창회 회원뿐만 아니라 외연을 확대하기로 하였다.

5. 일하는 보람으로 충북교육청을 방문했다(2023.3.6)

청주에 가서 재단법인 장학회 관련해서 충북도교육청과 청주시교육지원청을 방문했다. 결론은 행정담당자, 재단 위탁자, 재단 운영자 모두 윈-윈하게 되어 4년 정도 끌어온 일이 잘 마무리됐다. 내친김에 대학 동기이면서 50여 년 세월 동안 친구인 전 충북대 이○진 교수, 전 교원대 권0술 총장과 상당산성으로 가서 봄바람 속에 대화 후 저녁 식사를 즐겁게 하고 고속버스로 귀가했다.

6. 3.10일(금)에는 3.24일 서울대학교총동창회에 올릴 자료인 2022년 결산, 2023년 예산 및 사업에 대한 의결을 위해 상임위원회 회의가 있었다. 사대동창회나 서울대 동

창회 모두 상임위원회에서 의결하고 총회에서 인준을 받는다. 회의 후 오찬 때 동창회에 젊은 회원이 없다는 문제에 대한 대화도 있었다.

7. 서울대총동창회 정기총회 및 관악대상 시상식 참석(2023.3.24)

3.24.18시에 롯데호텔 크리스탈볼룸에서 개최된 정기총회와 25회 관악대상 식장에 참석했다. 연세가 지긋한 총동창회 합창단의 노래는 젊은이들 못지않았다. 힘차고 하모니가 잘 이루어졌다.

공식 행사로 국민의례, 묵념, 동창회장이 동창회 활성화 노력 등 인사말씀, 대통령의 축하 전문이 스피치가 아닌 글이 영상으로 비춰졌다. 모교 총장은 축사에서 서울대학 발전 계획을 언급했는데, 학부 대학과 기숙 대학으로 혁신하겠으며 학부 대학은 문이과를 가로지르는 융합 교육 시행, 기숙 대학은 소통과 협업 능력 고양 그리고 국가와 인류가 직면한 난제를 해결하는 데 서울대가 앞장서겠다고 했다.

관악대상 수상자 4분에 대한 시상과 상금이 수여됐고 수상 소감을 들었다. 모두 좋은 말씀이었는데 한마디로 요약하면 경제 발전에 기여하고 봉사와 기부(이재원 수상자), 끈기와 인내와 건강(이부섭 수상자), 수백 년에 걸쳐 이룬 선진국의 산업화와 민주화를 한세대에 이룬 행복한 국민(조경일 수상자)이라 하겠다. 한 분은 재미교포로 불참(하기환 수상자)하였다.

만찬 전 서울대 남성 4중창단 2개 조 8명이 나와서 합창을 했는데 가슴이 울리는 힘찬 노래에 잘생긴 젊은이들의 역동적이고 절도 있는 동작이 더해져서 나도 갑자기 젊어짐을 느꼈다. 이어서 만찬, 교가 제창으로 끝났다. 귀가하여 한국과 콜롬비아 축구 후반전 40분을 관람했다.
2:2 무승부로 친선 경기인데 모두 잘했다.

8. 청량회 정기총회 모임(2023.4.10)

청량회 정기총회에 30여 명이 모여 18시~21시까지 총회, AI 연수, 식
사 및 여흥이 있었다. 나는 사대동창회장으로 4.20.17:30분 프레지던트

호텔에서 열리는
총회에 많이 참
석해주십사 하는
것과 '정도 교육
클럽 5000'에 많

이 가입해 달라는 말씀을 드렸다.

9. 고교 동창 정기모임(2023.4.11)

비가 오는 건지 안 오는 건지 찬바람만 요란한 가운데 쌍문동에서 모
이는 고교 동창 정기모임이 엔데믹 덕분에 3년여 만에 열렸다. 코로나란
놈 대단하여 우정도 끊으려고 한다. 여기서 점심을 불고기로 하고 카페
에 들러 차 한잔하고 헤어졌다.

10. 서울대사범대학 2023년 1학기 장학금 수여식(2023.4.13)

5개 단체와 기관에서 합동으로 서울대사대 학생 대상 장학금 수여식을 했다. 이미 2월 등록 때에 장학금은 전달했지만 비교적 행사하기에 시기적으로 적당한 때에 하다 보니 지금 하게 되었다.

나는 (재단법인) 청관장학회와 청석장학회 이사장 자격으로 참석했다. 이 두 장학재단은 서울대사대동창회가 운영하는데 1975년부터 지금까지 약 2,000명의 학생에게 장학금을 수여해 왔다.

지난해와 올해 수익사업 계약을 잘 마무리해서 이번 2학기부터는 획기적이지는 못해도 더 많은 학생에게 장학금을 수여할 것으로 보인다. 장학금 수혜자가 답사에서 장학금을 주셔서 고맙고 이다음에 자신도 후배들에게 지금 받은 혜택을 돌려주는 데 적극적으로 참여하겠다고 해서 수여한 우리가 감동했다.

교내 교수회관에서 점심 식사 후 낙성대역까지 걸었는데 코로나가 아닌 중국발 황사현상으로 94 KF 마스크를 쓰고 걸었다.

11. 2023년도 청관대상 시상 및 서울대사대동창회 정기총회 개최 (2023.4.20)

오후 5시 반 80여 명이 프레지던트호텔 31층 모차르트홀에서 국민의례, 회장 인사, 축사 등 의식이 끝나고 제1부는 유자효 시인의 자작 축시를 본인이 낭송했다. 이어서 우한용 심사위원장의 심사평이 있었고 청관대상 사도상[수상자 신정숙], 학술상[수상자 박충모], 공로상[수상자 허현호]에 대한 시상과 꽃다발 증정, 가족 등과 사진 촬영 및 수상 소감이 있었다.

제2부는 2023년 정기총회가 있었다. 감사보고, 신년 예산 통과 등이
있었다. 이후는 만찬이 있었는데 오후 8시에 끝났다. 임원 및 몇 사람은
협의 사항을 협의하고 오후 9시에 일정이 모두 끝났다. 회장으로서 정기
총회가 끝나니 마음이 가볍다.

12. 서울대사대동창회 상임위원회 워크숍(2023.6.30)

　동창회 상임위원회(회장 겸 위원장 이규석) 워크숍에 참석한 임원 여러분께 감사드린다. 2023년 상반기 활동을 점검하고 하반기 계획을 구체화하기 위한 상임위원회였다. 11시에 청계산을 다녀오거나 아니면 직접 12시까지 워크숍 장소인 음식점으로 가기로 했는데 청계산 옥녀봉을 다녀오신 분도 계셨다. 장마전선이 남하해서 장맛비가 그쳐 다행이었지만 무더운 날씨임에도 참석하신 분들께 거듭 감사드린다.

　15명의 참석 임원님들과 오찬을 겸한 워크숍을 마치고 카페에 들러 아이스크림, 커피 등을 들며 즐겁게 차담을 나누고 헤어졌다.

13. 사대동창회 가을 문화탐방으로 지용제 참석과 육영수 생가 방문 (2023.9.9)

가을 문화탐방을 코로나로 인해 4년 만에 실시하는데 53명 신청으로 평소보다 희망자가 넘쳐 버스 한 대로 해결이 안 되어 편법을 써서 해결했다. 많은 회원님께서 참석하는 것은 좋은 일이다. 양재역-옥천-양재역으로 잘 다녀왔다.

정지용 시인을 기리는 지용제 시행 회장인 유자효 본회 부회장의 초청으로 가장 아름다운 우리말을 사용한 시라는 '향수'를 지은 정지용 시인의 생가, 문학관, 중간에 당시 영원한 영부인 육영수 여사 생가 방문, 50여 명이 더위를 식히려 카페에 들어가 음료를 음용하였다. 오후 5시 지용제 행사 1부인 35회 정지용문학상 시상식까지 보았다. 귀가 시간이 바빠 2부 참관은 기권하고 행사장 먹거리 한마당에서 저녁을 하고 오후 6시 45분 충북 옥천의 맑은 공기와 넉넉함을 뒤로 하고 귀경하였다.

임원님과 회원님들의 봉사 정신, 질서와 화합으로 화기애애하게 행사를 잘 끝냈다. 세상살이가 우리 동창회 참석 회원님들께서 비운 마음에서 오는 넉넉함과 돕고 싶고 배려하는 언행만 같으면 요순시대가 부럽지 않을 것이다. 늘 감사드린다.

14. 07:30 이주호 장관 초청 조찬회(2023.9.14)

아침 일찍부터 오후 9시까지 바쁜 일정이었다. 교육부 이주호 장관의 현 정부 3대 개혁 중 하나인 '교육개혁'은 내용이 좋았는데 많은 홍보가 요구된다. 교권 확립을 위한 노력, 내 질문에 대한 답변으로 교육감 직선제와 학생인권 조례는 폐지 또는 개정하겠다고 했다. 다만 여소야대 국회라서 쉽지는 않다고 했다.

15. 숭실대 방문 총장과 대화 및 기독교 박물관 견학(2023.9.14)

숭실대학교 총장이 우리 모임 회원을 초대하여 점심을 제공하고 숭실대를 소개했는데 공과대학에서 IT 대학을 분리 운영, 유학생과 탈북민 그리고 다문화 가정, 장애우에 대한 배려 등이 너무 좋았다. 기독교 박물관에 국보 2점이 있는 등 다양한 전시물이 잘 정돈되어 있었다.

16. 2023 서울대학교 홈커밍데이 동문 나눔 한마당에 참가 (2023.10.15)

　아직 단풍이 덜 들었지만 대신 따뜻하고 맑은 맞춰온 듯한 날씨라서 좋았다. 행사 자체를 과거와 달리 버들골 잔디밭에는 라운드 테블을 많이 설치해서 가족과 함께 할 수 있는 놀이 공간으로 하고 행사는 상설 야외무대에서 진행하여 구상을 잘했다. 재학생 동아리 공연에 응원단, 작사 작곡한 K팝 등 발랄함에 격세지감을 느꼈고 60대 후반이 되었다는 샌드페블즈의 '나 어떻게'를 들으며 흘러간 세월을 실감했다.

17. 청량회 가을 소풍을 대청호반으로 가다(2023.11.4)

지난 10.25일 한사모 강화도 단풍여행 때와 참가 인원이 너무나 똑같아 놀라웠다. 예약자 28명, 중간 탑승 2명 포함 최종 참가자 26명. 우연치고는 놀랍다. 여행하기에 좋은 날씨였다. 청남대는 몇 번 갔으니 이 지역은 처음 갔다.

08시 서초문화예술회관 출발, 운행 중 동승자 근황 자기소개, 10:30 수생식물학습원, 12:30 점심[대박집], 14:00 부소담악, 15:00 추동 습지 보호구역, 15:30 슬픈 연가 촬영지, 19:30 양재동 도착[저녁 식사], 귀가하니 21시 반이었다. 이동 중에 명소도 많고 돈 들여 잘도 해놓았다. 어느 나라에 가도 이보다 더 잘해놓기는 어려울 것이다. 동문수학한 선후배님들로서 사회 각계각층에서 활약한 역전의 용사들께 많이 배운 즐거운 하루였다.

18. 2023 서울대 사범대학동창회 송년회(2023.11.23)

어떤 단체이든 일하다 보면 애로 사항은 생긴다. 총회, 춘계 야유회, 추계 문화탐방, 송년회는 동창회의 큰 행사로 100명 내외의 회원이 호응한다. 특히 연초 총회와 연말 송년회에 신경이 많이 쓰인다. 코로나 때는 50명 이내로 진행하다가 지난 연말 노력했음에도 80여 명이 송년회에 참석했는데 오늘 개최한 송년회는 후배 아르바이트생을 포함하면 100명이 넘는 활황 속에 분위기도 좋게 끝나서 주최하는 회장으로서 기분이 좋았다.

오늘 아침에 보니 아파트 현관 앞 주목 옆 단풍나무 잎이 유난히 눈에 띈다. 조금 옆을 보니 금 년 가을에 본 단풍 중 최고 색깔을 내는 단풍잎이 보였다. 아침 일찍 비가 내렸는데 곧 날씨는 맑고 어제보다 기온이 5℃나 높아 더울 정도다. 이런 좋은 조짐 속에 오늘 송년회는 반가운 동문도 많이 보았고 분위기도 좋아 흐뭇했다.

19. 사우회 연말 모임(2023.12.6)

연말이라 바빠서 그런지 참여율이 낮았으나 사우회(회장 변주선) 연말 모임이 있었다. 특히 80세에 등단한 회원이 있어 모두 축하하고 당사자가 '등단하게 된 이야기'를 자료를 준비해서 발표하였다. 유자효 시인협회장이 90세에 등단한 '시바타 도요'의 예를 들어 세계 최고령 등단, 98세에 최고령 시집 발간, 102세에 2집 발간을 했다며 그의 시 '약해지지마'를 직접 낭송도 했다.

며칠 전 '노아 콰이어 합창 발표회' 참석 회원의 후일담을 녹음된 합창과 함께 들어 오늘 사우회 분위기는 문화 예술적 분위기가 되었다. 갑진년 청룡의 해는 더욱 건강하고 활기찬 시간이 되자는 덕담과 함께 모임을 마쳤다.

그 후 동창회 사무실에 들어와 주상복합 건물인 사무실 건물의 세금, 연남동 동창회 빌딩 지하 누수 등에 대해 심층 협의했다. 밖에는 초겨울 비가 제법 내리고 있었다.

20. '정도교육클럽 5000' 재정소위원회 개최(2023.12.20)

정도교육클럽의 재정소위원회를 동창회 사무실이 아닌 서울클럽에서 열었다. 소액이지만 꾸준하게 쌓이는 기금이 연간 6천만 원을 넘는다. 총액도 4억 5천만 원 정도가 되었다.

21. 2023 '사범대학 송년의 밤' 행사에 참석(2023.12.20)

오후 5시 '사범대학 송년의 밤' 행사에 동창회장 자격으로 참석하여 동창회 경비로 선물 100개를 준비해서 제공하고 축사와 건배사를 했다.

나의 은사님은 다 돌아가셨고 당
시 조교였던 선배님께서 모교 교수
로 정년 퇴임하여 명예 교수로 계시
거나 대학 후배들이 교수로 재직하
고 있었는데 아는 교수님을 많이 만
나서 반가웠다. 특히 평생 나와 생년
월일이 같은 경우를 한 사람밖에 만
나지 못했는데 학부생 때부터 같은
동아리 활동하면서 알게 된 1년 선
배도 만났다. 현재 사범대 명예 교수
로 있고 나와 걷는 길도 생각도 아
주 다르나 옛정은 남아있어 반가웠
다. 눈이 살짝 내려 미끄러운 곳이
있고 내일은 영하 15도의 강추위가
예보되었다.

22. 파월 동지 연말 모임(2023.12.23)

　직장을 옮길 때마다 새로운 모임이 만들어지는 것이 사회생활이다. 그런데 군대 생활 36개월을 만기 제대하고 나서 생긴 모임은 하나다. 그간 나오라는 연락이 있어도 딱 하나 오늘 만난 모임에만 나갔다. 처음에는 7명이었으나 2명이 먼저 저세상으로 가고 5명이 모인다. 이들은 주월 백마부대 헌병대[지금 명칭은 군사경찰]와 투이호아 헌병대에 1969년부터 함께 근무했던 사람들이다.

　제일 고참은 청량리 소재 제29헌병대 나의 선임자인 김 병장인데 먼저 파월했고 나도 6~7개월 후 월남에 가서 나트랑(닌호아)-투이호아에서 함께 근무했다. 그리고 장 병장은 닌호아-투이호아 미군 부대 근무하다가 캄란으로 간 자리에 내가 미군 부대에 근무했다. 나이가 들면서 전보다는 더 자주 만나지만 1년에 분기별로 4회 정도 만난다. 만나면 50여 년 전 당시의 월남이 눈에 아른거린다. 연중 4번 만날 때마다 반갑지만 늙어가는 모습이 안타깝고 하지만 이야기하다 보면 1969~1970년 당시의 월남에서 있었던 이야기가 끝이 없다.

2

배식 봉사와 결혼 멘토 모임

---

1. 서울노인회관에서 10여 년 전부터 하던 배식 봉사에 참여했다
(2023.5.26)

늘 그렇듯이 10시 20분까지 회관에 도착해서 복장을 갖추어 입는다.
그러면 영양사가 임무 배정 후 전달하는 사항을 듣고 이른 시간이나 점
심 식사를 마친다. 오랜만에 내게 주어진 임무가 밥을 퍼드리는 일이었
다. 전에는 1,300명에게 배식했었는데 지금은 650명에게 해서 크게 힘

들다고는 할 수 없지만 11시 20분부터 오후 1시 20분까지 2시간 동안 한자리에 서서 계속 주걱으로 밥을 푸는 일이 결코 쉬운 일도 아니다.

배식받는 분들이 더 달라거나 조금만 달라고 미리 말하면 좋은데 퍼 드린 다음에 말하면 배식받을 노인들께서 줄을 서 있는데 일이 지체되는 애로도 있다. 봉사가 끝난 후에는 함께 봉사한 우리 모임의 회원끼리 약 1시간 정도 차담을 했다.

2. 매월 1회 참여하는 노인 배식 봉사에 참석(2023.6.29)

서울노인복지센터 점심 배식 봉사가 매일 있으나 모임에서는 월 1일만 나간다. 배식 봉사를 다닌 지는 2008년부터니까 꽤 오래되었다. 처음에는 1,300명의 노인께 무료 급식을 했는데 지금은 650명에게 대부분 유료 급식을 한다. 식비도 꽤 받는 편이어서 그런지 초기에 무료 급식을 하던 때보다 급식을 받는 사람들의 태도가 좋고 식탁도 깨끗하다.

오늘은 배식받아 식사를 끝내고 난 식사 자리를 물걸레로 닦고 또 다른 소독 걸레로 닦는 일이 내게 주어진 일이었다. 오후 1시 20분경 봉사가 끝나면 자원봉사자들은 따로 모여서 차담을 나누곤 했는데 나는 1990년대 초까지 교육부 편수관실에서 동고동락했던 사람들과 점심 식사가 있어서 이석했다. 반가운 분들인데 모두 참석했고 연로해지셔서 걱정이다. 특별한 주제가 없는 과거, 현재, 미래 이야기를 두서없이 나눴다. 장맛비가 다행하게도 조용히 내리고 있었다.

3. 서울노인복지센터 배식 봉사(2023.10.30)

서너 달 시간이 맞지 않아 배식 봉사 참여를 못 했다. 단풍과 날씨가 좋은 가을이라서인지 식사하러 오신 노인[노인회에서는 혜인이라 부름] 숫자가 줄어 650명에 다소 미달 되었다. 10시 20분에 도착하여 전달사항을 듣고 간단한 식사 후 11시 20분부터 하는 배식이 인원 감소로 12시 30분경 끝났다. 노인 센터에 있는 커피점에 들어가 붕어빵과 차를 들면서 담소를 했는데 오랜만에 참석해 미안한 마음으로 비용은 내가 지불했다.

이어서 교보문고에 가서 친구가 원하는 월간 잡지를 사러 갔는데 11월 호를 판매하고 10월호는 이미 자취를 감췄다. 잡지사에 전화하여 책값과 운송비를 알아내고 친구 집 주소를 알아내서 알려주니 1~2일 내로 집에 도착할 것이란다. 편리한 세상이고 좋은 세상이다.

　오후 5시경 지인들을 만나 차 한잔하고 18시에 역시 다른 지인을 만나 저녁 식사를 했다. 서울 시내 어디를 가도 음식점 시설과 메뉴가 좋다. 운반 서빙은 로봇이 하고 사람은 주문만 하기도 한다. 아침에 나가서 하루 종일 봉사 활동과 사람 만나기를 하니 기분은 좋은데 어두운 밤 귀가할 때는 고단했다.

4. 결혼 멘토 1월 모임과 졸저 '세월의 강' 출간 축하(2023.1.26)

　계묘년 새해 첫 결혼 멘토 모임이 있었다. 회원 중 새로운 책을 발간하면 이에 대한 축하도 같이한다. 재미있는 것은 식비를 저자가 지불하고 모임에서 식비만큼을 지원받는다. 이 방식으로 하면 점심 식대는 내가 내는 것으로 되는데 내 지갑에서 나가지 않는 셈이다.

　식사를 하기 전에 초대 회장이면서 실질적으로 이 모임의 리더인 김진락 박사님이 나의 졸저 "세월의 강"을 소개하고 저자인 내가 소감을 말한 후 현 회장께서 금일봉을 전달해 주었다. 식사를 마치고 나서 각자 한마디씩 하는 시간에 참석한 회원님 22분께 내가 책을 직접 드렸다. 선남선녀에 대한 소개, 경과 등의 의견 교환이 끝나고 티타임을 하실 회원님은 따로 이동했다. 모두 15명이 참석하여 차를 마시며 즐거운 대화를 했고 커피값은 내가 지불했다. 오전에는 내가 선발위원회 위원장으로 있는 서울과학고에 가서 졸업사정회에 참석한 후 회의가 끝나자 이석하여 나는 점심 약속 장소인 결혼 멘토 모임에 참석했다. 어제와 오늘 새벽에 눈이 많이 내려 길이 꽤 미끄럽다.

5. 결혼 멘토 개방임원회 모임 참석(2023.4.24)

매월 1회 열리는 결혼 멘토 모임 장소를 오랜만에 바꾸었다. 21명의 임원이 참석하여 선남선녀의 소개도 있었고 돌아가면서 각자 하고 싶은 이야기도 하였다.

식사 후에는 커피 등 의 음료를 사 들고 270 년 되었다는 느티나무 아래로 가서 한가롭게 자유로운 대화를 나누 었다. 좋은 날씨가 좋 은 장소로 갈 수 있게 했다.

6. 결혼 멘토 임원회의 참석(2023.7.27)

매월 열리는 회의에 3개월 만에 참석했다. 19명 참석했는데 내게 교권 추락에 관련하여 말하도록 회장단이 요구해서 간단하게 원인을 설명했다. 교권 추락 사례는 다른 회원이 이야기했는데 서이초 교사의 극단 선택, 수업 중 학생의 먹방, 수업 중 학생이 잠자는 것을 깨우지 못하는 것, 학생이 교사를 폭행하는 것 등이 제시되었다.

제한된 공간과 시간이어서 제대로 전달하기는 어려웠으나 회원의 대부분이 교원 출신이라 설명은 생략했다. 교권 추락의 배경은 농경사회의 군사부일체 정신과 교원의 지적 우위에서 산업화, 민주화, AI 등 전문화 시대가 되면서 교사의 지위와 전문성의 상대적 우위 소멸, 직접적 동기는 노조에서 교장(감) 무력화에 이은 스승임을 포기, 교원 정년 단축 시에 교사의 무능, 폭력, 부정부패했다는 당시 장관과 총리 등의 교사 비하, 결정타는 교권이 확보되지 않은 상태에서 학생의 의무는 없고 권리만 있는 일방적 학생 인권조례였다고 열거했다.

학생 인권조례가 17개 시·도 중 6개라서 교권 추락의 본질이 아니라고 하는 사람들은 모르거나 알면서도 반론을 위한 반론이라는 점을 나열이 아닌 설명을 했다. 서울이 하면 따라 하던 2010년에 경기도, 이어서 서울이 조례를 통과시켰는데 서울, 경기는 전국 학생의 반이고 이 두 곳을 지방에서 준용하는 사례가 많아 조례 통과 시·도교육청의 수는 의미가 없다고 이야기해서 공감을 얻었다.

7. 결혼 멘토 회의 참석(2023.12.28)

결혼 멘토 모임에 가서 한 명이라도 더 결혼하고 그래서 전통적인 가정을 꾸려서 후세도 출산하는 애국 운동을 하는 단체에 나가 회의를 했다. 나는 지난달 모임에서 소개했던 선남에 이어 선남 한 사람을 더 추천했다. 갈수록 소개한 선남선녀의 결혼 성공률이 떨어지고 어렵다.

3

기쁠 때나 슬플 때 함께하기

1. 예식장에서 우연이 이룬 만남과 책 전달(2023.2.25)

오늘은 오전부터 공덕동에서 모임이 있어서 강동역 근처 결혼식은 축하금 송금으로 마치려 했다. 직접 참석해서 축하하는 것이 예의상 더 좋겠지만 나이도 많고 해서 요즘 대부분 축의금 송금으로 대신하고 있다. 그런데 어젯밤 페북에 글을 올리고 나자 바로 첫 번째 '좋아요'를 눌러주신 김○지 위원장 덕분에 결혼식에 참석하게 되었다. 한국시민자원봉사회에서 어려운 봉사 활동을 마다하지 않고 책임자로 팀원으로 힘써주시던 반가운 분들을 만나는 기쁨이 있었다. 지도교사로서 인기 짱인 이○기 선생님을 만난 것 또한 반가왔다.

그리고 혹시 하고 몇 권 가지고 갔던 졸저 '세월의 강'도 전할 수 있었다. 준비해 간 것이 2권 모자라 못 드린 분들께는 너무 송구했으나 김○지, 이○기, 이○희, 김○옥 이렇게 네 분께 전해드릴 수 있었던 즐거움을 더 생각하기로 했다. 사실은 미안함이 더 오래 갈 수 있음을 나는 안다.

2. 예식장에 오랜만에 갔다(2023.11.12)

그동안 예식장에는 축하 송금만 하고 대부분 불참했다 내가 서울교육영상자료개발연구회를 창립하고 4년간 회장을 지낸 것이 2004년~2008년이다. 이 연구회의 현 회장의 따님 결혼식이 있어서 들렸다. 처음 보는 장면이 인생 도처에 있지만 천 번도 더 다녔을 예식장에서 신부 아버지가 큰 동작으로 덩실덩실 춤을 추며 신부 앞에 와서 신부와 하이파이브를 멋지게 하는 장면은 처음 보았다.

사실 나도 딸의 결혼을 깊이 축하했으나 딸의 손을 잡고 입장할 때는 딸을 보내는 마음이 서운했었다. 시집가는 딸이 웨딩드레스를 입고 울던 시절은 수십 년 전부터 없어지고 웃으면 첫 딸 낳는다고 웃지 말라던 이야기가 없어진 지는 그보다 더 오래되어 이제는 한결같이 신부는 웨딩드레스를 입고 환하게 웃는 시절이다. 그러나 신부 아버지가 저렇게 좋아하는 것은 이해가 되나 춤사위로 표현하는 것을 보니 웃음이 절로 났다.

3. 김선동 전 의원 출판기념회 다녀옴(2023.11.3)

본인 말대로 하면 퐁당 퐁당 국회의원이어서 18대 당선, 19대 낙선, 20대 당선, 21대 낙선 그리고 22대는 당선할 차례라고 한다. 김선동 전 의원은 선친께서 교장을 하였고 내 고향에서 초등학교와 중학교를 나온 인연으로 만나게 되었다.

사실 소문으로는 알았지만 실제로 만난 것은 2008년 나는 직선제 서울시교육청 교육감 선거에 출마했고, 김선동 의원은 2008년 제18대 국회의원 선거에 출마했었는데 나는 4월 1일 예비후보 등록을 하였고 김

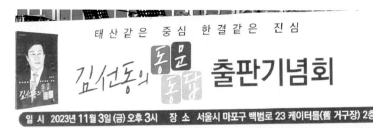

전 의원은 4월 9일인가 투표일이었는데 이런 연유로 2008년 초에 처음 만났었다.

이제 나는 봉사 활동으로 시간을 보내고 있고 김선동 전 의원은 국민의 힘 현직 서울시당 위원장과 도봉을 당협위원장을 하고 있으니 내년 선거에 출마를 생각한다. 선거는 이겨야 하는데 건투를 빈다.

4. 명성문화예술센터 확장 이전 개소식에 다녀옴(2023.11.11)

지난 연말 발간한 나의 두 번째 수필집 '세월의 강'을 출판해주었고 내가 회장으로 있는 성동문인협회 정기 간행물을 출판해주는 출판사 행사에 다녀왔다. 대한극장 뒤로 확장 이전하여 성장하는 모습이 보기 좋았다.

어제 오후에 맞은 코로나 예방주사 때문에 컨디션이 안 좋기는 했어도 그냥저냥 다닐 만은 했다. 그동안 추위가 지각했는데 이젠 날씨가 제법 춥다.

5. 2023 대한민국 공헌대상 시상식 참석(2023.12.11)

제4회 시상식 행사 주최는 변함없이 한국환경체육청소년연맹 그대로 고 국회의원은 조경태 의원과 유기홍 의원으로 바뀌었다. 오후 1시 반부터 사전 행사로 시니어 패션쇼가 있었다. 수상자는 국회의원, 서울과 강원의 교육감, 서울시 시의원, 전국 시군구의 의원과 군수, 체육인으로 황영조, 문성길, 성봉주 등, 연예인으로 홍서범, 김성한, 금잔디, 이영하 등. 성악가, 초중등 교장, 교수, 중소기업인, 자영업자 등 많은 분이 수상자가 되었다.

유범진 연맹 이사장, 조경태 의원, 유기홍 의원, 천범룡 조직위 위원장, 그리고 나도 시상자로 나서서 일을 분담하였다. 중간에 성악가와 가수, 바이올리니스트 등 참석자를 위한 시간이 있었고 사진 촬영 등 모든 행사는 오후 5시에 끝났다. 수상자 사진은 모두 연예인과 체육인만 올렸다. 겨울비는 마치 가을비처럼 꾸준히 하루 종일 내렸다.

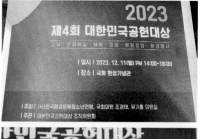

6. 같은 연령대의 가까운 사람 별세 그리고 우울함(2023.5.31)

5.29일 서울시교육감 선거 출마로 애증을 승화시켜 교육감에 당선토록 관계했던 문용린 교육부 전 장관이 서거했다. 나의 전임 사범대 동창회장이기도 했고 내가 한국과학교육단체총연합회장 일때 매월 열린 포럼에 모셔 "행복 교육"에 대한 특강도 들었다. EQ와 다중이론 도입, 행복교육 전도사로 존경받았다. 그러나 고진감래는 이제 없다는 말에 뉘앙스는 알지만 나는 하버드대학 도서관에 있는 No pain, No gain. 그리고 성취감과 자존감은 고생 끝에 낙이 있다는 우리 속담에도 있다고 때와 장소를 가려야 한다고 전적으로 동의하지는 않았다.

5.30일 같은 고향으로 중학교, 고등학교를 같이 다녔고 같은 모임을 20년 이상 해온 동갑내기 친구가 타계했다. 사람을 너무 좋아했고 고향을 지키며 젖소 기르기, 양계로 돈도 번 친구였다. 내게 너는 몇 사람 앞에 서 보았는지 모르나 자신은 매일 아침저녁으로 3만 생명체인 닭에게 문안을 드리고 열렬한 환영을 받는다고 호쾌하게 말하던 친구였다. 가신 분에게 쓴소리하는 것은 예의가 아닌 줄 아나 술을 너무 좋아하여 술에 지는 경우가 있었던 것이 명을 단축했으리라 본다.

한 살 적은 1년 후배 장관님, 동갑내기로 학창 시절에 이은 오랜 친구가 아직 더 살아야 할 나이에 이승을 떠나니 우울해진다. 문상 가서 밤을 새우는 시대가 아니기도 하고 그럴 힘도 없지만 두 분의 문상에서 4시간 여씩 머물다 쓸쓸히 돌아섰다. 5.31일, 6.1일 각각 발인하여 저승으로 떠나는 두 분에게 마음을 다하여 명복을 빈다.

요즘 혼사는 월평균 4~5건 정도 주로 송금하고 애사인 부고 날아드

는 것은 혼사보다 2~3건 더 많은 데 대부분 송금하고 만다. 때에 따라 시속은 변하지만 내가 어렸을 적에 환갑이 지나면 애사에 가지 않았다. 나는 코로나 때 정부 정책으로 금지시킨 후 안 가는 것이 습관화되었다.

7. 가장 열심히 일할 나이에 떠난 사람을 그리며(2023.11.13)

2006년 내가 서울시교육청 초대 평생교육국장으로 근무할 때 초선 시의원으로 만나 과묵하고 황소처럼 일하는 의원으로 좋아했던 사람이 말없이 이승을 떠났다. 그때 연고가 되어 모임을 했던 5명의 시의원 중 3명은 고령 등 여러 이유로 의원 생활을 끝내고 생업이었던 본래의 직업으로 갔고 1명은 국회의원 등 고위직으로 그리고 또 한 명인 박환희 의원이 서울시의회 운영위원장으로 참으로 좋은 일 많이 하다가 11.10일 06시 심정지로 유명을 달리했고 오늘(11.13) '시의회장'으로 장례식이 있었다. 지난 10월 28일에는 사제동행 걷기에 옆에 서서 함께 걷기도 했고 그날 약속을 잡아 10월 31일에는 저녁 식사도 같이했는데 반주는 한 잔밖에 안 해서 의아하기는 했었다. 식사 때 태릉 일대를 아파트단지로 만들겠다는 문재인 정부의 발표를 뒤집는데 고생을 많이 했고 이를 정리하여 기록으로 남겼다고 좋아하면서 이러한 의정활동 과정을 정리 중이라 했었다. 학구적이고 원칙에 충실해서 나는 동질감을 느껴 좋아했었다. 서투른 대로 선거 유세 시에 찬조 연설도 해주고 그랬었다.

공무와 의정활동도 열심히 했지만 나는 지난 17년간 공사간에 많이 소통하며 지냈는데 11.9일 북한 이탈 주민 정착 지원 간담회를 가진 내용과 시의회에서 활동한 사진을 페북에 올려놓고 바로 몇 시간 후에 떠났으니 더 마음이 아프다.

53세. 정말 이제 일하기 가장 좋은 나이인데 하느님도 무심하게 더 일할 사람을 먼저 데려가셨다.

8. 전자책 발간 계약, 문상하기로 바쁜 하루(2023.12.9)

내 개인 저서 4책과 성동문협 간행 14책에 대한 전자책 발간 계약을 하고 사대동창회 이름으로 오후 3시 반 이상주 전 교육부총리 문상을 했다. 나는 이 부총리 시절 서울시교육청 본청 국장에서 교육부 정책실장으로 부름을 받았으나 학교에서 정년퇴임 하겠다고 사양하고 서울고등학교 교장으로 나가 직접 모시지는 않았다. 이 전 부총리께서 대통령 비서실장, 4개 대학교의 총장 등을 역임한 교육계 어른이기도 하고 서울사대 동창회장을 하셔서 문상하게 됐다.

문상 후 고향을 지키던 4촌 형수가 이 전 부총리와 같은 날 고인이 되고 내일(10일) 발인이라 막냇동생이 운전하는 차로 형수님 문상을 하러 갔다. 오후 5시 반 도착하여 많은 일가친척을 만나 8시경까지 있다가 다른 동생이 운영하는 음식점으로 갔다. 나를 포함 3형제가 밤 10시까지 이야기하다가 상경했다.

謹　弔

고인의 명복을 빕니다

E

여가생활

1

나들이와 산책

---

1. 오늘은 오후 5시경 오랜만에 한강 변을 걸었다(2023.3.11)

　매주 1회 이상 강변을 걷기로 마음 가졌으나 여의치가 않다. 코로나 판데믹 기간에는 거의 매일 걸으며 운동기구도 많이 사용했었다. 영춘화가 활짝 피도록 못 간 미안함이 있었는데 지난겨울 추워서인지 지난해 봄에 영춘화와 함께 피었던 개나리는 아직 여러 날 지나야 필 것으로 보였다. 조팝나무, 수양버들, 좀작살나무 등 보이는 나무마다 푸른 싹이나 꽃망울이 보였다.

2. 더위를 피해 세미원으로 가다(2023.7.3)

오전에 볼일을 보다가 너무 더워 귀가해서 샤워하고 점심 식사하는데 계획에 없는 가까운 곳으로 피서를 가자는 아내의 제의로 세미원에 갔다. 전철 안 냉방이 잘 되어 추울 정도였고 실제로 아내는 춥다고 했으니 사실상 피서는 끝난 것이 아닐까 했다. 그래도 더운 곳을 걷고 구경하고 그늘에서 자연 바람을 맞아야 멋진 피서라 생각해서 한낮에 걸었다.

세미원 안에서도 그늘 속 길을 또 걸었다. 가지고 간 시원한 음료수를 마시며 커다란 침상에 대자로 누워있으니 마음도 한가하고 시원했다. 어르신들께서 여름엔 다리 밑이 시원하다고 했는데 양수대교 아래 그늘은 시원했다. 그 그늘 여러 곳에 침상이 있다. 누워서 바라보는 저기 남쪽 산등성이는 바로 내 고향의 뒷 산이니 절로 고향 생각도 났다. 오후 8시 퇴장해야 해서 나오는 길에 서리태. 검은콩으로 만든 냉콩국수로 오장육부를 시원하게 식혔다.

그리고 전철을 타서 약냉방 칸에 앉아 핸드폰만 들여다보았다. 정말 시원한데 이 더위에 노지에서 열심히 일하는 사람들에게 미안하기도 했다. 귀가하니 밤 10시, 피서 잘~했다. 오전 오후 모두 약 1만 5천 보 걸었다.

3. 소요산으로 피서감(2023.7.30)

올해는 엘니뇨현상이 큰 영향을 줄 것이고 지구 온난화로 해마다 더워져서 비가 많고 무더운 여름이 될 것이라고 예보되어 있다. 며칠 전 장마가 끝나더니 무더위가 대단하다. 흐르는 냇물에 발이라도 담가볼 생각이 나서 작년에도 갔던 소요산에 갔다. 지난해 7.30일 내가 쓴 글을 보니 당시 전국 최고 기온이 동두천으로 38.2℃였다. 나는 동두천을 해마다 1년에 몇 번 간다. 소요산이 좋아서인데 지금은 산행보다 계곡에 주로 간다. 고교 3학년 때 가을 소풍 가서 모두 술을 마셨던 일도 있고 파월 귀국 후 남은 군대 생활 5개월 동두천에 파견 나와 지내던 추억이 있다. 무엇보다도 계곡에 누구나 발을 담글 수 있어서 좋다.

많이 걷지는 않고 약 1만 보 정도 걸을 정도로 올라가서 냇물에 발을 담갔다. 작년보다는 사람들이 적었으나 꽤 많이 있었다. 30분 정도 발을 담그고 있으니 발이 얼얼할 정도로 물이 차다. 아내와 함께 준비해간 오이, 방울토마토를 먹으며 시원한 시간을 가졌다. 왕복 전철 이동도 시원해서 하루 피서로 단출하게 잘 지냈는데 소요산 방문일이 작년과 같은 날이란 것도 지난날을 뒤돌아보는 의미 있는 시간이었다.

4. 기상관측 이후 최고 기온으로 늦여름 더위(2023.11.2)

1907년 기상청 기온관측 이후 오늘은 11월 최고 기온이 되었다. 서울은 아침 최저 기온 18.9℃, 낮 최고 기온 25.9℃, 전국 최고 기온은 김해시 진영읍 30.7℃라 한다. 지구는 현재 후빙기로 기온이 오르는 중인데 여기에 인류가 가세하여 좀 더 빠른 기후변화를 일으키고 있다는 것이 정설처럼 되어 있다. 물론 인간이 지구 변화에 주는 영향을 무시하는 학자들도 많다.

어쨌든 오늘 작정하고 예방주사, 안과 정기검사를 했다. 독감 예방주사와 코로나 예방주사를 동시에 줄 수 없다고 해서 무료 대상포진 예방주사를 맞는 행운도 있었다. 양쪽 팔에 독감, 대상포진 예방주사를 각각 한 대씩 맞고 10년째 1년에 한 번 하는 안과 정기검사를 했다. 내 나이에 나안 시력 0.8, 0.9 그리고 성인병이 없어 약 먹는 것도 없다고 의사 선생님으로부터 검사 때마다 듣는 칭찬을 들었다.

11월인데 하루 종일 여름 와이셔츠를 입고 다녔는데도 덥다. 우리 동네 어느 곳엘 가면 그래도 단풍과 낙엽 쌓인 것이 보이지만 나뭇잎이 대부분 푸르다. 국화꽃에 분주하게 날아다니는 벌들이 반가웠고 철쭉도 피어 사진에 담았다. 달맞이 봉으로 산책 나가서 모바일 정리와 전화를 하다가 저녁 식사하러 귀가했다.

219

2

자연, 해님 그리고 달님

1. 우수에 내린 풍년을 기대케 하는 봄비(2023.2.19)

3월부터 봄이라 하지만 사실 우수 경칩에 대동강 물이 풀린다고 하고, 요즘은 기온 상승으로 우수만 돼도 봄기운이 난다. 매주 일요일 06시 30분 아내와 함께 미사를 드리러 가는데 오가는 동안 계속 봄비, 단비가 내렸다. 그리고 오후 2시 반 주말 걷기에 갈 때는 비가 멈추고 맑은 하늘이 보였다.

2. 봄비 내리자 급변하는 식물들(2023.3.9)

새벽녘부터 오전 중에 비가 많지는 않아도 맨땅에 고일 만큼 왔다. 비를 기다리던 만물이 적은 비에도 푸른 싹을 거의 모두 틔웠고 여기저기에 꽃망울과 꽃이 보인다. 하룻밤 사이도 아닌 몇 시간만의 변화, 급변이다. 점심에는 우리 사무실에 근무하게 된 새 직원을 위한 오찬이 있었다. 사무실에 들어오면서 보니 현관 앞에 매화꽃이 피어나기 시작해서 마치 새 사람을 환영하는 듯했다. 저녁 식사는 귀농하여 농사짓는 친구가 잠시 올라와 함께 했다.

3. 어린이날 백 주년이 되는 날에 내리는 비(2023.5.5)

1922년 색동회가 주도하여 5월 1일을 어린이날로 정하고 주도 인물인 방정환 집에서 출발하여 거리 행진 등 다채로운 행사를 한 지 올해가 100주년 되는 해이다. 어린이는 우리의 희망이며 미래의 주인일 뿐 아니라 때로는 어른들의 아버지일 수도 있다. 아니 그렇게 부르기도 한다. 비가 와서 실망하는 어린이도 있겠지만 그럴 수도 있다는 것과 봄비가 흠뻑 내리는 것이 축복이라고 말해주면 더 좋겠다는 생각이다.

일본군이 1904년 주둔하여 일본군 주둔 사령부를 설치하고 일설에는 38도선 이남을 관할권으로 하고 그 이북은 관동군사령부가 관할했다고 한다. 1945년 일본이 항복하자 승전국인 미국은 38도선 이남에, 소련군은 그 이북에 점령군으로 진주하였던 그 땅이다. 땅이 반환된 일부에 '용산 어린이정원'을 만들어 오늘 어린이날을 기하여 개방한 것은 잘한 일이다. 민주당에서 오염된 땅을 개방하는 것이 안전한가를 묻는다고 했는데 그렇지 않다는 정부의 대답이 있었다.

손주들이 어렸을 때는 어린이날을 어버이날과 합쳐서 함께 했으나 커가면서 우리 부부는 빠져주었다. 물론 그 후에도 어린이날 우리 부부가 특정 지역으로 식구 모두를 초대해서 놀이도 하고 밥을 사는 경우가 있었다. 중학생인 큰 손자는 테니스대회에 나갔는데 3등을 했다고 한다. 테니스대회장에는 주말마다 부자간 한나절 게임을 한다는 아이 아버지가 나가 응원하고 아직 초등학생인 둘째는 엄마와 같이 영화 구경을 갔다고 한다. 형 응원하러 가자고 했더니 영화와 게임을 원하더란다.

4. 끝나지 않은 장마와 피해(2023.7.16)

물 폭탄이라는 말로 표현되는 장마가 여러 날째 계속되고 있다. 농경지 침수 피해와 과수원 등의 피해도 안타깝고 산사태와 자동차 터널 사고 등은 당사자들의 슬픔을 아픈 마음으로 접하고 있다. 며칠 더 계속된다는 장마에 더는 피해가 없고 회복과 복구도 빨리 이루어지기를 빈다.

주말 걷기도 방학 중이어서 혼자 강변에 나갔다. 강변에 걷던 길은 물에 잠겨서 한강과 중랑천이 합수되는 곳과 서울숲 근처를 걸었다. 물가

또는 얕은 강이나 냇물에 있던 백로, 쇠백로, 왜가리는 물이 불어나 숲으로 이동해 앉아 있고 갈매기는 전신주 위에 앉아 있다. 날짐승은 그래도 피해가 없어 좋겠다고 생각했다.

5. '슈퍼 블루문'을 보고 소원을 빌었나요?(2023.09.01)

'슈퍼 문'은 달이 약 38만km 거리에서 36만 km 이내로 평소보다 가까이 있어서 크게 보이는 보름달을, '블루문'은 보름달이 한 달에 두 번 뜨는 경우 두 번째 뜨는 보름달을 뜻한다.

그런데 슈퍼 문 때도, 블루문 때도 소원을 비는데 두 가지 경우가 08.31일 하루에 겹쳤으니 당연히 사람들은 소원을 빌 것이다. 더구나 5년 전에 있었고 이번에 있었던 이런 경우는 앞으로 약 14년 후인

2037.01.31일에나 나타난다고 한다. 사람마다 소원이 없는 사람은 없다. 내게 소원을 묻는다면 나와 내 가족이 건강하게 지내는 것, 나라는 국태민안하고 제발 정치가 멋지게 돌아가는 일, 국제적으로는 남북이 원수가 되어 싸우는 일이 없으면서, 기후 급변 없이 그리고 전쟁 없이 나라마다 행복해졌으면 하는 것이다.

하나 더 하라면 - 한도 없을 것이니 그만하겠다. 나는 어제 뭐가 바쁜지 달 뜨는 시간보다 보름달이 중천에 뜬 시간에 보려고 했는데 달이 하필이면 그 시간에 구름에 가려 결국 못 보았다. 그래도 오늘은 지난 8월 가족 해외여행만큼 기분 좋은 날이었다. 작년 3월 초 담도 결석으로 죽는 줄 알 정도로 아파서 입원까지 했었고 그 후 1년 반 '우루사'를 복용했는데 오늘 혈액 검사와 복부 초음파 검사 결과 약을 더 먹지 않아도 된다는 의사 선생님으로부터 판정을 받은

것이다. 약을 더 이상 복용하지 않아도 된다는 말은 내 나이 되는 사람들에게는 가장 듣기 좋은 말 중 하나일 것이다. 사진은 지인이 내 카톡에 보내준 보름달 사진을 허락 없이 올린 것이다(죄송).

6. 아내와 함께 달맞이 봉으로 블루문인 한가위 보름달을 보러 갔다 (2023.9.29)

지구와 달의 거리가 보통 때보다 가까워져서 달이 크게 보인다는 블루문이다. 그래서 보러 간 것은 주된 이유라 할 수 없고 팔월 한가위 보름달을 보며 고향 생각, 어릴 때 추억을 소환해 보려고 갔다는 것이 더 큰 이유이다. 거의 추석 때마다 달을 보러 갔으니까. 흐린 날씨라 못 보면 걷기라도 한다는 마음으로 갔는데, 달님이 산 능선을 넘어오는 것은 못 보았지만 바로 얼굴을 내밀었다. 서비스 차원이라면 너무 감격할 정

도였다.

달 보고 손 모아 비는 일은 하지 않았으나 가족의 건강과 발전, 국태민안, 부국강병, 세계 평화는 늘 뇌리에 있으니 자동으로 생각이 났다. 그리고 바로 달님은 구름속으로 들어갔다. 잠자리에 들기 전 자정에 창문을 열고 보니 '구름에 달 가듯이' 서쪽 나라로 잘도 가는 달을 보고 찰칵했다. 행복한 올해 추석도 이렇게 저물었다.

7-1. 강화도 단풍여행 제1일(2023.10.25)

'한사모'라는 걷기 모임에서 대한민국 U자 걷기 3,800리 완주 10주년 기념으로 2박 3일 걷기 여행을 다녔었는데 이젠 노쇠해진 회원들이 많아, 26명이 강화도 단풍여행을 10.25~10.26일까지 1박 2일 일정으로 갔다.

첫날은 강화향교, 고려궁지, 성공회 강화성당, 용흥궁을 돌아보고 '일억조'에서 갈비탕으로 점심 식사를 했다. 이후 신미양요 관련 광성보, 용두돈대를 거쳐 석모도 자연휴양림에 여장을 풀고 석모도 미네랄 온천으로 가서 실내탕과 노천탕을 하고 바삐 일몰 장면을 보러 갔다.

석모도 보문사에서 넘어가는 해를 보러 가본 지 오래되었다. 오늘은 보문사까지 걸어가지 않고 리무진 버스로 카페에 들러 온천욕으로 더워진 상태에서 팥빙수를 들었다. 각종 견과류가 많이 들었고 인절미와 붉은 팥이 적당히 섞여 맛있게 먹으면서 낙조를 감상하고 사진도 찍었다. 저녁 식사는 간장게장, 나물, 단무지 등 많은 반찬에 돌솥 밥을 다들 잘 들었다. 너무나 많은 꽃과 각종 소품이 실내외에 가득한 '뜰 안의 정원'이란 식당이었다. 술도 한잔하고 잠자러 다시 버스 타고 휴양림으로 갔다.

7-2. 강화도 단풍여행 제2일(2023.10.26)

둘째 날인 26일 아침 시간도 자유롭게 수목원이나 숲길을 걷도록 안내되었고 06시가 되니 움직이는 소리가 들렸다. 11동에는 4개의 방에 네 커플 8명이 지냈는데 내가 잔 방을 정리하고 나가보니 모두 방을 비우고 아무도 없었다. 거실 포함 쓰레기를 모두 가지고 나가 분리 수거함에 넣고 숲길을 걸었다.

흐린 날씨에 해무까지 살짝 끼어 들녘과 멀리 바다가 희미하게 보이는 것이 나름대로 운치 있었다. 숲길을 걷는 동안 하트, 반달 등의 조형물을 배치한 포토존에서 사진을 찍었다. 방 열쇠를 반납하고 08시까지 집합하는 11동 앞으로 가니 07시 50분경 회원 모두가 모였다. 어젯밤 하루 묵었던 2차 휴양림에서 1차 휴양림을 향해 걸었다. 길은 모두 데크로 잘 만들어졌고 그 위에 쌓인 낙엽을 밟으며 단풍으로 물든 숲속 길을 걸었다. 걸으면서 대화 중에 침대가 없는 전기장판 방에서 지낸 잠자리가 소싯적 환경이어서 정감은 있으나 편하지 않았음은 나만의 일이 아니었음을 알았다.

관리본부가 있는 1차 휴양림 앞에서 리무진 버스를 기다려서 타고 어제 저녁 식사를 했던 '뜰 안에 정원'이란 식당으로 아침 식사하러 갔다. 밝은 낮에 보니 이 식당 정원에는 온갖 꽃들이 이 가을에도 현란하게 피어 있었는데 꽃들을 가꾸는 일만으로도 엄청난 노동이 필요할 터인데 대단하다고 감탄했다. 식당 안과 준비된 원두커피와 차를 무료로 마실 수 있는 2층은 각종 소품이 가득 채워져 있었는데 넉넉한 공간에 전문가가 진열했으면 좋겠다는 아쉬움이 있을 정도로 좋은 작품이 많았다.

아침 식사비용은 오늘 팔순 생일을 맞이한 전 회장님께서 지불하겠다고 긴급 발표를 하여 박수를 받았다. 전 회장님의 건배사는 한사모의 단골 메뉴로 하겠다면서 〈당신〉-멋져, 〈멋져〉-당신'으로 했다.

아침 식사는 황태해장국으로 몸 안을 편하게 했고, 각자 차를 마신 후 버스를 타고 오늘의 하이라이트인 화개정원과 화개산 전망대 관람을 위해 이동했다. 화개 정원 주차장에 도착하니 10시 40분으로 예정 시간보다 꼭 1시간이 지체되었는데 관광버스가 많이 주차되어있는 것으로 보아 관광객이 많을 것으로 생각되었다.

화개정원을 소개한 지식백과에 의하면 화개정원은 약 18만 본의 다양한 수목과 초화류가 식재되어 있으며, 2023년 4월 24일 인천 최초로 지방 정원으로 등록되었고, 물의 정원, 역사·문화의 정원, 추억의 정원, 평화의 정원, 치유의 정원의 5색 테마정원으로 조성되었다. 화개산 전망대는 전국 최대규모의 스카이워크형 전망대로 7km 떨어져 있는 북한 황해도 연백 평야와 강화군의 다도해를 한눈에 조망할 수 있으며, 스카이워크형 전망대는 바닥 부분이 투명하여 아찔한 체험을 할 수 있었다. 전망대는 강화군의 군조郡鳥인 '저어새'를 형상화하여 디자인되었으며, 저어새의 특징인 부리와 눈이 북한 쪽을 바라보고 있어 [손에 닿을 것같이 가깝지만 갈 수 없는 북녘을 향한 비상]이라는 컨셉을 갖고 있다.

화개정원 입장권을 산 후, 전망대를 오르는 모노레일 탑승권을 사면 지금부터 2시간을 대기하여야 했다. 따라서 교동읍성, 교동향교, 강화평화전망대 관광을 다음 기회로 미루고 지금 여기 이 장소를 잘 보는 것으로 하여 일행 모두 이 지역 입구에 있는 연산군 유배지 구경을 했다. 화개정원과 전망대가 생겨 연산군은 500여 년이 지난 현재 멋진 정원을 갖게 된 셈이다. 그러나 1506년 이곳에서 사망한 연산군은 지금 서울시 도봉구에 왕비 신씨와 함께 잠들어 있다.

연산군이 유배될 당시 모습, 머물던 초가집, 지키던 군사들의 조형물이 있고 기념관이 있었다. 연산군은 조선 제10대 왕으로 1494~1506년 재위 기간에 무오사화와 갑자사화를 일으키고 중종반정으로 폐위되어 이곳 교동에서 사망했다.

아름다운 꽃들과 사슴 등 여러 가지 전시물이 있는 곳에서 사진을 찍었고 5색 테마정원 구경은 역시 다음을 기약하고 대룡시장 식당으로 예약된 점심 식사를 하기 위하여 버스를 타고 이동하였다.

점심 메뉴는 육개장과 메밀전병이었다. 식사비용은 지난 8월 말 100세를 앞두고 운명하신 모친상을 당한 회원님께서 회원님들의 위로에 감사하는 마음으로 지불하였고 회원님께서는 〈우리는 함께다〉-함께다'로 건배사를 했다.

점심 식사 후 바로 화개정원으로 이동하여 모노레일 탑승을 위해 탑승장으로 갔다. 일행은 13시 25분부터 5분 간격으로 9명~8명씩 3회에 걸쳐 이동했는데 전망대까지 모노레일은 1km 거리를 20분에 걸쳐 이동하고 도보로는 1,8km 거리를 40분에 오를 수 있다고 한다.

전망대에 올라 북쪽을 바라보니 황금벌판이 이어지고 끝부분에서 시작한 강의 2.3km 건너가 북한의 연백평야이다. 북한 쌀의 70%가 황해도에서 그리고 그 절반 이상이 연백평야에서 생산된다고 한다. 전망대에서 북한까지 7km라고 하고 전망대에서 보이는 논은 강까지 약 4km 이상 되는 넓은 땅으로 주로 간척지이다. 강화도에 설치된 돈 대 총 54곳 중 49곳을 숙종 때 쌓았고 돈 대에 근무하는 장졸들의 식량 공급과 국방을 든든히 한다는 개념으로 간척지를 많이 만들었다. 우리 일행이 어제 1박 했던 석모도는 북쪽에 있던 송가도 사이를 메꾸어 간척지로 넓은 들판이 되었다.

임진왜란과 병자호란을 겪은 숙종은 강화도를 요새화했을 뿐만 아니라 서울에도 도성 밖에 북한산성을 축수하여 유비무환을 실천하였고 오늘날은 등산객과 행락객에게 좋은 성곽 모양과 휴식처를 제공하게 되었다.

흐린 날씨에 약간의 안개까지 드리워 전망이 흐리기는 했어도 북녘을 배경으로 사진을 찍었고, 스카이워크 위에 누워서 사진을 찍는 회원도 있었다. 모든 회원님이 어울려 사진을 찍은 후에 모두 저어 전망대 카페에 들어갔다.

여기서 진○○ 회원님께서 모든 회원님이 원하는 차 종류를 적어서 주문하고 배달까지 하면서 특유의 머슴론과 새경 이야기를 했다. 새경을 더 받으면 더 잘 모시겠다는데 양반 상놈이 없어졌고 근래는 머슴도 없어졌으니 그냥 웃어야 하겠으나 커피값까지 지불하며 봉사하신 점은 모두 고마워했다. 259.5m 화개산 정상에 있는 최신 최대의 전망대에서 마신 차 맛은 최고였다.

웃고 즐겁게 대화하는 사이에 귀가해야 할 시간이 되어 화개정원을 오후 4시 넘어 떠나 이번 여행의 마지막 식사 장소인 김포 '소래버섯나라'로 이동하기 위해 버스에 탔다. 가로등에 불이 들어오고 이따금 차창에 부딪히는 빗소리만 들릴 뿐 한동안 버스 안은 조용했다. 1박 2일 즐거웠던 여행을 생각하거나 행복한 잠 속에 빠져들기도 했을 것이다.

낮의 길이도 짧아졌고 흐린 날씨가 어둠을 빠르게 불러 컴컴한 주차장에 내리니 오후 5시 반이었고 이미 상차림이 준비된 버섯, 소고기, 해물, 칼국수 옆에서는 육수가 좋은 냄새를 내며 끓고 있었다. 막걸리로 잔을 채워 이번 여행에 대미를 장식하는 건배사는 회장님께서 3행시로 했다. 모든 회원님께서 주문대로 첫 자를 소리쳤다.

〈건〉-건강하게

〈배〉-배려해 가면서

〈사〉-사랑하며 삽시다. 이 모든 뜻을 담아서 우리의 '건강을' 〈위하여〉!!!

회원님들 목소리에 활기가 넘쳐서 100세까지 건강하게 사시는 데 문제없을 것이다. 무엇보다도 건강이 최고이다. 한사모가 활동하기 시작한 후 16년 10개월이 흐르는 동안 유명을 달리하신 회원과 건강 문제로 출석하지 못하시는 회원이 전체의 40% 정도가 되니 첫째도 건강, 둘째도 건강이다.

식사가 다 끝나가는데 전 회장님 8순 기념 케이크가 도착하지 않아 걱정하던 중 아침 식사 이후 노심초사하던 이00 총무님이 생일 케이크를 사서 식당에 진입했다. 식당 측에서 식사가 끝난 식탁을 빠른 동작으로 정리하고 케이크를 놓은 후 '생일 축하합니다.'를 합창하고 촛불을 끄고 박수치는 것으로 공식 행사의 막이 내렸다.

식사 후라서 케이크 먹는 일은 생략하고 9호선 종점인 '개화역'까지만 운행하겠다는 리무진 버스에 오르기 위하여 모두 이동했다. 버스 근처에서는 오○○ 회원께서 강화도 특산 '오젓'을 모든 회원님께 한 통씩 드렸다. 버스에 올라 귀가하시는 회원님께 초 간단 인사를 하고 저녁 식사를 못 한 임○○ 회원님과 이○○ 총무님이 식사하는 옆에서 기다리면서 이번에 참여한 회원님 모두 건강하게 귀가하시게 되어 감사하는 마음을 보내며 다시 뵐 날을 기다리는 마음으로 있었다.

지난해 가을 고창 지역 2박 3일 여행을 마치고 회장님께서 여행 기간에 물심양면으로 기여한 일들을 모두 소개하고 박수를 이끌었고 마무리 말씀이 여행의 유종의 미를 장식했었는데 이번에는 마지막 버스를 함께 타지 못해 아쉬웠다.

한사모 걷기 여행은 힐링으로서 최고이다. 회장님을 비롯한 집행부의 희생적인 기획, 답사, 진행에 열열한 박수를 보내며 긍정적이고 협동, 봉사 정신이 투철한 회원님들의 화기애애한 정신이 건강과 함께 길이 빛나기를 기원한다.

8. 화이트 크리스마스, 붉은 태양, 성탄절 낮 미사(2023.12.25)

크리스마스이브에 명동 거리엔 10만 인파가 몰려 위험할 정도였다고 한다. 최저 기온 영하 14도, 최고 기온이 영하 8도인 날이 며칠 계속되다가 최고 기온 영상 2도에 눈까지 내렸으니 젊은이들이 나오지 않는다면 비정상이다. 1963년 고2 때 서울에 전학을 와서 새로운 학교 친구들과 성탄 전야 명동 거리에 나가 밀려드는 인파를 보고 입이 벌어졌던 일이 생각난다. 자정부터 통행금지여서 자취하는 친구와 함께 자취방에 막걸리를 사서 들고 들어갔던 추억이 있다.

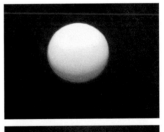

아침에 일어나니 눈발이 날리고 있었는데 갑자기 붉은 태양이 떠서

핸드폰으로 찍었더니 사람 눈과 달리 붉은 빛이 약하다. 이때가 오전 8
시였고 09시 시작되는 성탄 낮 미사 드리러 갈 때는 눈이 내렸고 돌아
올 때도 내렸다. 어젯밤부터 내린 눈이 우리 동네는 약 4cm 넘는 듯하
다. 햇빛과 눈발이 교대하는 날씨다.

3
해외여행기

1. 스페인 여행기

2023.5.12.부터 19일까지 7박 8일 패키지여행으로 부부 동반 스페인 관광을 했다. 우리 관광 인원은 22명이고 그중 아내와 그 친구 포함 4명과 나를 포함한 남편 2명 등 모두 6명이 실질적 일행인데 한국 여행사 인솔자가 계속 함께 다녔다. 현지에서는 스페인에 사는 한국인 가이드가 직접 안내하였는데 당연히 현지 스페인 국적의 가이드 1명이 관광지마다 따라다녔다. 패키지여행의 구성은 관광하는 사람과 이를 위한 안내를 3인이 하는 형태이고 이번에도 그러했다.

♠ 5월 12일(금). 출국하여 바르셀로나 도착

인천 공항 제2 탑승장에 08시 30분 도착해서 여행사 직원의 안내를 받아 여행 가방을 탁송하고 출국 수속을 마치니 채 10시가 안 됐다. 비행기 탑승 시간이 11시 반이라 남는 시간은 면세점 돌아보기와 음료수 마시기가 보통인데 나와 아내는 쇼핑할 생각도 없어서 비행기 탑승 후 시간 소비의 어려움을 다소라도 덜기 위하여 탑승장 안에서 충분히 걸었다.

약속된 11시 30분에 탑승하여 실제 비행기가 활주로를 이륙한 시간은 12시 15분이었다. 한낮에 잠이 올 리 없고 좌석에 앉아 영화, 드라마, 음악을 두루 살펴서 무엇을 선택할 것인가 보았다. 13시 넘어서 점심 식사가 제공되었다. 기내식으로 한식과 양식 중에 선택하게 되어 있는데 질적으로 좋았고 양은 아내가 많다고 미리 덜어서 내게 준 음식을 들으니 좀 많은 편이었다. 음료로도 주스, 사이다, 물, 커피, 맥주 등 제공되는 것이 많았다.

영화나 드라마를 보기 위해서 제목과 간단히 소개된 내용을 보니 내 취향에 맞는 것은 이미 영화관에서 본 것이었다. 그래서 스페인 관광지 소개한 것을 내가 정리한 A4 8쪽 분량을 다시 읽었다. 그리고는 영화관에서 보았던 '1917'이란 제목의 영화를 보았다. 2019년 개봉된 영화로 제 1차 세계대전 때 독일군과 연합군의 전쟁 중 일부인데 전투 장면은 거의 없고 병장과 상병 두 사람이 연락병으로 1개 대대의 전투 개시를 보류시키도록 연락 업무를 마치는 것을 주요 내용으로 하는 영화이다. 임무를 완수하려는 과정에서 사람의 심리를 잘 나타낸 좋은 영화라는 추천을 받아 감명 깊게 본 영화로 상영 시간이 119분이다. 마음을 가다듬고 활력을 얻을 수 있어서 나는 전쟁 영화, 과학 공상 영화, 역사 영화를 주로 보는 편이다.

음악을 조금 듣다가 선과 악의 싸움이라는 안내문을 참고로 2022년 작품인 '사마리탄'이란 영화를 보았다. 13세 소년을 내세워 만든 100분짜리 영화로 긴장감을 계속 유지시키는 사실상 폭력 영화인데 모든 것이 그렇지만 깊이 생각하면 끝이 없는데 그냥 남의 이야기 듣는 듯이 그렇게 보았다.

저녁 8시 반에 저녁 식사가 나왔다. 나는 계속 한식을 택했는데 아내는 양식을 택하여 육류는 내게 넘겨서 나만 잘 먹은 느낌이다. 9시간이나 이코노석에 앉아 있으니 이제 지루하고 몸이 꼬이려는 듯 힘들다는 생각이 들었다. 나는 비즈니스석을 몽골 정부 초청으로 울란바토르 왕복할 때와 캐나다 토론토에 윗분 모시고 갈 때 타본 적이 있는데 훨씬 편한 것은 확실하지만 장거리 비행이니 편하다고만은 할 수 없다.

이제 그럭저럭 한국시간으로 밤 10시가 넘어서 잠이 잘 올만 한 음악을 골라서 리시버에 들리는 소리도 적당히 조절해 놓고 잠을 청하다 보니 잘 잤으나 깨어보니 아직도 2시간을 더 가야 목적지에 도착하는 것으로 운항 정보에 나타났다. 이번에는 드라마에서 점 찍어 놓았던 괴짜 화가의 다큐 프로를 골랐다. '반 고흐로부터 온 편지'였다. 50분간 열심히 보았다. 동생의 도움을 많이 받기는 했지만, 고뇌 속에 예술의 혼을 화폭에 담으려는 고흐를 편지와 영상을 통해 잘 나타낸 것인데 결국 자살해서 안타까웠다. 예상하고 드라마를 미리 본 것은 아니지만 마드리드 프라다 미술관에서 고갱의 작품을 주로 보았는데 고흐와 함께 숙식하며 지내던 장면을 이 드라마에서 본 적이 있어서 더 관심 있게 보았다.

무려 탑승한 지 15시간, 비행시간 14시간 반 만에 현지 시각 오후 7시 반 바르셀로나 비행장에 내렸다. 나이가 들면 장거리 여행이 왜 힘들다고 하는가를 이해할 것 같았다. 젊었을 때라고 10여 시간 비행기 타는 것이 힘들지 않았다는 것은 아니지만 나이 들수록 더 힘들어지는 것은 어쩔 수 없다. 그러나 고생하는 시간이 정해져 있고 그런 시간이 지나면 멋진 신세계를 볼 수 있다는 역시 정해진 시간표가 있으니 희망이 있으나 견디기가 좀 그렇다는 것뿐이다.

짐을 찾고 버스를 타서 호텔 도착하여 여장을 풀고 목욕하고 나니 현지 시각이 가볍게 밤 11시가 되었다. 우리나라 시각으로는 새벽 6시이고 새장 같은 곳에 거의 구금 상태로 왔으니 눕자 곧 잠이 왔다. 그런데 전화를 묵음으로 하지 않아 핸드폰 벨이 새벽 2시 반에 요란하게 울려왔다. 오늘 어쩔 수 없이 서울을 떠나 왔지만 내가 회장으로 있는 큰 모임이 있었고 임원들에게만 대외비라 하면서 말을 했지 근 100명 가까이 참석할 회원들은 모르는 일이었다. 전화를 끊고 문자를 보냈다. 그러고 보니 잠도 달아나고 비행기에서 잘 만큼 잤는데 전화가 더 올 것이 확실하여 아예 화장실로 대피했다. 아내가 잠을 깰 것을 예방하기 위해서다. 예상대로 전화가 여러 통 더 왔다. 역시 끊고 문자를 보냈다. 외국에 관광차 왔다는 문자는 차마 못 보내고 '갑자기 일이 생겨서 오늘 행사에 참석하지 못해 죄송하다'고 했다.

♠ 5월 13일(토). 바르셀로나 거리, 사그라다 파밀리아 성당 견학

어제 비행기에서 잠도 많이 잤고, 시차 관계로 7시간을 덤으로 받아 시간 여유가 많았다. 06시에 일어나 말은 통하지 않으나 시각적인 소통도 있어 TV를 틀어 스페인 뉴스를 시청했다. 어느 나라나 사건 사고는 있게 마련이고 스포츠와 연예 뉴스는 내 나라 것이 아니니 무덤덤하게 보인다. 일기예보는 역시 관심이 가는데 우리 일행이 있는 곳은 특히 관심이 간다. 08시부터 식사 시간이라 산책 좀 하러 나가니 비가 내려 외부로 나가지 못하고 나와 같은 사람이 있어서 이야기를 나누다가 식당으로 갔다. 외국에서 내가 제일 좋아하는 음식은 호텔식 메뉴인데 우선 뷔페식인데다 내가 좋아하는 빵, 고기, 음료수가 다양하게 준비되어 있기 때문이다. 그러니까 여행 내내 아침 식사는 이미 잘 확보된 상태이고 현지식은 문화 체험으로 역시 기대가 된다.

09시 관광버스로 호텔을 출발하여 어느 성벽 앞에 하차, 콜럼버스 동상 옆 카탈루냐 광장에서 하루 일정을 들은 후 오후 2시 반 집합하는 것으로 점심 식사 대금 10유로를 받고 각자 자유 시간이 되어 헤어졌다. 카탈루냐 광장에는 비둘기가 떼로 몰려다니는데 사람이 모인 곳에 비둘기도 몰려들었다. 스페인 여자가 주는 쌀을 손바닥에 놓고 팔을 벌리니 10여 마리의 비둘기가 내 손바닥은 물론 팔뚝에도 앉아 쌀 쟁탈전이 벌어졌다. 이들 중에 어떤 비둘기는 먹이를 먹으려는 것은 뒷전이고 서로 머리를 쪼아대며 싸우고 있었다. 왜 싸우는지 물론 나는 모른다.

22명의 우리나라 관광객 중에 우리 일행은 함께 람브라스 거리를 걷다가 보께리아 전통 시장을 구경했다. 우리나라 전통 시장처럼 상품이 적나라하게 진열되어 한마디로 구경할 만했다. 걸어 다니다 더워져서 각자 원하는 아이스크림을 단체로 사서 먹었다.

[보께리아 시장]

이어서 람브라스 거리 옆 상가에 들러 쇼핑을 했다. 함께 간 남자 중한 사람인 최 사장님은 바르셀로나라고 글자가 쓰인 빈티지 모자를 10유로에 사서 그 자리에서 쓰고 좋아한다. 다른 일행도 선물을 샀는데 아내는 두 손자용 티셔츠를 샀다. 역시 바르셀로나 글씨가 가슴에 큼직하게 새겨져 있었다. 아내는 해외에 가면 늘 그래왔다. 손주들 옷을 사고 그 후 다니다가 마음에 들면 딸들 액세서리를 산다. 나를 비롯한 아들, 사위 등 성인 남자들에게는 관심이 없다. 본인과 지인들을 위해서는 가톨릭 신자로서 주로 성물을 산다.

점심은 람브라스 거리에 노점상처럼 차려 놓은 곳에서 각자 다른 음식을 시켜 뷔페처럼 차려 놓고 여러 가지 전통음식을 맛보며 즐겁게 했다. 책걸상만 거리에 차려 놓았고 음식은 바로 옆 건물 내 주방에서 만들어 온다. 돈을 내야 갈 수 있는 화장실은 어느 곳에 있는지 표시도 없어 고역인데 음식이나 물건을 살 때는 점주에게 말해서 공짜로 볼일을 볼 수 있다. 화장실은 깨끗하기는 해도 협소하고 오래된 것이라 우리나라의 현대화된 화장실과는 아예 비교가 안 된다. 그래도 귀하기만 한 화장실만 보면 고맙게 느껴지는데 아마 이곳에 있는 동안은 계속 그럴 것이다.

자유 여행 시간이 충분해서 쇼핑과 식사를 마친 후에는 콜럼버스 동상이 바라보는 길 건너에 있는 항구로 갔다. 2018년에 여기를 방문했을 때는 비가 내려서 항구까지는 가지 않고 상점에서 시간을 많이 보냈었다. 오늘 적당히 더운 날씨에 요트가 가득히 채워져 있는 항구는 한가로웠고 우리 같은 관광객들이 열심히 사진을 찍고 있었는데 우리도 예외는 아니었다. 한여름 제철을 기다리는 요트 수백 척이 폴대만 높이 솟아 있는 채로 대기하는 모습은 서구나 미국에서 볼 수 있는 풍경으로 아직 우리나라에서는 이렇게 규모가 큰 요트 항구는 없다.

오후 3시 약속한 장소에서 일행 모두 버스를 타고 이동하다가 거리에 있는 까사 밀라를 구경했다. 내부는 들어가지 못하고 밖에서 보기만 했는데 가우디가 지었다는 이 아파트가 왜 분양이 안 되었는지 알 것 같았다. 베란다에 장식한 시설이 지금도 내 눈에는 낯설었다. 사진 몇 컷을 찍고 다시 버스에 올라 구엘 공원에 갔다. 지난 여행 때는 정문에서 내려 아래에서 위로 걸어 올라갔는데 그래서 마지막에 있는 넓은 공간에서 가우디가 설계했다는 편안하고 아름다운 의자에 앉아 쉬기도 하고 멀리 조망하며 사진도 찍었었다. 이번에는 관광버스가 맨 위쪽에 관광객을 내려 주어 위로부터 아래로 구경하면서 내려왔다. 그래서 관광이 끝나면 다시 비탈길을 걸어 올라가서 버스를 타고 이동하였다. 가우디는 최대한 자연을 살려서 건축물과 공원을 조성했다고 하는데 창의성이 일부에만 나타나는 것이 아니라 전체가 이상하게 보일 정도로 창의적인데 바라볼수록 균형과 조화를 이루어 신기할 정도였다. 처음에 보았을 때보다는 감동을 덜 주었다고 할까 그렇지만 여기서가 아니면 볼 수 없는 독특한 건축물이라 마음에 남는 무엇이 있었다.

다시 버스를 타고 사그라다 파밀리에 성당 즉 성 가족 성당으로 이동했다. 비가 제법 내린다. 아직 장마철은 아닌데 이곳 날씨가 맑았다가 금방 비가 내리다가 한다는 데 오랜 가뭄이 계속되어 비를 기다리는 상태란다. 현재의 성당 입구 앞에서 사진을 찍었다. 전에 왔을 때 성당 주위 땅을 매입하는 중이라 했는데 전에 없던 큰 저수지 아니 호수라 하기에는 작고 넓게 물을 채워놓은 곳이 있어서 그곳에서 성당을 배경으로 사진을 찍고 보니 포토존이라고 한다. 건축물을 볼수록 어떻게 이런 발상이 나왔는지 놀라울 뿐이다. 구조물이 떨어질 듯한데 견고하게 붙어있는 것도 놀랍다.

[성가족성당 외부와 내부 모습]

　봄비가 옷을 적실만큼 내리는 가운데 공항 검색대에서처럼 보안 검사를 받고 성당 안으로 들어갔다. 가이드의 설명을 듣는 수신 장치가 불통이라 가이드의 우리 말 설명을 하나도 듣지 못하고 사진만 찍어댔다. 아내는 또 다른 수신기를 인솔자로부터 받아 설명을 잘 듣고 있는데 양쪽 귀에 꽂는 수신 장치 두 개 중 하나를 내게 주었는데 그것마저 불통이라 나는 들을 수가 없었다. 해설을 들으며 우리 일행 중에도 눈물을 흘리는 사람이 있었는데 그만한 사연이 있을 것으로 생각할 뿐 나는 듣지를 못했으니 아쉬웠다.

자유 시간에는 아내와 함께 선물 가게에 가서 큰딸과 며느리에게 줄 조형물을 사고 작은딸에게 줄 것으로는 사진을 샀다. 숙소로 돌아오는 길에 저녁 식사를 했는데 스페인 대표 요리라는 '빠에야'라는 해산물이 들어 있는 우리 식으로 말하면 비빔밥이었다. 맛은 있었으나 조금 짠 편이고 특히 쌀이 덜 익은 듯해서 아주 좋은 음식이라는 생각은 들지 않았다.

밤 10시에 취침했는데 아직 시차에 적응되지 않아 04시 30분에 잠이 깨서 머리를 감고 여행기를 쓰고 있는데 07시에 맞춰놓은 기상 벨 소리가 들린다. 아침 식사가 07시에 있고 09시 반에 출발이라 일단 글쓰기는 멈췄다.

♠ 5월 14일(일), 포도주 공장 견학, 발렌시아로 이동

07시 30분 우리 일행이 한자리에서 아침 식사를 하고 과일과 음료수를 들면서 여러 가지 재미있는 이야기를 한 시간 정도 하다가 출발 준비를 위해 헤어졌다. 09시 30분 버스는 와이너리 즉 포도주 공장 견학을 위해 출발했다. 활동하기에 쾌적한 기온에 쾌청한 날씨라서 기분이 좋다. 눈이 시원하게 시야가 트이고 호흡하는 공기는 아주 깨끗해 여기서 지금 어렸을 때 시골 고향 냄새가 나는 착각을 했다. 그야말로 공해 없는 청정 공기였다. 버스가 도착한 곳은 우리 일행이 갈 곳이 아니어서 다시 이동하여 다른 와이너리를 가려는데 우리가 탄 대형 버스가 들어갈 수

246

가 없게 길이 좁아서 또 뒤돌아 나왔다. 내비게이션이 우리나라처럼 잘 되어 있지 않은 모양이다. 여행안내 조직이 의심이 갈 정도였고 결국 예정보다 30여 분 늦게 도착했다.

내가 그동안 해외에서 견학한 와인 공장 중 가장 작았는데 역사는 아주 깊었다. 공장이 처음 선 1490년대에는 연간 생산량이 5천 병이었는데 지금은 35만 병을 생산한다고 한다. 그리고 지금은 인기가 있어서 제2 공장을 세우려고 추진 중이란다. 공장 내부 소개를 했는데 공장 책임자 한 사람만 있었고 일요일이라 모두 휴일을 즐기고 혼자서 열쇠로 문을 열어가며 설명을 했다. 스페인 사람의 이 설명을 한국인이 통역하였는데 믿음직한 청년이었다. 1499년에 지은 상태를 그대로 유지하면서 그당시의 방법대로 지금도 포도주를 생산한다는 곳을 보니 참 대단하다는 생각이 들었다. 전통 제조 방식을 유지하며 더불어 스파클링 식 제조방법으로 생산하는 것을 겸하는 것이 이 공장의 장점이며 판매에도 순기능이 있다고 했다.

[1448년 세워진 포도주 공장의 상표]

이 포도주 공장 이름은 카바 와이너리CAVA Winery로 우리나라에도 수출을 추진 중이라 했다. 우리 일행은 두 파트로 나누어 편하게 앉아 준비된 안주와 더불어 시음을 했다. 세 가지 시음한 맥주 중 스파클링 제품은 샴페인과 비슷하다는 이유로 인기가 없었다. 여러 사람이 포도주를 샀고 나도 1병을 샀다. 스페인이 세계 포도주 3대 산지라고 하며 주위가 모두 포도밭이었는데 포도나무 키가 작고 특이했다.

와인 공장 견학을 마치고 버스는 다시 점심 식사를 위해 바르셀로나로 되돌아갔다. 바르셀로나 루프톱 레스토랑이라는 이름의 식당으로 갔는데 언덕에 있어서 바르셀로나 시내를 모두 조망할 수 있는 전망이 아주 좋은 곳이었다.

호텔에서 아침을 잘 먹어서인지 모두 음식을 남겼다. 스페인의 음식량이 많은 편이고 육류가 많은 것이 원인이기도 했지만, 호텔 아침 음식이 너무 좋았던 것도 이유가 될 법했다. 내가 좋아하는 햄 앤 에그샌드위치를 만들어 먹었는데 재료가 훌륭했다. 포도, 수박, 서양 참외, 키위 등이 신선하고 잘 익어서 많이 먹었다. 그런데 점심을 제공한 루프톱 레스토랑은 빼어난 경관에 어울리게 전통 디저트인 '크레미 카탈리나'는 좋았으나 주식은 별로라고들 했다. 닭고기인가 했더니 돼지고기를 숙성시킨 전통음식이라는데 퍽퍽하고 맛이 없으면서 양도 많아서 많이 남겼다.

음식점에서 오후 3시에 버스를 타고 발렌시아를 향해 출발했다. 휴식 시간 포함 4시간 반 동안 버스를 탔다. 너무나 곱게 보이는 넓은 들판을 가로질러 달리는 버스에 맑은 하늘과 반짝이는 햇살이 아름답게 보이는가 하면 갑자기 비가 차창에 부딪히기를 반복했다. 그리고 버스 안에는 '

콜럼버스'라는 영화를 틀어주었다. 1490년경 스페인의 기독교 왕국인 아라곤의 페르디난드 왕과 까르티에의 이사벨 왕이 결혼하여 실질적으로 하나의 왕국이 되었다. 이 두 왕국은 10년여의 전투에도 함락시키지 못한 이슬람 왕국에 1492년 1월 무혈 입성하게 된다. 이슬람 왕국이 쪼개지고 쇠약해져서 마지막으로 남아있던 그라나다의 알람브라 궁전에서 이사벨 왕이 이슬람 왕으로부터 항복을 받았는데 두 가지 조건 중 하나가 궁전은 너무 아름답게 지은 것이니 영구히 보존해 달라고 해서 오늘날까지도 남아있게 되었다. 물론 이 회교 왕국의 패망으로 오늘날까지 이베리아반도에는 회교 세력이 존재하지 않는다.

콜럼버스는 많은 세력의 반대에도 이사벨 왕의 후원으로 불가능을 가능으로 바꿔 인도로 가는 세척의 범선으로 이베리아반도를 떠난다. 지구가 둥글다는 것을 믿으니까 인도 그러니까 서쪽에 있는 대서양으로 계속 가면 인도가 나오는 것으로 알았다. 그리하여 1492년 8월 인도가 아닌 새로운 대륙을 발견했다. 이 새로운 대륙은 오늘날 서인도제도라고 부른다.

스페인은 1492년이 가장 기념할만한 한 해가 된다. 이슬람 왕국을 패망시켜 기독교 왕국을 만들었고 새로운 대륙을 발견하여 왕국에서 제국으로 당당히 나서게 된 것이다.

바르셀로나에서 스페인의 3대 도시에 하나라는 발렌시아로 가는 길은 낮은 산이 간간이 있기는 하지만 아주 넓은 평원이었다. 고속도로 양편으로는 포도나무가 끝없이 펼쳐졌다. 1987년 여름 미국 오하이오 주도인 콜럼버스시에서 승용차 1대를 임대하여 시카고를 다녀온 적이 있었다. 그때 그 들판이 얼마나 넓은지 저 멀리, 마치 하늘 끝처럼 보이는 곳에 시커면 먹구름이 생기고 번개가 번쩍였고 얼마 후 그곳을 지나는 승용차 밖으로 비가 흠뻑 내리고 지나간 장면을 볼 수 있었다. 그 장면이 떠오를 만큼 광활한 대지의 면목을 이곳 바르셀로나와 발렌시아 사이에서 보았다.

발렌시아는 특별한 관광지는 없고 과학관 하나만은 볼만하다며 저녁 식사 후 호텔에서 도보로 10분 거리에 있으니 희망자는 각자 다녀오라고 안내했다. 그러나 이렇게 소개하는 여행사 인솔자는 여권과 현금을 주의하고 특히 흑인을 보면 정말 조심해야 한다고 하는 데다 일정이 늦어져서 저녁 식사를 하고 나니 오후 8시가 넘어 어두워지기 시작하는데 감히 나가보겠다는 사람이 있지 않았다. 내일 아침은 07시 조식, 08시 출발이라는 것도 외출할 마음을 없애는데 한몫했다. 그러나 가장 큰 이유는 내가 나이가 많은 것이 아니었나 한다. 해외에서 과학관이라면 기를 쓰고 다니던 시절도 지나고 지금은 강도와 싸울 용기도 없다. 오늘 하루는 포도주 공장 견학과 언덕에서 점심 식사하며 바르셀로나를 바라본 것이 전부다. 발렌시아는 그라나다를 가는 길목에 있어서 하루 쉬어가는 곳인 셈이다.

♠ 5월 15일(월), 그라나다로 이동, 알람브라 궁전 탐방

08시에 발렌시아에 있는 호텔을 출발하여 그라나다까지 버스로 5시간 이동한다고 하였으나 휴식 시간을 포함하면 6시간 소요되었다. 2시간여 운행 후 30분 쉬고, 다시 2시간여를 주행 후 30분을 쉬었다. 10시

250

50분경부터는 버스에서 '산티아고 가는 길'이란 영화를 1시간 이상 보았다. 내용은 다음과 같다.

"안과 의사인 톰은 친구들과 골프를 치는 도중에 전화를 받는다. 아들인 대니얼이 사망했다는 것이다. 친구들에게 인사도 못 하고 급히 현장에 달려가 보니 피레네산맥에서 시작하는 순례자의 길을 걷다가 하루 만에 대니얼이 사망한 것이다. 아들의 유품을 받아보니 순례자의 길을 걷기 위한 잘 갖춰진 준비물들이 있었다. 얼마가 지난 후 아들의 유골이 담긴 상자를 받아든 아버지 톰은 자기가 순례자의 길을 걷겠다고 결심한다. 다른 사람이 혼자서 걸을 것이냐 묻자 아들과 함께 걸을 것이라고 말한다. 톰은 걷다가 길 안내판이 있는 곳에 도달하자 아들의 유골 상자에서 유골 가루를 일부 꺼내 그곳에 묻는다. 그렇게 모든 유골을 묻을 것이라고 한다." 이렇게 시작부터 평범한 사람의 상황이 아닌 깊은 상처와 시청자의 감성을 자극하는 상황으로 이야기가 전개된다. 인생길에 많은 고난과 고민이 있는 사람이 마치 굴곡진 인생을 치유하려고 순례자가 되어 걷는 행위를 하는 것으로 시작된 영화이다. 주인공인 톰이 만난 임신 중절을 한 결혼 파탄자로 마약을 하는 여자, 체중 조절을 해야 하는 남자 등 이들이 순례자의 길에서 일어나는 일과 대화로 영화는 이어져 간다.

나 같은 평범한 사람도 순례자의 길을 걸으며 인생을 뒤돌아보고 남은 인생의 방향을 다듬기 위하여 순례자의 길을 걷기 하는 것은 당연히 필요하고, 나도 걸어보았으면 하는 생각을 여러 번 가진 적이 있다. 끊임없이 이어지는 새로운 직장에서 시간을 만들지 못한 것이 결국 다녀오지 못한 이유가 될 수 있다. 물론 다녀오지 못한 것이 아주 아쉽지만 후회하지는 않고 이제 산티아고의 길을 걸을 생각은 없다. 이 영화는 목적지인 그라나다에 도착함으로써 끝까지 시청하지는 못했다.

발렌시아에서 그라나다까지 6시간 버스로 이동하여 오후 2시에 도착하는 대로 점심 식사를 했다. 스페인 전통음식이라는 '핀초'에 문어를 조리하여 만든 '뽈보'가 곁들여 나왔는데 '핀초'는 대구와 하몽이 주였고 대구는 먹을 만했으나 하몽은 역시 퍽퍽해서 먹기에 즐거운 육식은 아니었다.

스페인 남부는 711년부터 약 8세기 동안 이슬람 계통의 왕국이 지배하던 곳이다. 1236년 그리스도 교도에게 코르도바의 지배권을 빼앗긴 아라비아 왕 유세프는 그라나다로 사실상 도망쳐 나스르 왕조를 세웠는데, 시에라네바다 산맥 기슭에 물도 없고 황폐한 땅이라 사람이 살 수 없는 곳을 골라서 왔다고 한다. 스페인 왕이 살려는 주되 멀리 이주하라고 했고 스페인 왕 생각에 도저히 재기할 수 없다는 판단이 서도록 하기 위함이었다. 이때 승전한 스페인의 페르디난드 3세는 아랍인을 죽이지 않아 성인 칭호를 받았으며 지금 세비야 성당에 안치되어 있다. 그 후 스페인 그리스도 교도의 국토 회복 운동이 완료되었던 1492년까지 약 250년 동안 그라나다는 이슬람의 마지막 거점으로 번영했다. 1492년 1월 이사벨 왕은 이슬람 왕이 지배하는 알람브라 궁전에 무혈 입성하게 되었는데 그 전에 10년간 전쟁에서 이기지 못하자 집시족장에게 스파이가 되어달라고 회유하여 마치 중국 춘추전국시대 같은 높은 경지의 정치를 하였고, 앞에서 말한대로 마침내 아랍 왕으로부터 2가지 조건을 들어주면 항복하겠다는 약속을 받아냈다. 하나는 궁전 보존이고 다른 하나는 왕성에 살던 사람은 하나도 해치지 않는다는 것이었다. 조선 황제 고종이 왕실 재산과 왕실 사람을 하나도 다치게 하지 않는다는 상황에 접하여 조선을 일본에 넘긴 것이라는 의심이 다시 들게 했다. 어찌되었던 힘이 없는 나라가 지는 것이다. 하여간 현재 이슬람의 문화가 남아 있는 그라나다의 알람브라 궁전을 중심으로 많은 관광객이 찾고 있다.

알람브라 궁전은 1984년에 유네스코 세계문화유산으로 지정되었는데 클래식 명곡으로 꼽히는 '알람브라 궁전의 추억'으로도 유명하다. 이슬람 지배 시절 아랍 양식으로 만들어진 알람브라 궁전에 이어져서 나자리에 궁전, 카를로스 5세 궁전, 그라나다 왕의 여름 별궁이었던 헤네랄리페 정원 등이 있다.

[알람브라 궁전]

나스리 궁전 건너편 성곽 위 헤네랄리페는 14세기 초 그라나다를 통치하던 이슬람 왕조의 여름 별궁에 있는 아름다운 정원이다. 당시 이곳을 찾은 무어인 시인이 헤네랄리페를 '에메랄드 속의 진주'라고 묘사할 만큼 매혹적인 공간으로 세로형 정원 중앙에 수로를 설치하고 곳곳에 분수를 두어 영롱한 물소리가 공간을 가득 채우고 있다.

이 물은 알람브라 궁전 전체도 마찬가지로 시에라네바다 산맥에서 큰 산을 3개나 지나서 끌어왔고 물 한 방울도 아낄 수 있도록 정밀하게 수로를 연결했다고 한다. 정원도 아름다웠고 왕, 왕비, 우리 식으로 말하자면 많은 후궁의 방, 회의실 등에는 정교한 조각이 있었고 세심한 손길이 느껴지는 곳이었다.

알람브라 궁전과 마주 보는 언덕 알바이신 지구는 1984년에 유네스코 세계문화유산으로 지정되었는데 13세기 무렵 처음 지어진 성채와 30개 이상의 회교 사원이 있다. 또한 안달루시아 지방의 전통 양식과 무어인이 남긴 토속 양식의 건축물들이 어우러진 모습을 만날 수 있고 이사벨 왕에게 충성했던 집시들에게 준 땅과 집이 지금도 남아있다. 이 알바이신 지구는 선택 관광으로 언덕에서 알람브라 궁전을 바라본 후 대로변까지 걸어서 내려오며 구경했다. 알람브라 궁전 안에 모셔져 있던 이사벨 왕과 페르디난드 왕의 무덤은 이사벨 왕의 둘째 딸이 낳은 오스트리아의 칼 5세에 의해 아랍인이 만든 궁에 그대로 둘 수 없다 하여 그라나다 왕실 예배당에 안치했다. 그라나다 왕실 예배당은 르네상스 양식으로 건축된 건물로 예배당 성물실에 보관된 여왕의 수집품이 관광객들의 눈길을 사로잡는다고 하나 건물 외관만 바라보았다.

♠ 5월 16일(화). 세비야의 메트로폴 파라솔과 스페인광장 탐방

07시에 아침 식사를 하고 08시에 그라나다 호텔에서 론다를 향해 출발하여 아침 일정이 분주하였다. 그라나다에서 론다까지는 버스로 2시간 반 걸렸는데 가는 도중에 밖에는 전과 달리 포도나무 대신 올리브나무가 가로와 세로로 줄을 맞추어 자라고 있었다. 계획적으로 식수했음을 알 수 있는데 아직도 공터가 많아 개발할 여지가 많아 보였다.

론다에 도착하니 이곳 스페인 가이드의 대표라는 사람이 직접 한국어로 안내를 했다. 한국을 좋아하여 한국어를 스스로 배워서 한국어로 안내를 하니 한국인 가이드는 조용히 걷기만 했으나 그 사람은 곧 갔다. 나이가 많아 보였는데 '여러분은 한국어를 어디서 배웠어요? 저는 스페인에서 배웠습니다' 하며 아재 개그까지 했다. 유명했던 투우장은 현재 박물관으로 사용하는데 정문 앞에는 투우를 가장 많이 죽였다는 아버지와 아들의 동상이 따로 세워져 있었고 이 투우사가 보이지 않는 다른 쪽에는 가장 용감했던 투우의 동상이 멋지게 세워져 있어서 투우를 배경으로 사진을 찍었다. 1785년에 개장한 투우장에는 한때 헤밍웨이와 피카소가 함께 와서 투우 관람을 했다고 한다. 이 두 사람은 스페인 내전에 종군했고 각각 '누구를 위하여 종은 울리나'와 '게르니카'라는 작품을 남겼다.

투우장을 조금 지나니 누에보 다리가 나왔다. 스페인은 역사도 길고 통치자도 많이 바뀌어서 그런지 이곳에도 참으로 많은 역사 이야기가 있었다. 수신기를 귀에 꽂고 설명을 들으면서 아름답다거나 또는 기이한 지형에 매료되어 사진을 찍었다. 누에보 다리를 중심으로 아래위 쪽과

255

양안이 모두 바위 절벽 규모가 커서 위험해 보였고 바위이기 때문에 바로 바위 위에 큰 건물들이 늘어서 있었다. 지금은 물의 방향을 돌려놓아 물이 많이 흐르지 않고 군기가 빠진 군인들의 교화소가 있었다는 다리 밑까지 계단이 있었으나 우리 일행 중에는 그곳까지 아무도 내려가지 않았다. 사실 누에보 다리는 원래 있던 것이 파손되어 새로 42년에 걸쳐 완공되었다고 하지만 길이가 30여m 정도이고 다리 자체는 양쪽에 있는 두 마을을 이어주었다는데 큰 의미가 있다. 관광객에게는 다리가 걸쳐있는 협곡이 깊고 바위가 볼만하다.

[세비야의 버섯 – 메트로폴 파라솔]

 론다에서 점심 식사는 하몽이란 햄을 곁들인 빵으로 했다. 스페인 사람들의 주식은 빵이고, 하몽이란 돼지 뒷다리를 통째로 소금에 절인 뒤 약 6개월에서 2년 정도 그늘에서 건조 및 숙성시켜 만든 것이다. 하몽은 얇게 썰어서 먹기도 하고 샌드위치와 같은 여러 음식과 함께 먹는다.
 중식 후 론다에서 세비야로 이동했다. 세비야는 스페인의 안달루시아 지방의 예술, 문화, 금융의 중심지로 스페인에서 4번째로 큰 도시이다. 이슬람풍의 거리와 알카사르 궁전, 세비야 성당 등의 유적이 있어 관광객이 많이 찾는다. '세비야의 이발사'가 유명하다. 이는 희곡으로 출판된 것을 이탈리아의 작곡가 조아키노 로시니가 23세 때 17번째 작곡한 오페라이다.

세비야에 도착해서 먼저 탐방한 곳은 세비야 시내 전체를 조망할 수 있는 메트로폴 파라솔이었다. 이 건물은 '세비야의 버섯'이라고도 부른다. 세비야 중심에 있는 거대한 목조 건물로 독일 건축가가 설계하였고 신축 공사 중에 로마 유적이 발견되어 1층에는 고대 로마 유적을 전시한 고고학 전시관이 유리 벽으로 둘러싸여 있다.

다음으로 세비야 대성당으로 갔다. 고딕 양식의 가장 훌륭한 건축물로서 고딕 양식의 건축물 중 가장 크며 세계에서 세 번째 큰 성당이다. 입구에는 천정에 악어와 상어가 매달려 있다. 이곳에는 이슬람교도로부터 세비야를 되찾은 성 페르난도 왕을 비롯한 에스파냐 중세기 왕의 유해가 안치되어 있다. 그리고 콜럼버스의 명예를 위하여 노력한 그의 손자의 무덤과 함께 콜럼버스의 유해가 함께 성당 바닥에 안치되어 있다. 또한 콜럼버스 활동 당시의 네 왕국을 나타내는 레온, 카스티야, 나바라, 아라곤 사람의 조각상이 콜럼버스의 관을 메고 있는 실물 크기의 조각품이 진열되어 있다.

저녁 식사를 하기 전에 스페인광장을 보러 갔다. 1929년 에스파냐-라틴 아메리카 박람회 개최를 위해 조성한 곳으로 건축물이 반달 모양의 광장을 둘러싸고 있고 가운데 큰 분수대가 있다. 건물의 벽면을 장식한 모자이크 타일에는 스페인 각 도시의 문장과 역사적인 사건들이 그려져 있어 하나하나 보면 재미있다고 하는데 우리 일행은 한 건물에 있는 것만 그것도 주마간산 격으로 보았다. 건축물과 중앙 분수대 사이에는 넓게 물이 담겨 있어서 뱃놀이하는 사람들도 있었다.

저녁은 처음으로 한식을 했는데 미역국이 일품이었고 그간 주로 빵을 주식으로 하고 이따금 나오는 쌀밥이 안남미로 한 것처럼 끈기 없는 것이었는데 오늘 저녁은 한국식 찰진 쌀밥이어서 먹기 좋았다.

식후 플라멩코Flamenco를 관람하러 갔다. 춤추는 곳을 상상하여 넓으려니 했는데 그렇게 크지도 작지도 않은 곳에 좌석이 작아 밀집되어 앉았다. 가운데는 식탁이 있고 여기서 식사를 하며 관람하는 사람도 많았다. 플라멩코는 투우와 함께 스페인을 대표하는 엔터테인먼트였는데 이제 투우는 금지되었으니 플라멩코가 더 유명할 수 있다. 스페인 남부 안달루시아 지방에서 발달한 집시들의 음악과 춤이 플라멩코인 데 집시의 사랑, 열정, 슬픔이 어우러져 있다고 한다. 2100년간 나라 없이 떠돌아다니다가 이슬람의 영향으로 그들의 소리도 들어오고 손가락만으로 내던 소리가 짝짝이라는 캐스터네츠를 들여오기도 하여 약간의 변형은

있으나 전통을 이어오고 있다. 큰 박수와 '울라'라는 추임새를 큰소리로 보내면 한 번 더 연기를 해주기도 했다. 저녁 공연을 보고 호텔에 들어오니 취침 시간이 다 되었다.

♠ 5월 17일(수). 톨레도성당 탐방, 마드리드로 이동하여 프라도미술관 견학

아침 식사 후 08시에 호텔을 떠났다. 세비야에서 톨레도로 이동하는데 5시간이 소요되었다. 5시간 이동하며 차창 밖으로 보이는 것은 여전히 올리브 나무였고 산은 바위가 많은 황무지로 나무가 거의 없었다. 신록이 우거져야 하는데 들판만이 푸르렀고 이따금 보이는 밀 경작지는 가뭄으로 생육 상태가 좋지 않았다.

톨레도에 도착하자마자 현지식으로 점심을 했다. 1인당 큼직한 포도주잔에 상그리아가 가득 담겨 있었다. 상그리아는 서양의 고대로부터 전해온 혼합주인데 스페인에서는 과일을 넣고 붉은색 와인을 넣어 만들며 스페인 사람들이 좋아하는 와인의 한 종류라고 한다. 상그리아는 말 그대로 시원하고 맛있는 혼합주였으나 알코올이 들어 있어 낮술을 한 셈이다.

톨레도는 로마 시대부터 16세기까지 서고트와 카스티야 왕국의 수도였다. 전체가 유네스코 문화유산으로 등록되어 있다. 이곳은 강으로 둘러싸인 높은 곳에 있어 적을 방어하기 좋은 지형으로 되어 있다. 기원전 190년 로마의 식민지가 되었고 이후 이슬람교도와 기독교도의 지배를 받았다. 1560년 마드리드로 수도가 옮겨가기 전까지 스페인의 수도였다. 지금도 톨레도는 스페인 남부의 중심지 역할을 하고 있으며 많은 문화유산을 가지고 있다. 외곽의 성은 많이 훼손되어 있으나 보수되지 않은 상태로 있고 성 밖은 민가와 도시 시설이 함께 도시를 형성하고 있다. 성에 들어가려면 높은 언덕을 힘들게 올라가야 하며 다시 그곳으로 나와야 했는데 지금은 에스컬레이터를 5~6회 바꿔 타고 오르게 되어 있어서 편해졌다고 가이드가 설명했다. 톨레도성당은 1493년에 완공되었으며 스페인 가톨릭의 총 본산으로 부활절 예배 때는 바티칸 교황청의 추기경들이 이곳에서 미사를 드린다고 한다. 고딕 양식으로 장엄함이 돋보이면서 화려하다. 내부에 22개의 예배당이 있는데 신약성경과 성도를 주제로 하는 스테인드글라스와 보물실로 이루어졌다. 세계에서 이 성당에만 있는 것으로 금으로 만든 성경책, 성모 마리아가 아기 예수를 안고 서로 웃고 있는 성모상, 1,250kg의 순금을 이용하여 만든 조형물로 모두 바라볼 수 있으나 만질 수는 없다.

다음으로 산토 토메 성당으로 가서 '오르가스 백작의 매장[장사지내기]' 그림을 보았다. 이 장례식 그림은 상부에는 그리스도와 성모 마리아가 영혼을 맞이하는 천상을, 하단에는 장례가 치러지는 지상을 상징하며 중앙 부분에는 천사가 팔을 감싸고 있는데 백작의 영혼을 표시한 것이라 한다.

톨레도에서 버스를 타고 약 1시간 반 마드리드로 이동했다. 마드리드는 스페인의 수도로 현대적인 인프라를 갖추었고 유명 관광지로 프라도미술관, 마드리드 왕궁, 마요르 광장 등이 유명하다. 버스에서 내려 마드리드 왕궁을 지나 프라도미술관으로 갔다.

　미술관 앞 광장 건너에는 고갱의 동상이 서 있다. 1819년 에스파냐 왕가의 소장품을 전시하려고 건축가 비야누에바가 신고전주의 양식으로 지었고 1868년 혁명이 일어난 후 국유화되면서 프라도미술관으로 이름도 바뀌었다. 미술관에는 약 6천 점의 소장품이 있으며 이 중에 약 3천 점이 전시되어 있다. 프라도미술관은 파리의 루브르 박물관, 상트페테르부르크의 예르미타시 미술관과 함께 세계 3대 미술관 중에 하나다.

　미술관을 나와 마요르 광장으로 이동하는 길 언덕에 아름답게 건축된 성당이 있었는데 아름다워서 세계 '교회의 여왕'이라 부른단다. 마요르 광장은 현지인과 여행객이 즐겨 찾는 곳으로 가로 90m, 세로 109m의 광장을 4층 건물이 둘러싸고 있다. 한때는 시장이었으나 16세기에 바로크 양식으로 변하였고 19세기 전반까지 왕가의 결혼식, 공연, 투우 등 다양한 행사가 있던 곳이다. 이 광장 바닥에 스페인 각 지역 도시까지의 이정표가 그려져 있다. 광장의 기마상은 펠리페 3세이다.

  마드리드의 한 호텔에서 자고 아침 일찍 세고비아로 약 1시간 반 걸려서 이동했다. 세고비아 역사문화지구는 1985년 유네스코 세계문화유산으로 등록되었다.

  세고비아 대성당은 정식 명칭이 성 마리아 대성당으로 거대한 석조 건물로서 세고비아의 가장 높은 곳에 있다. 1525년에 건설이 시작되었으며 후기 고딕 스타일로 지었다. 너비 55m, 길이 33m의 크기로 성당의 본당과 주변에 모두 19개의 예배당이 있으며 모두 역사적인 예술품으로 장식되어 있다.

  1088년 알폰소 6세가 외세에 대비하고 공격을 강화하기 위하여 성곽을 쌓았고 지금도 완벽히 보존되어 있다. 이곳에는 알카사르 성이 있는데 주위가 빽빽하게 나무로 둘러싸여 있는 아름다운 성으로 월트 디즈니의 백설 공주에 등장하는 성의 모티브가 되었다. 성의 중앙에는 높은 첨탑들이 솟아 있어서 아름다움과 역사를 함께 볼 수 있다. 이사벨 1세는 이곳 세고비아의 작은 성당에서 왕위 즉위식을 하고 바로 알카사르

에서 통치했다. 이곳에는 이사벨 1세의 침대가 놓여 있다.

이사벨 1세는 강력한 왕권 강화 통치를 하며 천주교를 강성하게 했다. 이사벨 1세와 관련된 유물 앞에서 사진을 찍고 또한 무기 박물관에서 사진을 찍었다. 오늘날의 펜싱 경기 때 사용하는 칼과 비슷한 칼의 발전상과 갑옷과 투구를 입은 장군들의 모형과도 사진을 찍었다.

어제 마요르 광장을 미리 관광하였기 때문에 시간의 여유가 있어서 세고비아에서 약 1시간 쇼핑을 했다. 집합 장소가 트라팔가르 해전에서 패장이 된 기마상 앞이어서 그곳에서 모두 만났다. 패장의 기마 동상을 광장에 세운 것이 이상하게 생각되었다. 외국 관광을 통해 많이 보고 느끼고 배우지만 그들의 정서와 깊이는 이해할 수 없는 것이 당연할 것이다. 그래도 보고 듣고 배우는 것만으로도 우리는 생활에 활력소와 더불어 삶의 한 부분에 긍정적으로 남게 되는 것이 아닌가 한다. 무엇보다도 여행은 즐거워야 함은 두말할 나위가 없다.

이제 마지막 관광으로 '로마 수도교'를 보러 갔다. 이곳은 로마인이 거주했던 곳으로 로마 제국을 위해 1~2세기에 수로를 건설했는데 몰 탈, 시멘트, 꺾쇠를 사용함 없이 화강암으로 지은 로마 시대 토목 공학 기술을 보여주는 가장 뛰어난 유적 중에 하나라고 한다. 16km 밖에 있는 강에서 1도 정도의 경사를 만들어 U자 모양의 폭 1.8m, 깊이 1.5m의 크기로 된 수로를 완성하여 세고비아에 수돗물을 공급하였다. 아소게호 광장을 지나는 곳에서는 높은 곳은 지상에서 30m 높이에 길이가 300m에 달하며 전체 구간 800m에 166개의 아치와 120개의 기둥에 의해서 지탱되고 있다. 이곳에서 사람들은 사진을 많이 찍었다.

[1~2세기 로마 시대에 만든 로마 수도교]

이제 여행 일정은 끝을 달려가는 중이다. 버스를 타고 공항으로 이동하면서 현지 가이드의 인사와 귀가를 위한 정차가 있었는데 며칠 동안 열심히 하나라도 더 알려주고 재미있게 하려고 애쓴 가이드와 헤어지려니 섭섭함이 이는 것은 인지상정이다. 여행사에서 나온 인솔자의 마지막 안내가 있었다. 인솔자는 인천 공항에서부터 다시 인천 공항까지 동행하게 된다. 마드리드 공항은 바르셀로나 공항과 유사한 분위기였는데 규모가 컸다. 짐을 부치고 한가롭게 탑승 시간을 기다렸다. 스페인 시각으로 5.18일 오후 8시에 비행기가 뜨니까 7시 반에 탑승해야 한다. 다행인 것은 스페인으로 갈 때 탑승 후 15시간 소요되었는데 우리나라로 올 때는 편서풍 영향으로 12시간 걸려서 마음이 조금은 가볍다.

스페인 갈 때는 창문 쪽에 아내가 앉던 좌석에 귀국할 때는 내가 앉았다. 기내식을 두 번 먹었고 역시 영화를 보았다. 검증되지 않은 재미없는 영화보다 추억을 더듬으며 볼 수 있는 액션 영화를 택해서 보았다. '제임스 본드 007 나를 사랑한 스파이(1977)'이었다. 이 영화가 007시리즈의 거의 종편이나 마찬가지 아니었나 싶다. 후속편이 나왔으나 이미 세상은 다른 형태의 영화를 원하고 있었다. 한잠 자고 난 다음에는 우리나라 시간에 맞추어 생각했다. 5.19일 오후 3시 05분 도착이지만 내리고 수속하고 짐을 찾으려면 족히 1시간 반 정도 소요될 것이다. 끝으로 본 영상은 (다큐)'프로즌 플래닛Ⅱ 시즌1'이었다. 남극의 황제 펭귄의 일생, 범고래의 물범 사냥, 북극의 사향 소, 백곰, 고양이의 생생한 삶을 보았다. 지구 기후 온난화로 얼음이 빠른 속도로 감소하여 생태계에 심각한 위험이 닥친다는 이야기는 결국 우리 인류의 문제이기도 하다.

♠ 5월 19일(금). 인천공항 도착

공항에 오후 4시 내려 탁송한 짐을 찾아서 일행과 작별을 고하고 각자의 집을 향해 갔다. 헤어질 때면 늘 만난 지도 얼마 안 되는데 금방 시간이 흘렀음을 느낀다. 인천공항에 보이는 대한항공 여객기 마크가 반갑다. 헤어질 때 이미 오후 5시가 지났고 동네 들어서자 저녁 식사 시간이 되어 집 앞에서 저녁 식사부터 매식으로 해결했다. 집에 들어서니 반

기는 사람은 없어도 모든 것이 반갑다. 역시 집, 내 집은 베이스캠프로 모든 일의 시작이고 종착역이다.

2. 프랑스 여행기

♠ 8월 12일(토). 파리 숙소로 이동

07:00 아침 식사

07:50 집 출발

08:35 서울역에서 공항철도 탑승

09:45 인천공항 제2터미널 도착

09:45 3층 D 카운터에서 여행 가방 탁송

13:55 비행기 탑승(예정 시간 11:40)

14:30 이륙(12:20 이륙 예정으로 2시간 10분 지연))

21:30 (현지 시각. 한국 시각 13일 04시 30분) 드골 공항 도착

　　　(19:00 도착 예정으로 2시간 30분 지연)

큰딸과 사위가 진즉 파리 여행을 주선하겠다고 했으나 코로나19 때문에 지연되어 2022년 10월에야 파리행 왕복 항공권을 매입하였다. 그리고 어느덧 해가 지나고 2023년의 반이 훌쩍 지난 지금에 이르러 여행길에 올랐다. 프랑스 유학 생활 약 10년의 반을 주말여행 가이드를 하며 지낸 사위의 제안이 실행에 옮기게 된 것이다.

공항 카운터에서 우리 부부와 딸 부부가 약 10분 정도 차이로 짐을 부치고 만났다. 우리 부부를 생각하여 바쁜 중에 일정을 내서 기꺼이 여행안내를 하겠다는 딸과 사위가 고맙다. 예매한 항공권을 집에서 인터넷으로 교환해서 좌석까지 확정하여 핸드폰에 보내주고 딸 전화번호로 가족 로밍까지 해주었다. 여행 가방 탁송과 출국 수송에 티켓 대신 핸드폰에 큐알(QR) 코드를 보여줌으로써 끝낼 수 있게 되어 여행사의 패키지여행보다 더 편리하게 만들어 준 딸의 배려가 대견하고 고마웠다.

비행기 탑승과 출발이 약 2시간 10분 지연되어 출국 수속을 마친 시간을 보태면 약 3시간을 대기하게 되었다. 예정대로 12시 20분 출발하면 점심은 기내식으로 할 수 있을 것으로 예상했으나 공항의 한식당에서 점심을 하는데 미안해하는 사위와 '미안해요' 말하는 딸에게 너희들이 미안해할 일이 아닐 뿐 아니라 이런 일도 새로운 역사 창조라 생각하자며 웃었다.

대한항공 측에서 이해될만한 설명 없이 기상 상태 때문이라 해서 약 2시간 동안 오해를 했다. 왜 다른 비행기들은 잘도 이륙하는데 대한항공만 기상 조건을 탓하느냐부터 잼보리 참석하고 귀국하는 네덜란드 스카우트 대원이 늦게 나타나서 저들의 편의를 위해 비행기 이륙이 늦어졌는지 모르겠다는 의심이 드는 등 아무튼 우리 4식구는 즐거운 시간이면서 그렇게 멋대로 생각하며 식사를 했다.

식사 주문은 내가 했다. 앞에 10명 정도가 줄을 서 있는데 마침 앞 사람이 음식 이름 앞에 있는 번호로 주문하기에 나도 그런 식으로 1번 하나, 2번 하나, 만두 2인분이라 시켰더니 가져온 음식은 1번 하나, 2번 둘,

만두 2인분 도합 5인분이 되었다. 식당 측과 우리 말 주문조차 의사소통이 안 되어 졸지에 5인분을 먹게 되었다. 사실은 출항 후 1시간 전에 기내식이 나올 것으로 생각하고 간단히 먹으려던 점심이 좀 많게 되었다. 하늘의 뜻으로 알고 식당 주문자와 하려던 시비를 하지 않고 맛있게 먹는데 외국어 방송이 들려왔다. 방송 상태는 거리도 있고 식당 내의 소음 때문에 알아듣기 어려운 상태인데 사위가 출발 시간 등 개찰구에 다녀오는 편이 확실하겠다고 식사하다 말고 급히 다녀왔다. 그런데 1인 2만 원짜리 식권을 받아왔다. 미리 나눠주지 않아 좀 멀리 있는 식당에 갔다든지 개찰구에 가서 확인하지 못한 사람 등 받지 못하는 사람이 있을 터라며 우리는 식사를 끝낸 후, 주문할 때 낸 돈을 식권을 주고 돌려받았다. 지난 1985년부터 38년간 50회 정도 해외를 다녔어도 이런 경우는 처음이었다. 어쩌면 이렇게 돌발 변수가 여행에 흥미를 더 하게 할지도 모른다. 식사 후 음료 한잔을 하는데 잼버리 행사 참석 후 귀국하는 일부 대원들이 모여 신나게 구호를 외치고 있었다. 시간이 흐르니 비행기는 떴고 먼저 프랑스 방문지에 대해서 내가 만든 15쪽 분량의 자료를 읽었다. 자료 만드는 일을 차일피일하다가 떠나기 직전 2일간 급하게 만들고 제대로 읽어보지도 못한 자료였다.

공항에서 점심 식사를 오후 1시 반에 했는데 4시경 기내식이 나왔다. 배가 찬 상태이지만 다 먹어 치웠다. 오후 8시에 또 들어온 음식은 솔직히 먹고 싶지 않았으나 비빔밥과 맛있는 치즈와 야채가 든 샌드위치여서 배는 꺼지지 않았지만 깨끗이 비웠다. 그런데 밤 11시에 또 음식이 나왔다. 한식과 양식 중 양식이 가볍게 들 수 있을 것 같아 양식을 시켰다.

그런데 빵과 야채는 다 먹었지만 거의 음식을 남기지 않고 지내기는 하나 야밤에 하루 5번째 식사라 부담이 되어 토마토 파스타는 1/3쯤 남겼다. 오후 2시 반부터 8시간 이상을 꼼짝없이 갇혀있는 상태에서 중간에 잠까지 잤으니 아무리 아무것이나 잘 먹고 소화 잘 시키는 나였으나 아직도 6시간 더 앉아 있어야 하는 입장에서 혹시 소화 불량이 될지도 모른다는 생각에 자제한 것이다.

비행기를 타고 장시간 갈 때면 늘 하던 대로 영화를 보았다. 거의 매월 아내와 한 편의 개봉 영화를 보기는 하지만 워낙 많은 영화가 상영되니까 보고 싶은 영화라도 미처 보지 못한 영화가 늘 있다. 이번에는 박찬욱 감독이 만든 '헤어질 결심'을 보았다. 138분의 짧지 않은 영화로 형사 해준(박해일 분)과 산 정상에서 추락해 죽은 남자의 부인(탕웨이 분)을 중심으로 전개되는 영화였다. 지난 2022년 잘된 영화라고 관람을 권장하던 지인의 말대로 소설 같은 극적인 전개가 이어지는 볼만한 영화였다. 박찬욱 감독과 탕웨이가 왜 이름이 났는지 알 것 같았다. 다만 형사와 여주인공의 불륜, 여주인공의 미묘하고 이해하기 어려운 심리와 그녀 남편의 연속된 사망 그리고 여주인공의 마지막 자살 장면은 내 마음에 들지 않았다.

특히 탕웨이의 최후가 자살이었는데, 자살이 타인을 살해한 것 이상의 큰 범죄라는 입장에서 그리고 자살 형태가 기발하여 모방 범죄가 있을 것으로 우려되었다. 자살률이 세계 최상위인 나라에 자살한 사람의 생애를 영화로 만드는 등 영웅시하는 사회 풍조에 영향을 주지 않을까 또한 염려되었다.

지난 5월 바르셀로나까지 14시간 반, 이번에 13시간 반을 이코노 석에서 무사히 버티고 파리에 잘 도착했다. 파리시간으로 8월 12일 21시 9분, 비행기에서 내려 먼저 입국 수속을 하고 난 다음 탁송한 짐을 찾아 택시를 타고 예약된 호텔에 도착하니 현지 시각 밤 11시였다. 공항 비행기로부터 택시 타는 곳까지는 의외로 멀어 9,500보 정도나 되었다 호텔은 에펠탑이 보이는 곳에 있고 우리가 구경할 지역에서 가깝고 지하철역이 바로 옆에 있는 곳이었다. 파리 변두리로 나가면 5성급 럭셔리한 곳으로 갈 수 있으나 관광지 근처이면서 교통도 편리한 이곳을 정했는데 건물도 오래되고 마음에 안 들면 어쩌나 걱정되었다고 했다. 물론 우리 부부는 안에 들어가 보지는 않았어도 아주 잘 정했다고 칭찬했다. 사실 딸 내외가 신혼여행 때 묵었던 호텔이라니 우리도 뜻깊은 호텔일 수밖에 없다. 딸 부부가 객실에 들어와서 이곳이 어떠냐고 물었을 때 아주 마음에 든다고 우리 내외가 한마디씩 더하니 안심하는 듯했다.

비행기 안에서 잤는데도 피곤했는지 곧 잠이 들었다. 이때 현지 시각 11시 30분, 한국 시각은 다음날 06시 30분이었다.

♠ 8월 13일(일) – 노트르담 대성당,법원,소르본대학, 룩셈부르크공원, 센강 유람선

눈이 떠져서 일어나니 이곳 파리시간(이하는 파리시간을 적는다) 03시였다. 어젯밤 샤워 후 바로 잤으니 대변을 못 봐서 깬 것 같다. 용변 후 바로 잠들어 05시 30분에 일어나 이 일기를 쓰는데 06시에 알람을 해놓은 아내가 일어났다. 물건을 정리하고 말은 안 통해도 몸짓으로 의미가 일부 통하는 TV를 보다가 08시에 딸 부부와 만나기로 한, 우리 식으로는 1층인 0층에 있는 식당으로 갔다. 아침 식사는 그동안 호텔 조식 중 단연 최고였다. 파리 크루아상의 원조답게 빵 맛이 일품이었다. 크루아상을 먹을 때 빵가루가 떨어지는 것이 싫고 빵 자체가 풍선처럼 속이 비어 있어서 거의 먹지 않는데 적어도 파리이니까 하나쯤 먹자고 가져가 먹어보니 맛있었다. 원래 햄샌드위치를 좋아해서 햄, 에그, 치즈, 햄 소시지까지 넣어 만드니 맛이 좋았다. 과일 중에는 사과와 살구 맛이 좋았다. 날계란을 세워 놓을 수 있는 스테인리스강 컵에 담아 뜨거운 물 속에서 3분 정도 놓아둔 후 꺼내면 반숙된 계란 껍질 위의 부분을 깨고 차 수저로 떠먹는 맛도 새로워서 좋았다. 아침 식사를 든든하게 많이 했다.

식사 후 딸 내외와 함께 마트에 갔다. 6일간 머물면서 마실 물 2L짜리 6병 1세트를 샀다. 4.02유로로 비싸지는 않은 것 같다. 기내에서 마시고 가져온 350ml 들이 빈 병에 물을 붓고 외출용 작은 가방에 넣었다. 농산물 가격표를 보니 생각보다 저렴했다.

[숙소 둘레에 있는 큰 규모의 자연 친화적 공원]

프랑스가 미사일, 전투기, 여객기를 만드는 중화학공업 국가이지만 식량을 자급자족하고 수출도 하는 농업국가다웠다. 너른 장소에서 마음껏 움직이며 풀 뜯어 먹고 자라는 닭과 젖소에서 생산하는 계란과 우유, 그리고 농산물, 가공식품들은 천연산 유기농법을 사용한다고 호텔 식당에 써 놓았다.

시장을 보고 난 후 딸과 사위는 2일간 렌트할 차량 예약과 철도와 버스 통합 패스를 사러 가고, 우리 부부는 호텔 앞 제법 규모가 큰 공원을 산책했다. 이후 4식구가 만나서 버스를 탔다. 지하철은 밖을 볼 수 없으니 버스를 타고 시내 구경하라는 배려였다. 일요일 정오, 승객이 붐비지 않을 만큼 있었고 1주일짜리 유료패스는 월요일부터 사용 가능하단다. 그래서 오늘을 위해서 하루 동안 무제한으로 전철과 버스를 탈 수 있는 1일 회수권도 샀다. 차창 밖으로 보이는 파리는 오래된 석조 건물이 주였는데 웬만하면 100년이 넘는, 로마의 시내 건물에 버금가는 오래된 건물이라고 한다. 규모도 크고 4~5층의 안정감 있는 스카이라인이 유지되고 있었다. 내가 묵은 호텔은 파리 남쪽에 위치하고 중심부까지 20분 이내 소요되는데 이곳은 넓을 공원과 마트, 식당가가 있는 좋은 환경을 가진 중규모의 호텔이다. 이곳 주택가는 비싼 곳이어서 사위가 파리 유학 시에는 살아볼 생각도 못 했다고 한다.

점심 식사는 호텔 옆 식당가에서 했는데 실내보다는 밖에 늘어놓은 식탁이 더 많았고 거의 모든 식당에 식사할 대기자들이 줄을 서 있었다. 식당가 도로 위에는 아마도 식당가 번영회에서 설치했을 듯한 데 전체 하늘을 멋있게 보이도록 한 양산을 만국기처럼 매달아 바람에 흔들리고 있어 색다른 모습이었다. 식사 후 바로 옆 버스 정거장에서 판테온 사원으로 가는 시내버스를 탔다. 버스는 막힘없이 잘 가더니 시내에 들어서면서 교통체증으로 지체되었다. 성당, 병원, 회사건물과 아파트가 섞여 있는데 구별이 어려울 정도로 외관과 층 고가 비슷했다. 병원은 알리는 간판이 있고 관공서는 유럽 연합기와 프랑스 국기가 정문에 높이 있다. 주택의 1층은 상가이고 그 위로 주거지는 발코니마다 비슷한 식물을 많이 기르고 있었다. 버스에서 내려 시내를 걸으면서 멋진 건물이 많아 여기저기 사진을 찍곤 했다. 판테온 사원 앞에서 사진을 찍는데 외국인이 한국말로 제가 찍어드릴게요 하면서 우리 일행 4명을 찍어준 여자는 한국이 좋아서 K팝, K드라마를 즐겨 보며 한국말을 독학으로 배웠다는데 한국인과 파리에서 대화할 수 있어서 반갑다고 했다.

[룩셈부르크공원]

룩셈부르크공원은 굉장히 넓고 아름답게 만들었는데 옮길 수 있는 의자가 많고 누워서 썬팅할 수 있는 의자도 많았다. 커다란 나무가 양쪽에 줄지어 있는 축구장 크기의 잔디밭이 넓게 잘 정돈되어 있었는데 한 곳은 들어갈 수 없고 또 하나는 사람들이 마음대로 들어가 누워있기도 하고, 앉아서 담소하고 있었다. 그곳을 지나 소르본대학 본관 앞으로 가서 사진 찍고 카페에서 차를 마시며 대화했다. 사위가 사뭇 옛 추억과 다시 그 학교 앞에 서게 된 것에 스스로 감격해서 마음껏 자기 자랑을 하는 것 같았다. 아르바이트로 여행안내사 일을 해가며 석사학위를 마치고, 박사과정에 들어간 뒤에도 여행안내사 일을 계속하다 박사학위를 마치기 위해 학업에 전념하여 학위를 끝냈다고 한다. 특기할 것은 한국은 박사면 다 같은 박사인데 프랑스에서는 박사학위 수여장에 1, 2, 3등급을 명기하는데 사위는 1명에게 주어지는 1등급을 받았다고 한다. 1등급을 받은 사람은 지도교수와 책의 공동 저자가 되어 책을 한 권 내게 되고 프랑스 내에 있는 대학의 강의를 하게 되었다고 당시의 감격이 되살아나서 상기된 표정이 되어 말했다. 그래서 변호사 부인과 함께 장인 장모와 더불어 파리에 왔고 바로 파리 소르본대학교 졸업식장이 있는 건물 앞에서 사진을 찍게 되었다고 했다. 나는 '고생했네, 다시 한번 축하한다'라고 말해주었다.

이어서 화재로 성당 복원 중인 노트르담 성당을 가는 길목 중에 극장 골목이 있었는데 사위가 유학 시절 많이 다닌 골목이라 감회가 새롭다고 하며 사진 한번 눌러달라고 청하기도 했다. 노트르담 사원은 마담의 사원 즉 마리아의 사원이란 뜻으로 프랑스에 여러 개 있으나 그중 제일 크고 역사적으로 오랜 대표성이 있으며 노트르담의 꼽추라는 소설을 탄생시킨 것은 이곳 파리라고 한다. 2019년 4월 15일 화재로 세계가 놀랐는데 공사 중인 크레인이 멀리서도 보인다.

개방된 앞부분에서 사진을 찍은 후 프랑스 통합법원 앞을 지나갔다. 정면에서 보면 통합법원이 금장을 두른 젊고 잘생긴 건물로 보이나 세세히 보면 오래된 흔적이

[복원 중인 노트르담 사원]

보인다. 이어서 센강 쪽으로 가면서 보니 이 통합법원이 엄청 큰 건물임을 알 수 있었다. 정면을 보면서 프랑스는 재판할 일이 많지 않은가보다 했는데 센 강변을 따라 길게 늘어선 크나큰 건물이 법원 건물이라하니 세상살이는 다 비슷한 모양이라고 생각했다. 센 강변을 따라 한참을 걷다가 다시 전철을 타고 이동해서 현지인들에게 인기 있다는 음식점에 들어갔다. 이 음식점에서 유명한 것은 홍합찜이라 했지만 나는 껍질 까서 살을 빼먹는 과정이 싫어서 생선찜을 시켰는데 먹기 편하고 맛있었다.

다시 전철을 타고 이동해서 센 강변 유람선 선착장에 가니 배를 타려는 사람들이 서 있는 줄이 아주 길었다. 이미 날은 어두워졌고 시간은 밤 9시 반을 지나고 있었다. 이러다가 유람선 못 타는 게 아닌가 하는 걱정이 되기도 했다. 그런데 갑자기 대기하던 사람들 줄이 줄어들더니 우리 뒤 4~5명까지 한배에 다 탔다. 승선 인원이 1천 명이란다. 선실을 지나 갑판 위로 올라갔다. 좌석은 물론 만석이고 우리는 선수 부근 엔진소리가 나는 난간에 겨우 안착했다. 출발하고 조금 지나자 10시가 되니 정

275

적인 에펠탑 조명이 일제히 반짝이며 더 빛을 내기 시작했고 동시에 배에서 함성이 터져 나왔다. 승선 인원 천여 명의 감탄 소리가 잦아드는가 했더니 센 강 다리 밑을 통과할 때 각자 괴성을 질렀다. 이 괴성이 다리 상판에 부딪혀 메아리가 되어 돌아온 소리가 혼재하여 더 요란한 또 다른 괴성으로 들렸다. 이 소리를 듣기 위하여 적어도 5~6개의 강 다리 밑을 지날 때마다 10여 회 각자 소리를 질렀다.

유람선이 30분을 가다가 출발점인 부두로 되돌아오니 밤 11시가 되었고 황금빛 에펠탑에서는 전기불빛이 요란하게 밤하늘에 퍼져나갔다. 함성이 들리고 관객들은 썰물처럼 하선했다. 약 10분 동안 광선을 쏘아대는 에펠탑을 바라보며 전철을 타러 갔다. 사람들이 정말 많다. 그 많은 관광버스와 차량이 수만 명의 사람과 무서울 정도로 동시에 움직였다.

전철을 바꿔 타며 호텔에 들어오니 자정이었다. 우리나라 시간으로 아침 7시이니 하루 만에 잠도 안 자고 밤새도록 돌아다닌 셈이다. 샤워하자마자 잠에 떨어졌다. 시차 적응도 안 된 상태에서 오늘 1만 8천 보를 걸었다. 다리가 느른하다.

♠ 8월 14일(월). 르 프로코프에서 점심 식사, 개선문, 에펠탑

08시에 호텔에서 아침 식사를 하고 사위는 도서 구입과 도서관에서 자료 좀 복사한다고 오전을 보내고 우리 3명과 만나기로 했다. 우리 셋이는 유숙한 호텔에서 나가 버시Bercy 공원을 걸었다. 첫딸을 낳고 둘째가 태어나기 전 2년 4개월 동안 우리 셋은 자주 걸어서 산책도 하고 시장과 큰댁에도 갔었다. 많은 세월이 흘러 이렇게 셋이 이국 파리에서 호

젓하게 걸으니 그 시절 생각이 났다. 가진 재산은 없어도 희망과 장래의 꿈이 많았던 지금 생각하면 아름다웠던 시절이었다.

호텔 옆 공원에서 큰 도로를 넘어서 이어지는 공원은 아주 넓었다. 이 지역(Bercy Village)의 자랑인 공원으로 오리가 노니는 연못, 아름다운 꽃으로 단장한 꽃밭이 있기도 하지만 넓은 공원의 백미는 아름드리 플라타너스 공원수가 공원 가득히 풍성한 가지와 잎을 마음껏 펼치고 있는 것이었다. 이따금 상록수가 있기는 하지만 한 번도 전정을 당한 적이 없어서, 우리나라에서는 볼 수 없는 키도 크고 가지도 많아 한마디로 우람했다. 이런 나무가 넓은 잎새로 햇빛을 가린 사이를 걷거나 앉은 사람이 작아 보이기도 했지만 평화롭게 보였다.

공원의 거의 끝에서 왼쪽의 넓은 공간을 차지한 계단을 오르자 바로 센강이 보인다. 계단의 끝을 올라보니 계단이 있는 곳이 바로 강둑 그러니까 센강이 흐르는 강둑이었다.

[센강 위의 다리와 미테랑 도서관]

바로 강을 가로질러 놓은 다리는 차는 다니지 않고 사람과 자전거만 다니는 다리인데 그래서인지 독특하게 굴곡진 상판이 얹혀있고 다리 바닥은 모두 나무로 된 널빤지였다. 그리고 널빤지 표면은 미끄러지지 않게 모두 정교하게 처리되어 있었다.

강 건너에는 큰 규모의 4개 빌딩이 센 강 언덕과 어울리게 들어서 있

277

었다. 미테랑 대통령이 낡은 국립 도서관을 아예 이곳으로 옮겨 건축하도록 해서 미테랑 대통령 이름이 크게 새겨져 있었다. 큰 규모의 지상 건물에 지하에도 도서관 열람실이 이어져 있었고 도서관 주위에 조경한 공원이 인상적이었다.

같은 코스로 되돌아와 보니 벌써 7,600보를 걸었고 호텔 앞 공원에서 12시 반에 사위와 만나 넷이서 점심 식사 장소로 이동했다. 식사 장소는 우리나라에도 이름이 알려진 프로코프 카페 *Procope Caffe*로 마치 사설 유명인사 사진과 사인 전시관 같은 곳이다. 파리에서 가장 오래된 카페로 1686년부터 영업을 했다. 나폴레옹이 학생 시절 차를 마시고 돈이 없어서 모자를 맡긴 적이 있다고 했고 2층으로 올라가는 계단 끝에 나폴레옹이 썼었다는 모자와 나폴레옹의 사진이 전시되어 있었다. 1층은 손님이 꽉 들어차서 앉은 자리에서 적당히 찍었지만 2층 로비와 여러 방에는 만찬을 위한 준비를 하고 있고 손님이 없어 사진을 찍기는 했는데 설명까지는 별도로 찍지 못해 솔직히 룻소 말고는 누군지 식별도 되지 않았다.

식사는 전식[애피타이저], 본식, 후식으로 되어 있었는데 일괄 코스로 하지 않고 각각 다르게 선택 주문했다. 4명의 식사비는 149유로로 비싸지는 않았는데 후식을 이중 계산했다고 영수증을 보이며 따져서 24유로를 돌려받았다. 액수의 과다가 문제가 아니라 철학 교수가 숫자와 언어에 밝아 잘한 일이라고 엄지척을 해주었다. 음료 제공은 마다하고 나와서 이름 있는 다른 카페에서 커피를 마셨다. 4명 모두 에스프레소를 마셨는데 나는 우리나라에서 너무 썼던 추억이 있어 다른 커피를 시키려다 이곳에서는 어떤가 보려고 일부러 시켜서 마셨다. 특유의 쓴맛이 있었고 뒷맛이랄까 여운이 있었다. 카페 실내보다 밖에 있는 좌석에서 마시면 더 비싸다는 것이 내 상식과는 달랐다. 커피를 마시며 잠시 휴식을 취한 후 개선문을 구경하러 갔다.

파리 시내 샤를 드골 광장 중앙에 있는 개선문은 에펠탑과 함께 파리를 상징하는 명소다. 개선문이 있는 광장은 방사형으로 12개의 도로가 마치 별 모양을 이루고 있다고 해서 별 즉 에투알 광장이라고 불렀다. 2차대전 시 영국에서 프랑스 망명 정부를 이끌고 전후 프랑스 초대 대통령이 된 샤를 드골의 이름을 따서 1970년부터 광장 이름을 그렇게 부른다. 개선문은 폭 45m, 높이 50m에 달하는 건축물로 프랑스군의 승리와 영광을 위해 나폴레옹 1세의 명으로 공사는 1806년에 시작했으나 우여곡절 끝에 1836년에 완성했다. 나폴레옹 1세는 1821년 세인트 헬레나 섬에서 숨을 거두어 완성된 개선문을 보지 못했으나 1840년 개선문을 지나 파리로 귀환해 앵발리드에 묻혔다.

2차 대전 때에 4년간의 독일 지배를 벗어나 1945년 영국에서 파리에 입성한 드골 장군은 개선문을 지났다. 세계대전 참전 용사를 기리기 위해 꺼지지 않는 불을 개선문 바닥에 피우고 '무명용사의 불꽃'이라 부른다. 관광객이 많아 인파에 밀려 지하도 일원을 보았는데 프랑스 혁명에서 나폴레옹 1세 시대 128번의 전쟁과 참전한 558명의 장군의 이름이 새겨져 있다. 지상 벽면에는 나폴레옹 1세의 전쟁을 주제로 한 부조가 볼만하다는데 수리 중이었고 영화 촬영 중이어서 몹시 혼잡스러워 보지 못했다. 옥상 계단에 오르는 곳에 긴 줄에 질려 전망대는 포기하고 물러 나왔다.

버스를 타고 에펠탑을 보러 갔다. 2004년에 구경 와서 탑의 상층까지 오른 적이 있고 다른 세 사람도 그런 경험이 있어서 시간 절약을 위해 오르는 일은 생략했다. 1889년 프랑스 혁명 100주년 기념 만국박람회 상징 기념물로 세웠다는 에펠탑은 처음에는 괄시를 받았으나 지금은 파리의 상징이 되었다. 공모전 당선작인 높이 324m로 1930년까지는 세계에서 제일 높은 건물이었으며 1985년 야간 조명 시설이 설치된 이후 파리의 아름다운 야경을 이루는 중요한 역할을 하고 있다. 프랑스에 와

[에펠탑의 야경]

서 처음으로 비가 왔는데 잠시 다른 건물에 피해 있는 동안 개였다. 사진을 여러 각도에서 찍은 후 저녁 식사를 하러 떠났다.

저녁 식사는 버스를 바꿔 타가면서 차이나타운으로 갔다. 차이나타운에서 식사는 월남 쌀국수로 했다. 이곳도 소나기가 한차례 지나가서 물청소한 듯 길이 깨끗하게 물에 젖어 있었다. 우리나라는 우리가 떠나

올 때처럼 계속 33℃ 내외를 오가는 몹시 더운 날씨라는데 이곳은 한낮에만 26℃로 좀 더울 뿐 아침저녁으로는 썰렁해서 길이가 긴 윗옷을 입고 얇은 잠바까지 입어야 한다. 우리나라에서 미리 그렇게 알고 옷도 준비해 왔다. 피서가 본래의 목적은 아니지만 아주 잘 되었다. 2018년 8월 3일 시베리아 이르츠쿠와 바이칼호로 여행을 갔을 때도 그랬다. 그해 8월 2일은 기상청 기상관측 사상 서울의 기온이 40.2℃로 가장 높다는 무더위 속에서 동토의 땅 시베리아로 피서를 잘 간 셈이었다. 그때는 귀국했더니 계속되는 더위로 더위 때문에 더 고생했는데 올해는 8월 하순에 귀국하니까 그렇지 않기를 기대한다. 적어도 열대야는 없어야 한다.

9시 반 경 호텔에 들어왔는데 오늘도 약 1만 5천 보 걸었다. 지금 한국 시각이 새벽 3시 반인데 많이 걷기도 했지만 시차 적응이 안 되어 일찍 잠자리에 들었다.

♠ 8월 15일(화). 상보르城, 암브와즈城

오늘 우리나라는 광복절이다. 징검다리 휴일이 있어 국내외로 여행을 많이 떠났을 것이다. 우리 딸만해도 그런 이유로 이번 주에 휴가를 내서 파리에 온 것이다. 여행 때문에 태극기를 게양하는 가구가 더 줄었을 것이다. 모두 소중한 날이지만 식민지 입장에서 독립한 좋은 날이고 단군 이래 처음으로 국민이 주인이 되어 통치자를 직접 뽑아 대통령이란 이름으로 건국한 날이기도 해서 꼭 태극기를 게양하고 축하 또 축하하고 기려야 할 소중한 날이다.

매일 06시에 기상하여 08시에 아침 식사를 했는데 오늘과 내일은 자동차를 렌트하여 파리 교외로 나가는 날이라서 한 시간 앞당겨 07시에 식사를 했다. 식사 후 객실에 가서 옷을 갈아입고 마트에 들러 음료수와 바나나 등 간식을 샀다. 점심 식사 꺼리는 사지 않고 현지에서 찾아보기로 했는데 우리나라처럼 마을이 밀집되어 있지도 않고 음식점도 드물지만 그래도 사위는 그런 방법을 택했다.

차 렌트 예약한 곳에서 사위의 지인을 08시에 만나기로 해서 07:45분에 도착하니 기사해 줄 고마운 분은 벌써 당도해 있었다. 우리 앞에 먼저 도착한 4분의 손님이 있어서 수속 하는 데 상당한 시간이 소요됐다. 한 사람당 15분 걸려 결국 우리는 출발 예정 시간인 09시가 다 되어 일이 끝났다. 이 사람들 하는 일이 이렇게 더디기는 하지만 틀림은 없다고 하면서 사위가 미안하다고 한다. 사위가 미안할 일은 당연히 아니다. 직원 한 사람이 서류 작성과 전화를 하는 등 일하는 것 그리고 우리 뒤로도 손님이 계속 오는데 1시간 정도 아무 소리 없이 당연한 듯 앉거나 의자가 없으면 서서 태연하게 기다리는 모습이 내게는 오히려 이상할 정도였다. 같은 건물 지하 4층에서 렌트한 차를 수요자 단독으로 점검하고 승차했다.

우리 목적지는 여기서 약 200km, 2시간 거리에 있는 고성(古城)이다. 파리 시내에서 서울처럼 산을 볼 수 없듯 파리 시내를 벗어났는데 2시간여를 달려도 사방이 지평선으로 둘려 있었다.

농경지와 숲이 계속 이어지는데 1987년 오하이오주 벌판을 달리면서 느낀 부러운 마음이 울컥 올라왔다. 우리나라 국토가 금수강산인 것은 맞지만 이렇게 넓은 곡창지대가 모자라 식량 자급자족이 안 되어 내가 어릴 때는 먹을 것이 없어 늘 배가 고팠었다. 물론 지금도 우리나라는 식량 자급률이 50% 이하라고 알고 있다. 종착지인 성곽 부근에서 12시가 되어 식사할 장소를 찾다가 여의치 않아 입장료를 내고 성곽 안으로 들어가 그곳에서 식사하려고 하니 많은 방문객이 있어 배가 고파도 성 내부 관람 후 식사하기로 했다.

지난 5월 스페인에서 본 이사벨 왕이 통치하던 성은 마치 꿈이 가득 깃든 디즈니에 있는 성 모양이라면, 아니 디즈니랜드 성이 그것을 모델로 만든 것이라 했다. 여기 "샹보르성城"은 돌로 만든 회색과 검은색의 견고한 요새로 보여 힘을 느끼게 하였다. 개방된 공간은 3층까지인데 층 고가 높고 계단도 넓어 그 옛날에 지금 같은 공간을 확보한 그 사람들이 경이롭게 느껴진다. 이 성은 400여 개의 방이 있고 각층 마다 밖을 조망하기 좋은 회랑으로 연결되어 있어 아마도 성밖에서 오는 외적을 잘 감시하기 위한 군사시설로 보였다. 편평한 대지에 성 밖으로는 해자가 둘러있고 해자 밖으로 너른 평야에 마음먹고 조경을 한 정원과 숲

[샹보르성]

이 아름다웠다. 특히 한국어, 일본어, 중국어로 각각 만든 안내서가 비치되어 반가웠고 편리해서 좋았다. 안내서 첫 페이지 일부를 그대로 전재하면 다음과 같다.

"샹보르성"은 르네상스의 가장 경이로운 건축물 중 하나입니다. 프랑수아 1세가 자신의 왕권을 상징하기 위해 1519년에 착공한 이 성은 프랑스와 이탈리아 최고의 예술가, 건축가, 석공 장인의 협력 결과이며 무엇보다도 천재적인 작품입니다. 샹보르성은 거주용 성 또는 정부의 성 더 나아가 사냥용 별장 그 이상으로 건축적 유토피아, 이상, 조화를 구현하고 있습니다."

구경을 마치고 나온 우리는 허기지고 지쳐서 걷기조차 귀찮을 정도로 힘이 빠졌다. 고대부터 근세까지 잘 나갔다는 중국은 물론 그 중국의 그늘에서 힘들게 버텨온 우리나라 성채와 요새가 너무 초라하다고 생각되어서 더 힘이 빠진 것 같다. 이렇게 암석을 나무를 다루듯 멋을 내서 만든 이 나라 백성들은 얼마나 고달팠을까 생각하니 우리 백성은 덜 고생이었구나 하고 위안 삼았다. 그러나 이태리, 프랑스 등 유럽에 남겨진 조상들이 만든 이 시설과 건축물이 후세들에게 엄청난 밥벌이가 되는 것을 생각하니 마음이 혼란스러워진다.

여기서 차로 약 30분 가면 멋진 빵집이 있다고 해서 미리 준비한 간식으로 바나나와 음료를 먹은 후 그 유명한 빵집으로 갔다. 3명의 여자 종업원이 좌대에서 판매하는데 쇼 윈도우에 진열된 것을 보고 주문하면 따끈따끈한 빵을 내놓았다. 생각보다 값도 저렴하고 맛있었다. 우리 일행 5명은 시장하기도 하고 너무 멋진 빵들도 있고 해서 골고루 푸짐하게 주문해 포식했다.

늦었지만 차로 약 40분 거리에 있는 "앙브와즈 고성古城"으로 이동했다. 앙브와즈 지역은 신석기 시대의 거주지였고 켈트족의 중심 도시였으며 503년에는 프랑크족의 왕국이 이곳에 있었다. 이러한 역사적인 상당히 큰 도시와 바로 잇대어 있는 앙브와즈성은 크지도 작지도 않은 성이었다. 이곳 앙부와즈에서 태어난 샤를르 8세 집권 시(1491~1498)에 이 왕궁의 75%가 완성되었다고 한다. 높은 바위 언덕에 지어져서 사방으로 전망이 좋고 정원도 아기자기하게 잘 꾸며놓았다. 함께한 큰딸은 이곳 정원을 아주 마음에 들어 했다. 프랑스와 1세는 레오나르도 다 빈치(1452-1519)에게 저택을 제공하고 재정 지원을 하며 이곳 성에서 국왕의 수석 화가, 엔지니어 그리고 건축가로 일하도록 임명하였다. 다 빈치는 1516년 64세의 나이로 이 성에 도착하였고 1519년에 사망 후 이 성에 매장되는 특권을 프랑수와 1세로부터 얻어냈다. 우리가 관광 차 앙브와즈성에 갔을 때는 다 빈치의 무덤이 있는 건물을 보수 중이어서 직접 들어가지는 못했다. 이 왕궁은 한때 최고 220개의 방이 있었다고 한다.

땅거미가 질 때 파리 중심가에 들어왔다. 하루 종일 운전기사를 해준 사위 친구에게 고맙다고 했더니 맛있는 저녁을 하면 충분하다고 해서 식사 한 끼로 끝날 일은 아니지만 좋은 곳으로 안내해 달라고 했다. 조명이 좋은 파리 시내에 주차하고, 손님으로 꽉 찬 전통 프랑스식당의 야외 좌석에 자리를 잡았다. 전식, 본식, 후식을 서로 다르게 시켜 식사했다. 나는 소화에 부담되지 않는 생선으로 식사를 했다. 손님은 많아도 식당과 밤거리는 차분하고 시원해서 좋았다. 운전기사는 저녁 식사가 너무 좋았다고 하며 내일을 기약하고 남쪽에 있는 자택으로 렌트 카를 몰고 갔다.

♠ 8월 16일(수). 지베르니의 모네의 집, 베르사유 궁전

아침 8시 식사 후 9시에 호텔을 나서니 사위 친구가 렌트 카를 몰고 와서 기다리고 있었다. 오늘 첫 방문지는 지베르니에 있는 모네의 집과 정원이었다. 호텔에서 약 1시간 걸려 모네의 집에 도착했다. 그림보다 더 아름다운 정원은 일품이었다. 평소에는 주차에 어려움이 많다고 하지만 오늘은 좋은 곳을 골라 주차할 수 있었다. 프랑스는 가톨릭을 국교로 하는 국가로 우리의 광복절날 이곳은 성모승천일로 공휴일이라서 지난 토요일부터 연휴를 즐기느라 오늘은 한가한 것이라고 한다.

큰 연못을 중심으로 꾸며진 정원은 온갖 꽃들로 현란하였고 외곽에 큰 나무들이 있어서 연못에 비친 모습이 환상적이었다. 그리고 수면에는 수련이 적절하게 무리를 지어 분포하고 연꽃도 많이 피어 멋을 더하였다. 작업실과 생활공간이 함께 있는 모네의 집을 들어가려니 100m 남짓 긴 줄이 늘어섰다.

[모네의 집 앞의 정원]

신선하고 시원한 날씨에 바람까지 산들거려 나들이하기에 좋은 날씨
지만 햇빛을 받으면 금방 부풀어 익을 듯 따갑게 느껴졌다. 아무도 양산
을 쓰지 않아 쓰기가 쑥스러워 그냥 기다리는 줄에 서서 따라갔다. 입구
부터 눈에 익은 그림이 보여 반가웠다.

그러나 사물들이 이상하지만 신선하게 보일 정도로 꾸부러지고 뒤틀
린 그림은 모네의 원숙기에서 나타났다. 그리고 직접 수집한 일본의 판
화들이 3개의 방과 복도에 가득 전시되었다. 주방이 우리나라 최신과 흡
사해서 1840년생인 모네가 살던 시절의 주방이라기보다 조리대, 빵 굽
는 오븐의 위치와 높이 그리고 배치까지 지금 어느 살림집에 온 것 같았
다. 아무리 살아서 빛을 본 몇 안 되는 화가라고 하지만 저택의 규모가
놀라웠다. 바로 옆 상품점에 들러 구경하면서 아내는 그림을 잘 그리고
좋아하는 작은딸에게 줄 선물로 모네의 대표작 "연꽃이 있는 연못" 그림
이 프린트된 양산을 22유로에 사면서 흐뭇해했다. 밖으로 나와 주차장
으로 가니 10시에 우리가 입장할 때보다 주차장이 꽉 차서 나오는 차를
기다려야 주차할 수 있었다.

사위 친구가 잘 안다는 한식집에 갔다. 간판에는 중국에서 직접 가져
오는 식재료로 만든 음식점이라 써 붙여 좀 마음에 안 들었으나 음식 맛
이 좋았다. 나와 아내는 비빔밥을 시켰는데 식감도 신선도도 좋은 채소
를 많이 사용했다. 식사 중 고속 기차가 지나갈 때 소리가 요란했는데 돌
아보니 바로 옆에 기찻길과 정거장이 있었다. 화장실에 가려니 음식점에
는 없었다. 할 수 없이 근처에 있는 카페에 들려 커피를 시켜 마시며 그
집 화장실을 이용했다. 화장실은 밖이나 외곽에 있지 않고 의례 내실이

있음직한 안쪽에 있었고 작았다. 화장실 구하기는 내가 20년 전에 왔을 때나 지금이나 크게 개선된 것을 보기 어렵고 심하게 말하면 화장실 문화가 없는 것이나 마찬가지였다.

카페에서 차를 마시고 오후 2시에 베르사유궁으로 출발했다. 이미 오늘 파리 남쪽에 있는 지베르니에서 출발했으므로 베르사유궁 입장 예약 시간에 가는 데는 여유가 있었다. 프랑스 파리 외곽에서 사진작가로 활동하고 있는 사위의 친구는 어제에 이어 오늘도 기사 역할로 수고 많은데 베르사유궁 앞 도로에 우리 일행을 내려 주고 이후 만나는 시간을 정하고는 어디론가 갔다.

베르사유궁 바깥 광장이 커서 베르사유궁의 규모가 범상치않을 것으로 예견되었다. 앞을 보니 금빛 찬란한 궁전 지붕의 금붙이가 빛을 뿜으며 궁전의 위용을 뽐내고 있었다. 간단한 체크를 하고 건축물의 문을 통과하니 다시 큰 광장이 나왔다. 어제까지 징검다리 휴일이어서 사람들이 몰릴 것으로 예상하고 왕궁 탐방 날짜를 오늘로 정한 것은 아주 성공적이었다. 더구나 한국에서 인터넷으로 예매를 하고 프랑스에 도착한 후 오늘 입장 시간을 예약해 놓아서 전혀 기다림 없이 왕궁으로 입장하였다. 예매 없이 온 관광객의 줄이 길게 늘어서 있고, 예매했더라도 시간 약속이 안 된 사람들은 또 줄이 있는데 우리 일행의 경우는 사전에 두 번 모두 조치가 되어 예정된 시간에 가니 그냥 통과된 것이다.

베르사유궁에 대한 위키백과에 실린 글을 전재 또는 편집하여 보면 다음과 같다.

"프랑스 파리에서 남서쪽으로 22km 가량 떨어진 베르사유 시에 있는 프랑스 왕국 부르봉 왕조 시대에 건설된 궁전. 바로크 건축의 걸작으로, 태양왕 루이 14세의 강력한 권력을 상징하는 거대한 건축물이다. 건설에는 무려 25,000~36,000명의 인부가 매년 동원되었다. 궁전 건물의 면적보다 더 넓은 정원이 유명하며, 별궁으로 대 트리아농 궁과 소 트리아농 궁이 있다. 루이 14세, 루이 15세, 루이 16세와 왕실 가족들이 거주했다. 유럽에는 이 궁전을 모방한 궁전이 많다. 대표적으로 루이 14세의 둘째 손자인 스페인 부르봉 왕조의 초대 스페인 국왕 펠리페 5세가 어린 시절을 그리워하며 지었다는 세고비아 근교의 라 그랑하 데 산 일데폰소 궁전이나 이탈리아를 통일하는 사르데냐 왕국의 전신인 사보이아 공국의 카를로 에마누엘레 2세가 지은 토리노 근교의 베나리아 궁전, 폴란드 바르샤바 교외에 얀 3세 소비에스키가 지은 빌라누프 궁전 등이 베르사유에서 영감을 받아 지어진 궁전들이다.

[베르사유궁전]

프랑스의 의회는 상원과 하원으로 되어 이들은 서로 다른 궁전을 의사당으로 사용하고 있다. 다만 헌법개정이나 대통령 연설이 있는 경우 한자리에 모여야 하는데, 이럴 때 이곳 베르사유 궁전에 모이게 된다. 루이 14세가 이렇게 거대한 궁전을 건설한 목적은 다름 아닌 절대왕정의 확립이었다. 실제로 베르사유 궁전이 세워지기 전인 1661년 9월 5일 재무장관이었던 니콜라 푸케를 체포한 일에서 비롯되었다. 그러나 베르사유는 푸케의 궁전이었던 보 르 비꽁뜨Vaux le vicomte를 척도로 삼았고, 설계자들 또한 보 르 비꽁뜨를 설계했던 사람들이었다."베르사유의 건설은 일종의 천도라고 할 수 있는데, 오래된 도시인 파리는 여러 세력의 입김이 닿고 있었으며 부르주아, 대귀족들의 영향력이 강했다. 하지만 베르사유는 완전한 신도시라 왕실 이외에는 어떤 지역 권력이 존재할 수 없었다. 조선의 정조가 수원에 화성을 신축했을 때 이런 의도가 있었다고 사위는 말했다. 베르사유 궁전은 그 시대의 랜드마크였다. 거대한 건축물로 왕의 부富를 과시하고 왕의 권위를 높이는 한편, 귀족들을 베르사유에 집합시켜서 왕 앞에 줄서기를 하도록 강요했다. 전근대에 지어진 장엄한 건축물들이 대체로 그렇듯이, 정치적인 목적이 강하다 보니 실용적으로는 그리 편안한 공간은 아니었다. 난방 시설이 별로여서 겨울에는 몹시 추웠고 급수 시설도 없어 물 부족이 심했다. 왕궁 안이 워낙 커서 '전쟁의 방', '평화의 방'은 대강 보았으나 유명하다는 '거울의 방'은 천천히 설명을 들으며 보고 사진도 찍었다.

　　궁궐 밖 정원으로 나오니 정원 구경을 위해 또 통과하는 절차가 있었으나 역시 예매하는 등의 절차를 미리 거쳐서 줄도 서지 않고 통과했는데 이곳을 100여 회 다녀갔다는 사위는 통과를 위해 보통 1시간 소요되는데 이런 경우는 처음이었으며 기다리지 않아서 좋았다고 한다. 정원이 워낙 커서 정원 관람을 위한 열차를 대여해야 하는데 이곳에서는 꽤 오래 줄을 섰다. 열차 승차비가 1인당 10유로로 왕복 사용할 수 있다. 열차 타러 가는 곳까지 각종 꽃과 동상으로 장식된 몇 개의 큰 연못을 구경하며 지나갔다. 이 넓은 곳에 이 많은 꽃과 식물을 가꾸기 위해 많은 경비가 들었겠고 유지를 위한 비용도 만만치 않을 것으로 생각되었다. 그늘 질만큼 큰 나무 한 그루 없는 꽃밭과 연못을 지나 다음 연못으로 이어지는 경계에서 열차를 기다렸다.

서울대공원에 있는 코끼리 열차와 비슷한데 승차할 사람들로 줄이 길게 늘어서 있었다. 한 번에 약 50~60명 정도가 타며 약 20분 간격으로 사람을 꼭꼭 채워 빈자리 없이 출발시켰다. 우리는 다행히 끝으로나마 타게 되어 다시 20분 정도 기다리지 않아도 되어 잘 되었다. 햇볕이 무척 따가워 피부에 느낌이 크게 왔다. 다른 사람들은 양산도 안 쓰고 서 있는데 우리 일행은 양산을 쓰고 기다렸다. 서구 사람들은 일부러 햇빛을 받으려 한다니 우리와는 문화가 다르다. 열차를 타고 덜컹거리는 길을 달려서 마리 앙투아네트가 기거했다는 곳에서 내렸다. 물론 앙투아네트는 베르사유궁과 루브르궁에서 주로 지냈겠으나 이곳에서 홀로 지내기를 좋아했단다. 그리고 심한 향수병에 걸려 1783년 이곳에 앙투아네트의 고향 오스트리아의 마을을 옮겨놓은 듯한 촌락을 만들어 그곳에 자주 갔다고 한다. 정감이 가는 물레방아 도는 한적한 시골 마을 풍경인데 지금은 유적의 보호를 위하여 건물 내부에는 들어갈 수 없게 해놓았지만, 밖에서 살피는 것은 가능하다.

마리 앙투아네트는 1755년 11월 2일, 빈에서 신성 로마 제국의 황제 이자 토스카나 대공인 신성 로마 제국의 프란츠 1세와 합스부르크 왕가의 상속녀이자 헝가리와 보헤미아의 여왕이며 신성 로마 제국의 황후인 오스트리아 제국의 여제 마리아 테레지아의 사이에서 15번째 자녀로 태어났다.

어린 시절부터 자유분방하게 성장한 그녀는 독일어, 프랑스어, 이탈리아어와 음악, 댄스 등을 배웠다. 유독 프랑스어를 익히는데 어려움을 겪었으며, 이는 적국 출신의 왕비라는 곱지 않은 시선에 일조했음이 분명했다.

당시 오스트리아는 프로이센의 위협을 받고 있었기에, 그녀의 어머니인 마리아 테레지아는 그동안 적대국이었던 프랑스와 동맹을 강화하려고 했고 프랑스는 영국을 견제하기 위해 평소 앙숙이었던 오스트리아와의 협력이 필요했다. 결국 오스트리아의 공주 마리 앙투아네트와 루이 오귀스트는 정략결혼을 했다. 프랑스인들은 적국의 공주인 마리 앙투아네트를 비록 자국의 왕비였으나 가짜 뉴스를 만들어 공격했고 누명을 씌웠다. 최근 연구에 따르면, 당시 왕비들은 거의 정치에 참여하지 않았기 때문에 정치적 능력을 이유로 마리 앙투아네트를 폄하하는 것 역시 지나치다고 보고 있다.

유명한 다이아몬드 목걸이 사건도 마리 앙투아네트가 결백하다고 알려진 지 오래다. "빵이 없다면 케이크를 먹으세요."라는 말도 마리 앙투아네트가 한 적이 없다. 프랑스 혁명의 당위성을 주장하고자 한 당대의 혁명 세력들 혹은 후대 사가들에 의해 의도적으로 왜곡된 근거 없는 낭설이다. 더구나 앙투아네트는 재판에서 무척 사랑했던 아들을 성추행했다는 누명을 쓰기도 했다. 당시 8살이었던 루이 17세는 마약까지 먹은 상태로 그것이 무슨 뜻인지도 모르고 동의했고, 그것은 마리 앙투아네트 생애에 가장 큰 상처였다. 마리 앙투아네트는 끝까지 위엄으로서 많은 오욕에도 잘 견디고 품위 있는 태도를 보였다. 심지어는 단두대에 올라서도 왕비로서의 품위를 끝까지 유지했다고 한다. 요즘 전 세계적으로 가짜 뉴스에 시달리는 상황 그 이상을 일부 프랑스 국민으로부터 오스트리아에서 시집온 앙투아네트는 당한 것이다.

마리 앙투아네트 마을을 관람한 다음 넓은 숲을 지나 조금 전 열차에서 내렸던 별궁으로 오니 열차가 떠나기 일보 직전이어서 뛰어와 겨우 탔다. 금쪽같은 20분 정도의 시간을 다시 벌었다.

베르사유궁의 크기, 화려함, 정원의 모습 등 모든 것이 굉장했다는 말밖에는 할 말이 없다. 마음에 무겁게 남는 것은 촌락 형태의 별궁을 지은 1783년으로부터 6년 후 프랑스 혁명이 일어나고 이듬해 단두대에서 삶을 마감한 마리 앙투아네트의 운명이 당시 정치적 상황과 겹쳐서 마음에서 떠나지 않는 것이다. 내가 이 큰 사건들에 대해 무식하니까 더 그럴지도 모른다. 절대왕정에서 왕비, 그것도 오스트리아의 권력자 마리아 테레사의 딸로 프랑스 왕가로 출가하여 누렸을 최상의 생활에서 혁명으로 몰락하여 남편인 루이 16세는 1월에, 그로부터 10개월 후 감옥살이에서 끌려 나와 생을 끝낸 그것도 성난 시민들이 보는 앞에서 단두대의 이슬로 사라진 한 인생이 내게는 많은 생각을 불러오게 하였다. 마리 앙투아네트에 관한 소설, 연극, 뮤지컬이 나온 것으로 보면 나와 비슷한 생각을 한 사람이 많지 않았나 생각된다.

19시 30분 베르사유궁 밖 광장과 자동차 도로가 만나는 곳에서 기사로 수고하시는 분과 잘 만났다. 그리고 사위와 의논 끝에 이 근처 중국집에서 요리로 저녁 식사하는 것으로 결정되었다. 볶은 밥, 볶음면, 두부무침, 가지조림, 짬뽕을 시켜서 맛있게 먹었다. 볶음면과 가지조림이 좀 특이했다. 2일 간 기사 역할을 한 작가님이 우리 부부를 호텔에 내려 주고 딸과 사위는 렌트한 차를 반납하고 늦게 들어왔을 것이다. 혹시 해서 밤 11시까지 안자고 기다리다 그냥 잤다.

♠ 8월 17일(목). 레 종브르에서 점심, 몽마르트르 언덕

오전 일정을 자유 시간이어서 일기도 쓰고 지인들에게 문자 보내기와 전화를 하며 보냈다. 08시에 조식을 하고 11시까지 시간은 마치 집에서 보낸 오전 시간과 거의 같았다. 특히 이 시간대가 한국에는 오후 3시부터 오후 6시까지여서 문자 주고받기와 전화하기 좋은 시간이었다.

점심 식사를 품위 있게 하려고 11시에 출발하여 대사관과 정부 청사가 있는 시내로 갔다. 식당의 식탁과 의자부터 호텔 행사장 같았고 남녀 종업원들도 검은색 상 하의를 입어 분위기를 그렇게 만들었는데 손님 대부분이 중년 이상의 신사 숙녀들이었다.

식사 주문은 그냥 코스 요리가 아니라 전식, 본식, 후식으로 네 사람이 각각 달리 주문했는데 아내와 나는 후식으로 아이스크림을 주문했다. 이유는 프랑스에서 정식을 들면 우리 나이에는 식사량이 좀 많았기 때문에 아이스크림만 나온다면 양이 적을 것으로 예상되었기 때문이다.

그런데 후식이 나오는 것을 보고 당황했다. 손가락을 펼친 손바닥 크기의 둥글고 넓적한 그릇에 역시 두툼한 남자 손바닥 두께인 과일 파이 위에 골프공보다 좀 더 큰 둥근 공 모양의 아이스크림을 올려놓은 것이다. 놀랍게도 파이는 따끈따끈했는데 사과, 배, 복숭아가 한입에 넣기에는 큰 것들이 들어 있었다. 작은 얼음 알갱이가 들어있는 아이스크림을 먹다가 파이를 먹다가 그랬다. 따끈한 파이에 아이스크림이 녹아들어 따뜻한 과일 파이 속에 각기 다른 과일 맛과 향기, 아이스크림, 그리고 이들 두 가지가 혼합된 것을 먹는 재미와 오묘한 맛까지 말 그대로 일품이었다.

그리고 커피가 나온다는데 사위가 멋진 카페로 가자고 하여 다른 장소를 이동하여 커피를 마셨다. 배가 불러서 나는 에스프레소를 시켰다. 우리나라에서는 호기심에 시켰다가 너무 쓰지만 양이 적으니까 억지로 다 먹었던 기억이 있다. 프랑스에서는 에스프레소를 세 번째 마시는데 똑같이 작은 잔에 든 커피에 각설탕을 넣고 저어서 마시니 쓰고, 달고 시큼해서 맛이 아주 좋다기보다는 별미였다.

이어서 몽마르트르 언덕을 향해 갔다. 한낮 기온은 30℃ 이하지만 햇빛이 따가워 20년 전 내가 오르던 언덕이 오르기에 꽤 힘들 것으로 생각했

[샤크레쾨르 성당]

다. 그런데 26명이 탈 수 있는 경사면을 오르는 전차가 있어서 쉽게 언덕에 오를 수 있었다. 물론 파리에 도착하여 구입한 본인의 반명암판 사진이 붙은 승차권으로 탔다. 내리자 바로 위에 멋지게 생긴 샤크레쾌르 성당이 있어서 미사보다는 단순히 관광 목적으로 들어갔다. 아내는 많은 사람이 기도하는 틈에 들어가 기도했다. 나도 신자이기는 하지만 구경만 했다. 성당의 규모가 생각보다 컸는데 한 바퀴 돌아 나오니 내가 줄 서 있던 곳에는 성당에 입장하려는 사람들이 여전히 같은 길이의 줄을 이루고 있었다.

어제 베르사유궁 정원에서 햇빛에 많이 노출되어 있어서인지 오늘은 햇빛이 피부에 닿으면 따가워 양산을 자주 썼다. 이곳 사람들은 일부러 햇빛을 받으려 노력하는 사람들이니까 양산을 쓴 사람이 없어 내가 이상하게 보였을 것이다.

언덕 정상 부근에 꽤 넓었다고 생각되었던 공터는 간단한 음식과 음료를 파는 커다란 매장이 되었고 그 매장의 남측은 20년 전 내가 왔을 때와 똑같이 사람들의 초상화를 그려주는 사람들이 있었다.

내려올 때는 걸어서 내려오던 과거와는 달리 버스를 타고 내려왔다. 사위가 아니면 어디서 버스를 타는지 그리고 우리가 갈 방향으로 가는 버스는 어느 것인지 전혀 모른다. 물을 마셔도 갈증이 나서 쉴 겸 카페에 들려서 레몬에이드를 마셨다. 시원한 맛이 지금까지 프랑스에서 마신 어떤 음료수보다 좋았고, 점심 식사를 과하게 해서 더부룩했던 뱃속까지 시원해진 느낌이었다.

버스와 전철을 이용하여 오르세 미술관으로 갔다. 우선 관람전에 저녁 식사를 하러 갔다. 원래는 내일 저녁 식사로 하려던 일본 라멘을 오늘 저녁으로 했다. 꽤 큰 음식점에 서양인들이 더 많았는데 줄이 10여 명 더 늘어서 있었다. 줄을 서 기다리다 안내를 받아 식탁에 앉아 나는 김치 라멘, 아내는 짬뽕 라멘을 시켰다. 김치 라멘의 맛이 기대보다 맛있었고 속이 다 시원했다.

미술관에는 계획한 대로 20시에 들어갔다. 철도역을 미술관으로 개조한 것이라 해서 요즘 유행하는 공장이나 창고를 예술 공간으로 개조한 것으로 소박하게 생각하고 들어갔으나 규모가 아주 커서 물어보니 철도역사로 쓰던 건물에 덧붙여 지은 복합 건물로 엘리베이터와 에스컬레이터가 있는 신식 건물이었다.

안내서에 일본어, 중국어, 한국어로 병기되어 있어서 반갑고도 좋았다. 1900년 만국박람회를 계기로 지어진 오르세 기차역은 리셉션 홀과 화려한 호텔까지 마련되어 있었다. 그리고 1977년 이 건물을 미술관으로 개조하기로 하여 1986년 문을 열었다.

전문가인 사위가 성심껏 소개하는 조각품, 그림에 대해서 잘 듣고 이해하려 노력하고 모르던 것을 많이 알게 되었다. 작품이 너무 많은 데다 미술사와 철학사를 곁들어 아무리 쉽게 설명해도 기억하는 데는 한계가 있었다. 그런데 4층에 들어서니 갑자기 아내가 르누아르의 그림들이라면서 좋아하는 것이다. 그러니 설명하고 싶었던 사위가 신이 나서 해설을 했다.

르누아르 그림은 선이 없고 온화하게 처리해서 부드럽고 온유하며 감성적인 그림이라는 것이다. 아내가 홍제천 변을 걸을 때 고가도로 다릿

발에 그려 넣은 그림 중에서, 그리고 달력에 그려있는 그림 중에 특히 르누아르 그림을 보면 한마디 하던 일이 떠올랐다. 그런데 나는 달랐다. 같은 4층의 맞은 편에는 모네의 그림들이 진열되어 있었는데 사실 나는 르누아르의 그림보다는 모네의 그림이 더 좋다고 말했다. 이에 사위는 설명을 더 했다. 르누아르는 사람 중에서도 여자를 많이 그렸고 모네는 자연을 많이 그렸단다. 르누아르의 그림은 쉽게 표현하자면 부드럽고 감성적이고 모네의 그림은 차가울 정도로 이성적인 그림이 많다고 했다.

[르누아르의 그림]

밤 10시인데 관람객이 참 많았다. 외국에서 우리처럼 여행을 왔던 사람이던 프랑스 사람이던 늦은 밤까지 미술관이 이렇게 붐빈다는 것은 그만큼 생활을 즐기고 예술을 사랑하기 때문이라는 생각이 들었다. 그러니 프랑스 국민은 문화 수준이 높은 백성이라 불러도 될 것이다.

밖으로 나오니 냉방이 된 미술관 안처럼 시원했다. 하기는 내가 이곳 파리에 와서 '아~ 시원하다~'하는 말을 열 번도 더 했을 것이다. 우리나라는 폭염이 계속되고 있다는데 나는 참으로 피서까지 겸해 호강하고 있다. 호텔에 들어오니 밤 11시가 넘었다. 샤워하고 나서 시원한 방에서 잠에 곯아떨어졌다.

♠ 8월 18일(금). 로댕미술관 관람, 생샤뻴 성당 내부 구경

　오전에 딸은 화장품, 사위는 책을 산다고 시내에 가고 나와 아내는 호텔 옆 공원을 걸었다. 센 강 가의 국립 도서관으로 건너가는 곳까지 걸었는데 아내는 센 강과 멋진 국립 도서관 건물을 다시 보겠다고 강둑으로 올라가고 나는 둑 밑에 출입구가 여러 곳에 있는데 그 속에 무엇이 있는지 들어가 보기로 했다. 굴속으로 들어가는 느낌의 출입문을 통과하자 넓고 큰 규모의 시외버스 정거장이 있었다. 출발역이니까 당연히 대기하고 있는 버스도 많았다. 폭은 30~40m로 넓지 않았으나 길이는 400여m는 될 듯했다. 이 강둑과 강 사이에는 서울의 올림픽 대로와 같은 강 안 도로가 있으니 강둑과 도로 밑은 표면에서는 전혀 보이지 않으나 상점과 휴게실을 갖춘 시외버스 정거장이 있어서 규모 있게 잘 사용하고 있었다.

　우리 일행은 호텔 앞 정원 벤치에서 12시에 만나 로댕미술관으로 갔다. 그동안 시내 모습을 차창 밖으로 보기 위하여 주로 버스를 탔으나 시간 절약상 오늘은 지하철을 탔다. 중간에 기차역을 포함하여 7개의 노선 환승역에서 바꿔탔는데 이동 거리가 멀었다. 이런 지하철이 80년 이전에 만들어졌다니 놀라웠다. 환승을 위한 지하 도로가 복잡했는데 사위가 귀신같이 잘 찾아가서 마음 편하게 이동했다.

　로댕미술관에서도 사위는 로댕미술관의 유래, 로댕의 생애와 미술사

적 위상, 작품에 대하여 청산유수로 알아듣기 쉽게 설명해 주었다. 로댕 (1840-1917)의 '생각하는 사람'은 로댕 박물관에 들어서자 바로 오른쪽 정원 속에 있었는데 조각품의 앞과 옆뿐만 아니라 뒤에서도 보아야 한다고 뒤의 모습도 보았다.

로댕의 생각하는 사람을 본 후에는 점심 식사하러 갔다. 로댕의 수많은 조각품이 숲속에 전시된 큰 정원의 한쪽에 정원 경계에 파라솔을 펼쳐놓고 그 아래 야외용 식탁과 의자를 30개 정도 운치 있게 꾸며놓았다. 갑자기 검은 구름이 오더니 빗방울이 후드득 내리다가 멈췄고 그 후에 다시는 내리지 않았다. 이 야외 식탁에서 아내, 딸, 사위와 즐거운 점심시간을 가졌다. 이번 여행 전체가 행복이지만 이 식사 시간은 영원히 기억될 것이다.

식사 후 구경 길에 올랐다. 큰 운동장 크기 넓은 공간의 끝은 잔디밭 위의 휴식 공간이었고 그 외에는 가운데에 분수대와 조각품 그리고 아름드리나무 그늘 아래 여기저기에 실물 크기 위주의 조각상들이 전시되어 있었다. 많은 조각품을 다 볼 시간도 없는데 더구나 자세히 볼 수는

[로댕의 지옥의 문]

없었다. 넓은 조각 공원에서 조금 지대가 높은 로댕이 살던 집과 '생각하는 사람'이 있는 곳에 가니 한 편에 '지옥의 문'이란 작품이 있었다. 근대 조각의 시조, 현대 조각의 아버지라는 로댕이 생전에 끝을 보지 못한 대작이 '지옥의 문'이란다. 1880년 의뢰받은 이 작품은 1917년 로댕이 죽기 직전 오늘날의 모습으로 조합되었다. 그러나 실제 청동 '지옥의 문'은 1926년 미국 필라델피아 미술관의 요청으로 만들어졌고 로댕미술관에 설치된 것은, 1928년 두 번째로 만들어진 작품이다.

지금까지 모두 7번째 청동상이 만들어졌고 이 7번째 작품은 1997년 서울 삼성문화재단의 요구로 만들어졌는데 현재는 서울의 수장고에 보관되어 있다고 한다. '지옥의 문'은 높이 6.35m, 폭 3.98m, 두께 0.85m, 무게 7톤이다.

'지옥의 문'은 단테의 신곡 '지옥편'을 주제로 로댕의 작품 대부분을 총망라한 걸작이다. 사위가 박물관 입구에서 '생각하는 사람'을 보며 다음 작품에서 말해주겠다는 곳이 바로 여기였다. 전체적으로 한참 설명해주었는데 간단히 몇 가지를 옮기면 '지옥의 문' 작품 맨 위 꼭대기 세 사람의 조각 밑에 그러니까 두 번째에 혼자 앉은 사람이 '생각하는 사람'이다. 이는 헤라클레스가 쉬고 있는 형상인데 지옥에 스스로 몸을 내던지기 전에 자신의 삶과 운명을 생각하는 인간의 내면세계를 긴장감과 사실성으로 표현했단다. '지옥의 문'에는 190여 명의 인물이 등장하는데 미켈란젤로의 영향을 받은 1880년경 창작된 '생각하는 사람', 1880-1898년 창작된 '키스', '아담', '이브' 등 몇 가지 더 다른 조각상에 대해서 설명했다.

지옥의 문에서 좀 떨어진 곳에 1895년 로댕이 창작하였다는 '칼레의 사람들'이란 조각상이 있었다. 백년전쟁 시 칼레 시민들의 목숨을 구하고자 하는 희생자로 나선 사람들의 이야기를 청동상으로 만든 것이다. 칼레의 시민들 이야기는 후세에 필요에 의해 만들어진 즉 재창조된 신화라고 하지만 19세기 민족주의가 발호한 이래 '노블레스 오블리주'의 상징이 된 신화다.

실제로 내가 1987년 스탠퍼드대학교 방문 시에 본관 정문 옆 작은 정원에 있는 '칼레의 시민들' 동상을 보고 사진을 찍으며 들은 이야기는 스탠퍼드대 대학생이 가져야 할 정신이라고 우리 일행에게 설명한 적이 있다. 로댕 박물관에 있는 것이 1호이고 스탠퍼드대학교에 있는 것이 2호 작품이라 한다.

로댕 박물관은 생각보다 오랜 시간인 4시간 관람하고, 가까이 있는 지난번 사진을 찍은 적이 있는 통합법원에 휴식 겸 들어갔다. 18시 전후로 퇴근 시간이었으나 휴게실 겸용인 로비가 넓고 냉방 상태가 좋은데다 의자도 좋아서 약 30분 정도 잘 쉬었다. 바로 앞에 기자실이 있는데 잠겨 있으나 안이 잘 보여 들여다보니 우리나라 중앙 관공서에 있는 기자실보다 초라했다. 화장실은 우리나라 화장실보다 더 널찍하고 공간이 여유로웠다. 프랑스도 이런 화장실이 있다니 놀라웠다.

18시 30분 저녁 식사를 하러 갔다. 원래는 오늘 일식집에 들어가려 했으나 어제 이미 다녀왔으므로 근처에서 예약되지 않은 근사한 프랑스식 식당의 바깥 식탁에 앉았다. 멋진 중년 남자가 정중하게 주문을 받아 갔다. 전식, 본식, 후식으로 격식 있게 했는데 3명이 3가지에 음료수까지 꽤 복잡한 주문이었지만 잘 메모해 가서 끝까지 차질 없게 식사 과정을 잘 끝나게 해주었다. 이번 여행 중 오늘은 사실상 파리에서의 마지막 밤이었다. 우리나라에서 좋은 물로 알려진 에비앙보다 더 비싸고 좋은 물을 주문했고 후식 후에도 좋다는 음료를 더 시켜서 마셨다. 아마 우리 넷이 음주를 즐겼다면 더 멋진 파리의 밤이 되었을지도 모른다. 아내가 알코올 섭취를 할 수 있지만 이름 모를 좋다는 음료로 대신 마셨다.

[문 안 보다 밖이 더 인기 있다는 식당]

식사 후 바로 루브르 박물관으로 갔다. 세계적으로 잘 알려져서 모르는 사람이 없지만, 사실 너무 넓고 방대한 소장품이 있어서 감히 안다고 말할 수도 없다. 다행하게도 나는 규모와 소장품에서 세계 3대 박물관인 영국 대영박물관, 뉴욕 메트로폴리탄 박물관 그리고 여기 루브르 박물관을 이미 관람한 적이 있다.

그리고 우리 4명이 모두 관람한 적이 있어서 이곳 유학 시절 관광 가이드 아르바이트로 이곳을 200여 회 들어와 보았다는 사위가 앞장서서 핵심만 보면서 사진 찍고 죽 걸어 다니기로 했다. 특히 관광객이 가장 적은 금요일 저녁 시간을 택한 것이 동선 확보가 쉽기 때문이었다. 안내서를 보고도 길을 찾기 어려운 곳을 마치 내 집 다니듯이 적당한 걸음걸이로 잘 다녔다. 이곳은 어디고 저기의 저 작품은 무엇이라고 간단한 설명이 있었으나 머리에 잘 들어오지는 않았다.

　루이 14세가 주로 베르사유궁에 거주하면서 1682년 왕실의 수집품을 루브르궁에 전시하기 시작한 이래 2019년 현재 소장품은 615,797점, 8개 전시관에 전시한 작품 수는 35,000점에 달한다. 이미 20년 전에 한나절을 보았던 내게 남은 그때의 인상은 규모도 크고 소장품도 많은데 사람 역시 많아서 당시 가이드 말대로 일행을 놓치지 않고 길을 잃지 않으려고 노력했던 것이 가장 기억에 남는다.

[모나리자 앞은 인산인해였다]

　이번 관람에도 몇 가지 작품을 설명했지만 3가지에 대해서만 옮겨 보기로 한다. 첫째는 레오나르도 다 빈치의 '모나리자'이다. 다른 어떤 곳보다도 사람이 많이 모여서 사진 찍고 감상하고 그랬다. 물론 우리 일행도 사진을 찍었다. 다음으로 간 곳은 나폴레옹 황제의 대관식 그림이었다.

베르사유궁에도 있었는데 여기에 있는 그림이 먼저 그린 그림이라고 한다. 조세핀 황후가 자신이 입은 드레스가 마음에 안 들어 드레스만 바꾸어 다시 그리라고 해서 1년 걸려 또 그린 것이 베르사유궁에 있는 그림이라고 한다. 물론 양쪽 궁에서 그림을 다 보았어도 황후의 치마를 생각은 해본 적이 없다.

교황이 대관식에 참여할 정도로 대단했는데 그림에서 누가 교황일까? 조세핀의 어머니가 참석했는데 어디에 있는 사람일까? 등 사위의 많은 자문자답이 있었다. 그런데 귀국한 다음에 이 그림의 사진에서 이 그림을 그린 사람이 여기 중앙에 있는 사람들과 달리 혼자서만 그림을 보는 사람을 바라봄으로써 눈동자의 방향이 다르게 그려진 사람이 있다고 했는데 누구일까? 이 그림 그린 사람을 아내와 내가 다르게 지목했다. 그래서 사진을 확대해서 겨우 찾아냈다.

밖으로 나오면서 현대판 피라미드에 오게 되었다. 여러 가지 설명 중에 또한 기억에 남는 것은 루브르 박물관 출입구를 만들기 위해 현상 공

[루브르 박물관 외부에서 본 야경]

모를 했는데 '피라미드'가 최우수작으로 선정되었다. 선정 이유는 루브르 박물관에 수많은 유물이 있지만 없는 것이 이집트의 피라미드였다는 것이다. 당시는 모양이 박물관과 어울리지 않고 너무 현대적 표현이며 하필 당선자가 독일계여서 여러모로 문제가 제기되었다고 한다.

그런데 이제는 마치 에펠탑이 파리의 상징처럼 사랑받듯이 이 피라미드도 사랑을 받는다고 한다. 나 같은 문외한이 감히 생각하건 대 파리의 모든 것이 특히 빛에 도시답게 볼수록 마음에 닿거나 마음속으로 들어오는 이유가 혼자서 튀는 색이 아닌 은은하면서 이웃과 조화를 이루는 색깔 즉 빛의 조화에 있다고 본다.

밝은 낮에 볼 때도 거대한 ㄷ자형 빌딩이면서 벽과 지붕을 비롯한 모든 것이 조각품으로 이루어진 루브르궁 중앙 부분에 있는 피라미드가 거슬려 보이지는 않았다. 밤 10시 피라미드에 있는 출구를 나와서 바라본 루브르 박물관 건물과 피라미드가 황금빛으로 눈에 들어올 때 빛깔과 함께 전체 구조물의 구도가 환상적으로 눈에 들어왔다. 박물관 위로 어둠이 내리는 때의 하늘빛은 푸른색에서 짙은 청자빛으로 그리고 군청색에 가깝다가 회색빛까지 볼 수 있었으니까 나름 고운 황금빛과 청회색의 조화가 궁전으로서의 위엄을 더해 눈을 사로잡았다. 프랑스인들이 색깔의 조화를 능숙하게 다루는 예술적 안목이 한몫했을 것이다. 그 가운데 피라미드는 풍요까지 더해주는 아름다움을 제공하고 있었다. 안목이 높은 파리 사람들이 이를 모를 리가 없을 것이다. 예술을 사랑하는 사람들이 이곳의 피라미드를 사랑하는 이유일지도 모른다.

이제 하늘은 완전히 검은 천을 배경에 펼친 것처럼 되었고 그 위에 황금빛 에펠탑이 솟아서 마치 전시된 황금 열쇠같이 보였다. 종을 뒤집어 놓은 것처럼 보이는 가로등 불빛은 낮이면 늘 볼 수 있는 밝은 베이지색 건물 벽과 비슷한 색깔로 마음을 사로잡으며 밤거리를 밝히고 있었다. 그리고 거리의 건너에는 또 다른 '개선문'이 2024년 8월의 파리올림픽을 위해 새롭게 단장을 하는 중이었다. 나폴레옹 1세가 거대한 개선문을 만들도록 했으나 황제 시절에 완성하지 못했다. 그러니까 나폴레옹이 말을 타고 개선장군으로 루브르궁전으로 들어올 때 통과한 개선문은 바로 지금 수리 중인 이 개선문이었다. 이번 주말 2024년 파리올림픽 개최 1년 전이어서 각종 리허설이 많아 가끔 막히고 차단되는 곳이 있었다.

오늘 저녁을 자면 호텔에서 체크 아웃을 해야 한다. 그러고 보면 이 호텔에서 7번째 밤을 보내게 된다. 파리가 위도 약 48도라서 여름에 해는 오후 10시경에 지고 해가 지면 기온이 20℃도 되지 않는 쾌적한 기온의 파리 거리에서 일찍 철수한다는 것은 안 될 일이었는지 모른다.

낮에 보던 5~6층의 멋진 빌딩 아니 그냥 건축물이라 부르고 싶은데, 그 건물과 거리도 아름답고 밤에 보는 종을 뒤집어 놓은 듯한 엷은 노란색의 꽃봉오리 모양의 가로등이 비친 옅은 색의 건물들은 보고 또 보아도 마음이 온화하고 평화로워졌다. 이런 거리를 두고 일찍 잠자리에 들기 위해 귀가하는 것은 쉽지 않았다. 그래서 우리 부부가 가장 일찍 호텔에 들어간 것은 렌트 카를 반납한다고 일찍 호텔 앞에 내려준 날 오후 9시 반이었고 다른 날은 밤 11시가 넘었고 이틀은 12시 넘어 들어왔다. 밤늦게까지 머물 수 있게 한 것은 딸과 사위의 기획 산물이다. 아마 패키지여행이었거나 어려운 사이에 여행했다면 그렇지 못했을 터인데 식구들만 다니니까 느리면서도 보고 싶은 것은 가급적 다 보는 긴 시간을 다닐 수 있었을 것이다.

♠ 8월 19일(토). 쇼핑, 클뤼니 국립 중세박물관 관람

파리의 마지막 날도 맑은 날씨였다. 우리나라 초가을의 하늘같이 맑고 그사이를 가끔 새털구름이 수를 놓듯 지나간다. 오전 중에 작은 딸네와 아들네, 일가친척에 줄 프랑스제 유명 치즈와 초콜릿을 샀다. 지난 5월 스페인 여행 때 손주들이 좋아했던 축구선수 메시를 생각하고 바르셀로나 지명 등이 쓰인 티셔츠를 2개씩 사다 주었으나 관심이 없다는 소리를 들어서 중학생이 되었는데 이제는 그들의 기호를 몰라서 늘 좋아하는 치즈와 초콜릿을 산 것이다. 치즈는 어른들도 좋아할 것으로 생각하고 구입했다.

쇼핑 물품을 여행 가방에 모두 넣어 호텔에 맡기고 판테온 사원 관광 때 들리려던 클뤼니 박물관을 가기로 하고 나섰다. 한국인이 좋아한다는 화장품매장에 다녀오고 싶어 하는 딸을 배려하여 그 옆에 있는 파리 거리에서의 식사를 마지막으로 했다. 이미 인터넷으로 구매할 것을 선정해 놓은 딸은 전식, 본식, 후식을 주문하도록 부탁해 놓고 화장품 상점으로 갔다. 파리에서 점심시간은 대체로 1시간 반 내외가 소요되어 느긋하게 다녀오겠다던 딸은 우리가 전식을 먹는 중에 왔다. 한국인 점원이 도와주어 빨리 쇼핑을 마칠 수 있었단다. 점심 식사 후에 사위는 책을 더 사겠다고 책방으로 갔다. 다행히 클뤼니 국립 중세박물관에서 가까운 도보거리에 중고책방이 있다고 했다. 지난번 파리 국립중앙도서관

과 그 일대 센 강을 관광할 때, 따로 떨어져 한나절 책을 샀는데 시간이
더 필요하단다.

[클뤼니 박물관 내부]

클뤼니 박물관은 외부에서 보면 건물 자체가 중세의 성城이다. 로마
시대의 목욕탕이 있는 중세의 성에 건물을 이어지어서 개관한 박물관
이다. 실상 들어가 보니 인물 조각상도 많았는데 중세 시대의 유물들과
엄청나게 큰 규모의 동상, 돌 조각품, 스테인드글라스, 그림, 크고 작은
태피스트리 등 그 많은 유물을 유리로 덮거나 관람객과 격리시키려 하
기보다는 가까이 할 수 있도록 전시되어 있었다. 전시된 유물이 많기도
한데 이렇게 관람객에게 노출되면 괜찮은지 내가 걱정될 정도로 전시되
어 있었다.

이제 파리의 모든 관광은 끝나고 네 식구가 만나 호텔로 돌아오니 오
후 5시였다. 잠시 쉬고 호텔 로비에서 택시를 불렀다. 지난 12일 밤 공항
에서 이곳으로 올 때도 택시를 타고 왔지만 돌아가는 길에는 짐도 많아
져서 SUV 차를 불렀는데 지난번보다 겨우 3유로 더 달라고 한다. 택시

비뿐 아니라 전체적으로 입장료를 제외하곤 물가가 비싸지 않았다. 서울의 물가가 세계적으로 비싼 편이라는 것이 사실인 듯하다. 7박 8일 보내던 호텔을 바라보니 아쉬움과 헤어질 때의 아릿한 마음이 들어 온다.

인천 공항 출국 때도 지연되었는데 프랑스를 떠날 때도 대한항공기는 지연되었다. 특히 드골 공항에서 출국 수속을 위해 2시간이나 줄 서서 이동했다. 지난 5월 스페인의 마드리드 공항에서도 그랬다. 1985년 내가 처음으로 해외로 출장을 다니기 시작했을 때 그 당시 우리나라라고 공항 서비스가 다른 나라보다 나은 것은 아니었다.

그런데 환경 단체와 좌파 정당의 극렬한 반대에도 추진해서 인천 공항이 생긴 이래 현재까지 다른 나라 국제공항보다 출입국 수속과 화물 찾기 등 처리 속도가 아주 빠르다. 여기에 더해서 직원들이 예의 바르고 친절하면서 다른 나라와 비교가 안 될 만큼 빠르고 신속하며 절도가 있다. 그러니까 10여 년째 연속해서 세계 공항 평가에서 1위가 되는 것이다.

♠ 8월 20일(일). 귀국

드골 공항을 19일 21시 40분(한국 시각 20일 04시 40분)에 이륙했다. 얼마 후 그러니까 2시간 후에 기내식이 제공되었다. 파리로서는 잘 시간인데 한국으로서는 일어날 시간이다. 참으로 애매한 시간인데 일단 총 11시간 반 비행할 시간 중 2시간을 비행했으니 시간이 많이 남아 영화 한 편을 보았다.

아무리 볼 영화를 찾아도 마음에 드는 영화는 이미 보았고 고르는 일이 쉽지 않았다. 결국 관광 여행도 끝나고 파리를 떠났으니 마음이 풀어졌는지 멜로 영화를 보기로 했다. 그중에서 느낌이 우리나라 시인들이 고른 최고의 유행가 가사라는 '봄날은 간다'의 느낌과 왜 연상이 되는지는 모르나 김지미와 이영애가 엮이어 '외나무다리'까지 소환되는 영화 '봄날은 간다'를 선택했다. 2001년 작, 상영 시간 115분, 허진호 감독 상우(유지태 분)와 은수(이영애 분)가 주인공이다.

젊은 날 한때의 이루지 못한 사랑 이야기로 성장 소설 같지만 상우에게는 그렇고 이미 결혼에 실패한 경험이 있는 은수에게는 그렇지 않았다. '여자하고 버스는 떠나면 잡는 게 아니란다'는 사망한 남편을 시골 역 대합실에서 매일 기다리는 치매 걸린 상우 할머니 말씀이다. 이 할머니는 이제 할아버지는 오지 않는다며 명줄을 놓는데 이것이 상우와 은수의 끝을 암시한다. 전체적으로 괜찮은 영화였다. 귀국한 후 컴퓨터를 뒤져 보니 이 영화가 최우수 작품상, 감독상, 여우주연상 등 국내외서 상을 많이도 받았다. 선택을 참 잘했다고 생각했다.

인천공항에 오후 4시 10분 도착했다. 출발할 때 파리는 낮 최고 26℃, 최저 16℃였는데 서울은 낮 최고 기온 33℃, 현재 기온 30℃로 덥다. 딸과 사위에게 고맙다. 그리고 건강하라고 인사를 나누고 헤어져 집 앞에 와서 저녁을 먹고 집에 들어왔다. 굴속 같아도 제집이 제일 좋다는 어르신들 말씀대로 집에 들어와 짐 정리하고 샤워하고 나니 마음이 편하고 몸도 더할 나위 없이 편하다.

9일 전 아침 일찍 집을 떠나 8박 9일 동안 참으로 좋은 시간을 보냈다. 파리가 주는 안정감과 부드러움 그리고 유적과 유물도 물론 좋았지만 파리 가이드 경력의 베테랑 안내자이며 교수인 사위의 능숙한 안내, 큰딸의 세심한 배려 그리고 두 사람이 만든 계획, 입장권 구매와 식당 등 모든 것을 한국에서 사전에 예약하고 현장 확인을 하는 등 부모를 보살피려는 마음이 그저 고마울 뿐이다. 전에도 이런 맞춤형 VIP 여행을 한 적이 없지만 아마 앞으로도 없을 것이다. 우리 4명 모두 건강하게 여행을 끝낸 것이 무척 고맙다. 딸이 시차 적응도 못 하고 여행의 피로를 안고 당장 내일부터 근무해야 하는 것이 안쓰럽다.

3. 학생 연수단의 중국 학생 교류 및 백두산 탐방 인솔 후기

♠ 제1일 2023.10.6.(금)

10.6.04:00 기상

04:55 공항버스 탑승

06:10 인천 공항 제1터미널 3층 C 도착

07:50 화물 탁송

08:40 비행기 탑승

09:05 이륙

10:05 착륙, 대련 시간 09:05. 시차 1시간

11:30 일행 탑승 버스 출발

12:00 중식

13:30~14:30 여순 형무소 탐방

14:30~19:10 대련에서 단둥으로 이동

19:30 저녁 식사

20:30 압록강 단교 야경 관람

21:30 압록강 호텔 입실

시간에 늦지 않아야 하니 04:00 기상 알람을 해놓고 아내에게도 부탁했으나 밤 11시에 취침했음에도 두 번이나 중간에 깼다. 어려서 소풍 전날 밤 좋아서거나 긴장해서 깬 것과는 달리 04:55분 공항버스를 타지 못할까 걱정이 되어서 몸과 마음이 먼저 알고 긴장한 모양이다. 04시 알람 시간 3분 전에 세 번째 깨서 아예 기상을 했다. 떡과 두유로 간단히 아침 식사를 하고 길을 나섰다.

이번에 백두산 가는 일은 여행이 아니다. 한국환경체육청소년연맹의 서울연맹(이하 연맹)이 주관하는 학생 연수단 인솔자의 한사람으로 가는 것이다. 나는 이 한국연맹 창립 때부터 관계하여 오늘에 이르렀는데 처음부터 지금까지 거의 20년 간 상임고문으로 있다. 지난 8월에 1차로 연수를 떠날 때는 프랑스 여행이 겹쳐서 못 가고 2차에 함께 하기로 하여 오늘 떠나게 되었다.

04:55분 정시에 도착한 공항버스는 인천공항 1터미널에 잘 도착하여 06:10분 3층 C 출국장에 도착했다. 06시 반까지 도착이나 나처럼 일찍 온 사람도 있을 터인데 대부분 서로 얼굴을 몰라서 아는 사람이 없을 터였다. 일행 60명 중 50여 명이 연수에 지원한 학생이니 당연히 서로 모

른다. 정시에 비행기 표를 받고 바로 짐을 부치러 갔는데 QR코드를 생성해야만 가능해서 시간이 좀 걸렸다. 필요한 서식, 비행기 표, 여권이 있어야 코드 생성이 가능하기 때문이다.

시간에 늦지 않게 일을 끝내고 8번 게이트에 가니 대기하는 시간은 별로 없이 비행기에 탑승하였다. 50분 정도 비행해서 대련국제공항에 도착해 점심 식사를 하고 난 후 버스를 타고 여순 형무소로 갔다. 안중근 장군이 일본의 실세인 이등박문을 사살하고 여기 감옥에 계시다가 사형당한 곳이다. 형무소는 우리나라 서대문 형무소와 형태는 물론 붉은 벽돌을 사용한 것까지 판박이였다. 안중근 장군은 세종대왕과 이순신 장군 버금가게 영웅으로 더 떠받들었으면 한다.

[여순 형무소 기념관 안의 안중근 기념 전시물]

이어서 대련에서 전세버스를 타고 5시간 이동해서 압록강 단교를 보러 갔다. 압록강 다리는 6.25 당시 이 다리를 건너 중공군의 대거 침략하여 미국이 끊었다. 지금은 새로운 다리를 놓고 이 끊긴 다리는 반미 선전에 이용되고 있었다. 저녁 식사 후 압록강 단교의 야간 조명과 건너 북한을 비롯한 주위의 야간 풍광을 보았다. 잠은 압록강 호텔에서 잤다.

♠ 제2일 2023.10.7.(토)

06시 기상 07:10 조식 09시 압록강 단교로 호텔 출발

10:20 압록강 단교 출발

15:25 집안 도착. 중식

16:30 집안 출발

17:30 광개토대왕비와 릉, 장수왕릉 탐방

17:55 관람 마치고 집안시로 출발

06시 기상하여 07시에 호텔에서 조식을 했다. 음식이 정갈하고 식기류도 좋았다. 항주 아시안게임에 참가했던 북한 선수단이 같은 시간 같은 장소에서 식사를 했는데 표정이 굳어 있었고 자신들끼리 서로 말도 없었다. 우리 일행이 접근해서 말을 걸어도 반응이 없었고 사진을 찍자고 하니 인솔 책임자인 듯한 사람이 통일된 다음에 찍자고 했다. 통독 전 동서독처럼 서로 교류를 하고 대화를 해야 하는데 문제다. 며칠 전인 10월 5일 북한은 핵무기를 언제든 사용할 수 있다는 구절을 헌법에 명시하기로 했고 방어용이 아닌 공격용이라고 처음으로 천명했다.

지금 중국은 전에 없이 통제가 심하다. 어제만 해도 여순 형무소 앞에서 우리 일행 60명이 단체 사진을 찍으려는데 준비해간 플래카드를 펼치지 못했다. 이미 전처럼 태극기는 넣지 말라 해서 그렇게 했는데 행

사명을 중국어로 쓰지 않아서 단체 사진 촬영 시 사용할 수 없다는 것이다.

09시에 호텔을 떠나 압록강 단교에 갔다. 중국 측에 남은 다리 위를 걸어서 끊어진 곳까지 걸어갔다. 항미원조를 위해 쓰던 이 다리를 미국이 끊어버렸다는 한자 글귀와 동영상이 상영되고 있었다. 6.25 당시 군인, 시민들의 사진과 각종 구호가 여기저기 걸려 있었고 단둥시 쪽 다리가 시작되는 곳에는 당시 중공군의 집단 돌격 장면이 청동으로 크게 조각되어 있었다. 이 단교에서 100m도 되지 않는 곳에 현재 사용 중인 압록강 다리가 있었다. 가운데로 기차가 달리고 양옆으로 자동차가 다니도록 놓은 다리라는데 우리가 이곳에 있는 동안 아주 긴 화물열차가 천천히 북한에서 중국으로 이동하는 것을 보았으나 자동차는 보지 못했다.

사용 중인 압록강 다리에서 좀 더 상류로 가서 유람선을 탔다. 단둥 쪽은 강변을 따라 30층 정도의 새 아파트가 늘어서 있었는데 북한 쪽의 신의주에는 빌딩이 몇 개 보일 뿐 자동차는 보이지 않았다. 유람선이 상류로 가자 바로 위화도가 나왔고 섬의 강변 쪽으로 3~4층 건물이 줄지어 있었는데 낡고 어떤 건물은 창문도 떨어져 나가고 없었다. 중국 측과 비교가 되어 아주 초라해 보였다. 건물 사이에 꽤 자주 망루형 검문소가 있고 그곳에 군인이 보초 서 있거나 움직이는 것이 보였다. 유람선은 상류에서 다시 하류로 이동하여 단교 밑으로 갔다가 출발지로 돌아오는 데 1시간 소요됐다.

바로 집안시로 이동했다. 약 5시간 소요되는 동안 화장실이 없어서 중간에 잠시 세워 준 곳은 남녀 각 1칸짜리 간이 화장실이었고 그나마 여자 단원들은 갈 수가 없어서 어떤 마을의 여관의 객실을 빌려 소변을 보았다.

[광개토대왕비]

어둑어둑 땅거미가 질 때 광개토대왕비가 있는 곳에 당도하여 밖에서 둘러보고 이어서 전에는 누구의 무덤인지 분명치 않던 무덤을 호태왕릉이라고 써서 공개하였다. 규모는 컸으나 훼손이 심했다. 야간 조명등이 켜진 상태에서 장군총에 갔는데 이제는 이 무덤을 장수왕릉이라고 써놓았다.

호태왕릉에서 버스로 한 시간 이동하여 집안시에 도착, 저녁 식사를 하고 호텔에 들어갔다. 집안시내에서 국내성 흔적 일부를 볼 생각도 없이 지나친 것이 못내 아쉬웠다. 우리 방에서 밤 10시까지 술을 들며 여러 가지 이야기를 했다.

04시 기상 05시 출발 07시 도시락으로 야외에서 조식

07:40 백두산을 향해 출발

09:30 장백산 정문 통과

09:45 이도백하 도착

10:15 이곳 50인승 전용 버스로 바꿔 타고 출발

11:10 장백폭포 앞 도착 폭포를 향해 걸음

12:20 점심 식사

13:30 승합차로 백두산으로 출발

13:50 휴게소 도착 천지 구경

14:50 승합차로 하산-50인승 버스로 바꿔 탐

16:00 이도백하 출발

17:00 저녁 식사

17:30 선물 구매처 들림

18:05 숙소로 출발

19:30 숙소인 풋볼 호텔 도착

21:00 호텔과 축구장 등을 운영하는 사장과 7층에서 술 마심

23:20 방으로 내려옴

새벽 4시에 기상하여 아직 어두운 상태인 05시 호텔에서 버스가 출발했다. 중간 어느 휴게소에 07시 도착하였는데 우리 안내원이 연락해

놓았다고는 하는데 아무도 출근해 있지 않았고 모든 문이 잠겨 있어 학생들은 쌀쌀한 아침인데 휴게실 밖에 있는 의자에 앉아 도시락으로 아침 식사를 했다. 우리 임원들은 서서 도시락으로 식사를 했다. 나는 아침 식사를 늘 제대로 하니까 빵 1개를 제외하곤 모두 먹었으나 아침 식사를 하지 않는 사람이 많아서인지 쓰레기통에 도시락통을 버리러 가보니 버려진 음식이 많았다.

07시 40분 버스가 출발하여 주로 협곡을 달렸는데 09시 30분 장백산이라 쓴 정문을 통과하고 09시 45분 이도백하에서 하차했다. 백두산 입장권을 사면서 주위를 둘러보니 2010년 여기 왔을 때와는 전혀 달랐다. 주민이 3천 명이라 하니 마을도 커졌고 하루 17만 명의 여행객을 수용할 수 있다니 모든 것이 큰 규모였다.

10시 15분 장백산 관리단 측에서 제공한 버스를 타고 편평한 대지를 약 50분간 쉬지 않고 달렸다. 도로변 나무는 밀림처럼 빽빽했는데 주로 자작나무와 소나무였다. 나무는 모두 높이 솟아 키가 컸는데 중하단에 나뭇가지가 없이 하늘로 곧장 자랐다. 시베리아에 사는 나무를 보는 듯했다. 버스에서 내려 장백폭포를 향해 걸어가면서 보니 흰 눈이 덮혀 아름다웠다. 낙엽은 지고 2~3일 전까지 영하의 날씨에 눈까지 내려 환경은 완전히 겨울인데 여기도 이상 고온으로 오늘은 기온이 20℃가 넘어 더웠다. 추울지 모른다고 두터운 옷이나 겨울 외투까지 입고 왔으니 옷을 벗어들고 갔다.

두 살래로 떨어지는 폭포 모습은 변함이 없을 터인데 처음 보았을 때보다 작아 보였다. 그리고 폭포 옆으로 걸어서 이동하는 길은 아예 폐쇄

하였고 그래서 폭포 물이 처음 낙하하는 곳에 아무도 길 수가 없어서 높은 곳에 사람이 개미처럼 보였던 그 시절보다 폭포 전체가 적게 보였는지도 모른다. 폭포를 배경으로 사진을 찍고 모이라는 시각과 장소에 가서 12시 20분 식당에서 간이식 돌솥비빔밥으로 식사를 했다. 점심 후 쉬는 시간에 녹연담이라는 곳을 다녀왔다. 연못과 그 주위 조경이 독특하고 아름다웠다. 바로 약 30m 앞에 장백폭포처럼 두 줄기 폭포수가 떨어지는데 가까이서 물소리와 함께 보니 더 폭포답게 보였다.

　13시 반, 봉고차처럼 생긴 승합차에 타고 천지를 향해 달렸다. 시멘트 도로포장이 잘 되어 있었으나 워낙 커브가 심해 많이 흔들렸다. 그러나 이것이 오히려 묘미가 아닌가 한다. 약 20분 올라가니 천지 옆 휴게소 주차장에 도착했다. 전보다 달리 주차장에서 언덕으로 올라가지

않도록 낮은 쪽으로 데크 길을 잘 놓았다. 13시 50분부터 14시 30분까지 자유 시간을 주었다. 천지가 보이는 언덕까지 5분 거리도 안 되게 가까웠다. 지표면은 흰 눈으로 살짝 쌓여 있는데 기온은 15℃ 정도이고 바람도 거의 없어 활동하기 좋은데

[백두산 천지]

구름 조각이 가끔 떠가는 푸른 하늘 아래 짙푸른 천지 수면이 파도 없이 잔잔하게 펼쳐졌다. 민족의 영산이 이렇듯 조용하게 안개나 구름도 없이 속살을 내보이듯 그렇게 수면은 잔잔하게 보였다. 천지를 볼 확률이 1/4이라는데 오늘처럼 계속 잘 볼 수 있는 날은 한겨울을 제외하면 드물다고 한다. 오늘 백두산에 온 사람들은 3대가 아니라 5대 적덕한 가문의 후손임이 분명하다.

14시 30분 집합하여 하산, 14시 50분 오전에 왔던 50인승 버스를 타고 대략 16시경 이도백하에 도착해서 식당으로 갔다. 17시에 중식당에 도착하여 중국식으로 저녁 식사를 했다. 양상추를 무제한 주어 삼겹살을 싸서 잘 먹었다. 식당 근처에 있는 농협상점이라는 곳에 가서 60명의 연수단이 들어가 마지막 쇼핑이라며 주로 이 지역 농산품, 백두산 산나물, 꿀 등을 샀다.

18시경 상점에서 나와 모두 버스를 타고 용정에 있는 숙소를 향해 갔다. 지난해 가을 개통한 고속도로는 터널이 많은 대신 거리는 대폭 단축되었다. 어둠 속을 계속 달려 19시 반경 숙소인 풋볼호텔에 도착했다. 목욕하고 잠시 휴식 후에 7층으로 본부 임원 4명과 현지 호텔 주인 등 3명이 간단한 술과 안주를 들며 대화를 했다. 이 호텔 주인[사장]은 조선족으로 1961년생이라는데 우리 말이 조금 서툴기는 하지만 곧잘 했다. 이 호텔 2층에 부친을 위한 기념관이 있는데 모택동이 소집한 대회에 참석하여 훈장을 받은 농업 생산성을 높인 유공자였다. 그 후 화국봉이 주석일 때도 수상했다는 사진이 전시되어 있다.

06:30 기상

07:00 조식

08:10 호텔 출발. 차 안에서 혜란강과 일송정을 바라봄

09:00 모이산 아래서 자유 시간. 모이산 등산도 함

12:00 중식

13:00 풋볼 호텔 뒤 잔디 구장에서 연변 학생과 축구, 줄다리기,
      장기 대회를 함

16:10 풋볼 호텔을 떠남

17:00 연길 식당 도착

18:25 저녁 식사 후 길림으로 출발

어제는 새벽 4시에 기상했으나 오늘은 느긋하게 06시 반에 기상했다. 07시에 호텔 조식을 마치고 08시경 호텔을 출발했다. 버스 안에서 앞에 보이는 강이 혜란강이고 강 건너 얕은 산등성이에 보이는 것 중 하나는 정자이고 그 옆에 서 있는 나무 한 그루는 소나무라고 하였다. 원래 한 그루 소나무인 일송정은 일본인이 세운 만주국에서 뿌리채 없애버린 후 2차대전이 끝나고 그 자리에 정자를 세웠고, 그 옆에 소나무를 심었는데 계속 죽었다고 한다. 그런데 지금 소나무가 드디어 뿌리를 내리고 살아있는데 원래의 일송정보다는 작겠으나 크게 자라고 있었다. 이곳 용정과 연길 사이에 있는 모이산을 오르기 위해 연길시를 지나서 돌고 돌아

모이산 아래 버스가 주차했다. 백두산이 중국 10대 명산에 든 것처럼 연길이 중국 내 10대 여행지가 되었다고 한다. 이유는 한류를 즐기고 싶지만 갈 수는 없고 중국 내에서 한류를 경험할 수 있는 곳이 연길이기 때문이란다. 서울에서처럼 한복을 빌려주는데 빌리는 값이 비싸다고 하며 기와집의 모습도 서울과 비슷했다.

약 20년 전 내가 연길에 왔을 때 조선족이 약 200만 명 가까이 살고 있다고 했는데 지금은 용정에 30만 명, 연길에 70만 명 정도의 조선족이 살고 있단다. 연길은 인구가 적은 주가 되어 자치주가 아니라고 하며 그 것까지는 모르겠으나 이곳 사람들 말에 의하면 다른 중국의 주들처럼 중국인들이 통치하고 이에 따라 예산도 많이 투입되어 이제 연길이 번화한 거리 살기 좋은 환경으로 바뀌었다고 중국에서 그렇게 선전하고 있다고 한다. 우리 일행을 안내하는 조선족 안내원은 한국이 50년 걸려 만든 기적을 중국은 불과 20년 만에 만들었으며 이제 연길은 부족한 것이 없다고 했다. 따라서 조선족 거주로 생긴 유적지는 거의 사라지고 심지어 윤동주가 다녔던 대성학교의 흔적도 많이 달라졌다고 한다. 이 지역 조선족 약 100만 명은 한국에 살고 있단다.

나는 모이산 517m 등산을 50분 동안 땀이 흠뻑 나게 했다. 그 후 점심은 어제 잤던 풋볼 호텔로 돌아와 어젯밤에 술과 음식을 들던 7층 방에서 연길 공무원, 호텔 사장, 우리 일행의 임원이 함께했다.

13:30 풋볼 호텔 뒤에 있는 인조 잔디 축구장에 모여서 한중 학생 친선 스포츠대회 기념식을 했는데 나는 여기서 축사를 했다. 중국 학생은 용정 중학교 1학년 2개 학급 40여 명이 와서 상견례 후 선물 교환을 했

다. 이어서 우리 중학생과 중국 중학생 간의 축구 시합이 있었다. 우리나라 학생의 체력이 우세해서 몸이 날렵하고 발재간이 좋은 중국 학생을 이겼다. 시간이 있어서 한국 중학생과 고등학생의 혼성팀을 만들어 축구 게임을 한 번 더 했다. 중국 학생과 줄다리기도 했고 장기자랑을 학생이 진행하여 중국과 한국이 함께 하였는데 잘들 했다. 질서 지키기는 중국 학생이 돋보였고 활달하기는 우리나라 학생이 나았다.

[한·중 학생 줄다리기 경기]

행사가 끝난 후 우리가 타고 다니는 버스가 다시 중국 학생을 실어다 주고 왔다. 학생과 학생을 따라온 학부모의 학구열이 우리보다 더한 것으로 느껴졌다. 학생들은 아침 일찍 등교하여 늦게까지 학교에서 공부하며 특히 고등학생은 밤 10시까지 학교에서 공부한단다. 학원이 없지는 않으나 학교가 주 무대이고 저녁은 학교에서 제공되나 간편식이란다. 연길에서 마지막으로 저녁 식사를 하고 저녁 6시 반 연길을 떠나 밤 11시 20분 길림에 도착했다.

06시 기상

06:40 조식

08:10 호텔 출발

10:20 장춘공항 도착

12:30 이륙(1시간 지연)

14:10 인천공항 도착

4박 5일 일정 중 마지막 호텔 잠을 자고 05:45분 기상했다. 모닝콜은 06시에 해놓았으나 무의식의 시계가 먼저 알아서 일어난 셈이다. 단독으로 자다가 어젯밤에는 둘이 잤는데 룸메이트는 코골이가 센 사람이었다. 여럿이 출장 중 2인 1실에서 자게 되면 나는 늘 코골이 때문에 함께 자기 싫어하는 사람과 짝을 지어 잤는데 한 번 잠이 들면 그렇게 잘 자는 사람으로 소문이 났었다.

호텔 조식이 오늘도 만족스러웠다. 내가 좋아하는 햄 앤드 에그샌드위치를 먹을 수 있고 빵 종류가 다양했기 때문이다. 이번 4박 5일간 계속 같은 버스를 탔는데 이제 장춘공항에 도착하면 헤어진다. 08시 10분 숙소를 출발했는데 길림시의 러시아워와 안개가 자욱하게 껴서 고속도로 대신 국도를 이용하여 1시간 남짓 걸리는 거리를 2시간 넘게 걸렸다. 11시 탑승, 11시 반 이륙하는 아시아나 여객기는 항로 배정이 늦어져 1시간 반을 기내에서 기다린 끝에 12시 반 이륙했다. 그리고 13시 기내식이 나왔다. 장춘공항을 떠난 지 1시간 40분 만에 인천공항에 무사히 도착했다.

집에 전화해서 저녁 식사를 부탁했다. 연수이든 여행이든 내가 돌아갈 나의 집이 있다는 것이 얼마나 행복한 것인가를 다시 새삼스럽게 느꼈다. 공항철도와 전철로 집에 들어오는 동안 즐거웠던 일들이 생각나서 좋았다. 그러나 플래카드에 전과 달리 태극기와 일부 한글 표기 금지, 네이버 불통, 카카오톡은 와이파이가 터지는 호텔에서 가능한데 도표나 그림은 나타나지 않는 점, 가이드가 조심하라는 사진 촬영과 언행의 조심 등 불편한 점이 많았다. 역시 대한민국이 좋았고 중국의 경직된 통제가 중국 시민들에게도 느껴지는 것이 아닌가 생각되었다.